少
情
话
系列
02

慕璃 著

# 听说你在暗恋我

贵州出版集团
贵州人民出版社

**图书在版编目（ＣＩＰ）数据**

听说你在暗恋我 / 慕璃著. -- 贵阳：贵州人民出版社, 2017.9
ISBN 978-7-221-14357-0

Ⅰ.①听… Ⅱ.①慕… Ⅲ.①长篇小说－中国－当代
Ⅳ.①I247.5

中国版本图书馆CIP数据核字(2017)第235055号

# 听说你在暗恋我

慕璃 著

| | |
|---|---|
| 出 版 人 | 苏　桦 |
| 出版统筹 | 陈继光 |
| 选题策划 | 杜莉萍 |
| 责任编辑 | 胡　洋 |
| 特约编辑 | 周丽萍 |
| 装帧设计 | 颜小曼 |
| 封面绘画 | 顾小屿 |
| 出版发行 | 贵州人民出版社（贵阳市观山湖区会展东路SOHO办公区A座 邮编：550081） |
| 印　　刷 | 长沙超峰印刷有限公司 |
| 开　　本 | 880×1230毫米 1/32 |
| 字　　数 | 211千字 |
| 印　　张 | 8.5 |
| 版　　次 | 2017年11月第1版 |
| 印　　次 | 2017年11月第1次印刷 |
| 书　　号 | ISBN 978-7-221-14357-0 |
| 定　　价 | 29.80元 |

# 目 录

CONTENTS

# 目录

C O N T E N T S

# 目录

C O N T E N T S

# 目录
CONTENTS

第一章

十年后和十年
前的交错

八年前被抛弃的记忆汹涌而
来，他却早已在这些年的等待
和寻找中失去了宣泄的力气。

随着夏季气温的升高，本市近期因市民休息时忽视门窗的关闭而导致的人身受到侵害、财产受损案件频发，治安管理松懈的居民小区和出租房屋成为案件易发地点。警方特别提醒广大市民注意人身、财物安全，尤其是独居女性，在夜晚休息前，应注意检查门窗是否妥善关闭，以减少入室盗窃案件的发生。

读到本地新闻中的这段话，俞知乐的手指不由自主地停滞在手机屏幕上不再往下滑。她为了省电没有开灯，屏幕透出的幽幽白光映在她发愣的脸上，生动地诠释了"面如死灰"四个字。她看着"出租房屋"和"独居女性"两个词组一个激灵，将手机朝下一扣放到床上，蹿到窗边，上下打量起上面老旧得形同摆设的窗闩。

　　"叮咚——"

　　在正对自己人身财产安全心生疑虑的俞知乐耳中，这不轻不重却突如其来的门铃声不亚于平地一声雷，她头皮都一下炸开了。甩了甩身上泛起的鸡皮疙瘩，俞知乐反应过来是有人在敲门，却想不出会是谁来找她，转过身向门口蹭去的动作格外慢吞吞。离开了窗外落进来的微弱余晖，她霎时被四面八方而来、一拥而上的黑暗包围。失去光线的掩护，老房子特有的霉味便无所遁形，时刻提醒着俞知乐她住的地方陈旧不堪，并不能提供多么牢靠的安全保障。

　　她没有急着开门，而是先扒在猫眼上张望，借着楼道昏黄的灯光，看到一个面善但陌生的年轻男人站在门前。

　　俞知乐见他等了好一会儿没人应门也没有露出不耐烦的神情，看起来不像是坏人，开口问道："请问找谁？"

　　年轻男人听到门后的声音，立刻面带微笑地说："你好，请问是俞知乐小姐吗？"

　　俞知乐听他说出自己的名字，脑中立即警铃大作。

　　她大学刚毕业，搬到这里没多久，又不认识这个人，他怎么会知道她的身份？联想到她租住的小区老旧的设施和比设施更老的保安大爷，以及刚刚才看到的警方提醒，她瞬间将外面的年轻男人从卖保险的一路升格为入室抢劫杀人的凶徒，"咔嚓"一声反锁了大门。

　　年轻男人听到这动静表情一僵，似乎没想到俞知乐的戒备心这么强，回头向身后看了看，又转过来说："别误会，我以前也是这里的住户，只是想问几个简单的问题，拜托了。"

　　俞知乐见他说得诚恳，打开玄关的灯，犹犹豫豫地把木门开了条缝，但没打开外面的老式防盗铁门，就在木门的门缝处露了个脸："问吧。"

年轻男人见她终于肯露真容松了一口气，不过在看清她长相的瞬间表情变了几变，很有些诧异，半天没开口。

躲在门后的女人看不到身形，只能看见她光洁的脸蛋、尖尖的下巴和即便在光线不够充足的条件下也又圆又亮的大眼睛。不管怎么看，都是一张没怎么被岁月摧残过的年轻女孩的脸。

"你是俞知乐？"好一会儿，年轻男人才满脸困惑地问。

俞知乐被他的态度搞得莫名其妙，这语气听起来好像她不应该是俞知乐一样，就像明明主动打了电话却反过来问她是谁一样，就点了点头没说话，同时手紧紧捏着门沿，随时准备关门。

年轻男人又回头向后看，俞知乐顺着他的视线看到了站在楼梯口的另一个男人。

楼道里的灯是声控的，俞知乐的门口因为年轻男人时不时地跺脚维持着昏暗的光线，楼梯口的男人一直不出声，自然始终隐于黑暗中，只能看出个大概轮廓。

俞知乐脑子里冒出来的第一个词儿是"同伙"，正想关门，又听年轻男人问："你有二十岁吗？"

俞知乐眉头紧皱，更不想再和他废话。

"你有没有和你长得很像的姐姐或是阿姨？三十岁左右的……"

俞知乐唰地关上门，在门合上的前一瞬，目光不由自主地落在了楼梯口那个男人身上。

他穿着合身的西装，勾勒出宽肩窄腰的好身材，肩线平直挺阔，颀长的身形倚在楼梯扶手边，微微低着头，双手插在裤兜里，浑身散发出的精英气息和老旧的住宅楼格格不入，他好像只是在等人，并不是很在意俞知乐这边的情况。

但在她看他的时候，他也忽然抬头看过来，一双黑眸直勾勾地盯着她，惊得她心都漏跳了一拍。

关上门后，俞知乐背靠着门缓了半天才定下神，那双黑暗中亮如星辰的眼睛里包含的情感太过汹涌强烈，她竟不知该如何形容，更想不起她什么时候招惹过这样两个人。

外面两人在楼梯口说了几句话，可隔着门又离得有些远，俞知乐并未听清。又趴在门板上听了一会儿，两人似乎已经离开，她打开一道门缝探头瞧了瞧，确认楼道上已经空无一人。

俞知乐认定那两人没安好心，又被"出租屋频发的入室盗窃案件"新闻搞得一惊一乍，之后几天都有些神经过敏，老觉得有人在跟踪自己，但她刚搬新家没多久，还有很多事没安排妥当，又要烦心找工作，相较之下这种捕风捉影的事似乎便不值一提了。


又是一天外出面试却劳而无获，俞知乐下了公交车，拖着沉重的步伐往回走。一进小区，弥漫在每一个角落的家常饭菜油烟味儿更是触动了她想家的神经，眼圈毫无征兆地一红，却还是把眼泪憋了回去。

"小俞下班啦！"自备折椅坐在路边的王大爷笑呵呵地和她打招呼。

王大爷是俞知乐那栋楼一楼的住户，年约八十，患有老年痴呆症，奇怪的是很快就记住了她，每天被保姆带出来晒太阳时见到她都会主动打招呼。

这个时间他的住家保姆大概在做饭，把王大爷放出来和其他老头老太聊天。稀奇的是一堆老年人中站着一个高大的年轻人，背对着俞知乐和老人们聊天。

俞知乐觉得这人的背影有些眼熟，不过没多想，也笑着和王大爷问了好。

王大爷对她招招手，笑得见牙不见眼："小俞快过来，你弟弟在这儿呢。"

俞知乐一头雾水，她哪儿来的弟弟？

那个年轻人此时转过身，还是那种钩子一样几乎要刺进俞知乐肉中的强烈目光，她立刻想起为什么会觉得他眼熟了。他不正是那天奇怪的两个男人的其中一人？怎么又来了？莫不是踩完点要下手了？

不过只是一瞬间，年轻人又掩去了眼中的锋芒，整个人透露出温和有礼的气质，对待周围絮叨的老人没有一丝不耐烦，眼中的笑意也是真诚而亲切。

俞知乐却满心慌乱，不敢再去看他，含糊地应了一声，步子大小不变，却在脱离老人们的视线后不断加快两脚交替的频率，飞也似的往楼里逃。

年轻人还在和王大爷说话，但眼角的余光却从未离开过俞知乐，见她几乎小跑起来，眼神一凛，和老人们笑着示意了一下，迈开步子追上去。

俞知乐不敢回头，但她身后有力的脚步声，绝对不会是来自老人。她心头一阵慌乱，踩着黑色小高跟飞快地爬楼梯，到二楼时还崴了一下，但一秒也不敢多停留，咬牙忍痛继续向上走。

俞知乐进楼时关上了最外面的铁门，年轻人拉了一下没拉开，立刻从口袋里摸出钥匙开门，但此时俞知乐已脱离他的视线，他难以抑制心中不好的预感，三步并作两步往上冲，可别说楼梯上，就连俞知乐租住的三楼楼道，都看不见她的踪影。

他感到心脏开始发紧地疼，伸手想按门铃，却在即将碰到的时候停了下来。

他在害怕，害怕得连轻轻按下那个按钮的勇气都没有。

闭眼深呼吸了一下，余子涣狠狠按下门铃，按一下还不够，连着按了不知多少下，在他停手后还"叮咚叮咚"地响了好一会儿。

没有声音。

除了余子涣自己擂鼓一般的心跳声，整个楼道静得吓人，门后更是没有任何风吹草动。

没有人前来开门，甚至连小心地伪装成不在家、却趴在门上偷听的声音都没有。

余子涣的心忽然也静了下来，他垂眼掏出从房东那儿借来的钥匙，先打开防盗门，再打开里面的木门，整个过程冷静得不像话。

进屋后视线从各种杂物上一一扫过，将所有房间全部检视过一遍后，余子涣站在客厅中央直愣愣地发呆，八年前被抛弃的记忆汹涌而来，铺天盖地的愤怒、不解和悲伤在胸中嘶吼，他却早已在这些年的等待和寻找中失去了宣泄的力气。

手机铃声响起，他看都没看是谁的来电，机械性地接通道："喂。"

"怎么样了，她是你要找的人吗？"聂洪雀跃的声音涌进余子涣的耳朵。

"她……"余子涣开了口，却意外地哽咽了一下，他顿了顿，眼圈泛红却极力让自己笑，可根本掩不住话里的苦涩，"她又不见了。"

俞知乐一瘸一拐地走到自家门口，哆哆嗦嗦地掏出钥匙，对了好几下没对上锁眼。这时她才从慌乱中略回过些神，察觉到防盗门上的铁锈似乎少了很多。她愣了几秒，从弯腰低头开门的姿势直起身，缓慢而僵硬地抬起头打量四周。

虽然还是这两天进出的楼道，可微妙地有着些许不同，比如墙面没有那么脏了，窗户没有那么灰蒙蒙了。简而言之，所有东西看起来都褪去陈旧，焕发着一种与往日不同的生机。

俞知乐发愣这一会儿工夫，门内传出一阵不小的动静。一个十岁左右的男孩猛地打开门，抱着一个脏兮兮的足球雄赳赳气昂昂地闷头往楼下冲，留下大脑彻底当机的俞知乐傻呆呆地和跟在男孩身后的少妇大眼瞪小眼。

"一会儿记得回来吃饭……"少妇对男孩的喊话在看到俞知乐的瞬间气势全无，她尴尬地挤出一个笑容说，"你好，你是小亮学校的老师？小亮最近在学校没闯祸吧？"

俞知乐低头看了一下自己为求职而穿的正装，明白对方这是误会了，连忙摇头解释道："不，我不是老师。"

少妇一听这话，状态放松许多，笑容也自然了："不好意思，我还以为是小亮的老师来家访，让你见笑了。"

趁少妇说话的时候，俞知乐向屋内望了好几眼，发现里面的格局和她租的房子虽然一样，但根本看不到属于她的东西。

视线再一扫，看到了挂在墙上的挂历，上面明晃晃印着四个硕大的数字——2005。

俞知乐脑中"嗡"的一声，根本听不见少妇的声音了，她抓住少妇的小臂，急切地问："今年是几几年？"

少妇被这突兀的问题问得一怔，不过还是老实地答："2005年啊！"

俞知乐本来怀抱着她走错门洞、而这家人挂着十年前的挂历的希望被撕得粉碎。少妇见她失魂落魄的样子又关心了她几句，可是俞知乐脑袋晕乎乎的，什么也听不进去，胡乱应了几句，就在少妇关切的目光中恍恍惚惚地下了楼。

走到底楼，推开掉漆还没有十年后那么严重的铁门，六月底的夕阳还没完全下山，可是俞知乐眼前却一阵阵发黑。

她好不容易念完了大学，还没来得及展开新生活，怎么就回到十年前了呢？

她现在的处境比起前两天的窘迫有过之而无不及，至少在2015年她有身份有学历，还有老家这个最后的避风港，可现在呢，她成了一个黑户，没有有效的学历，有亲却不能认，否则要置真正十二岁的自己于何地？

"小野种，谁允许你和我们一起踢球的？"一个属于变声期少年特有的公鸭嗓打断了俞知乐的沉思，她循声望去，看到了不远处划作活动场地的空地上聚集了一群下至十一二岁上至十三四岁的男孩，其中就有刚才那个小亮。

出声的男孩大概是这群小少年中的头头，在一群小豆丁里算得上人高马大。俞知乐本来对小孩子之间的掐架没什么兴趣，只是这男孩骂得太难听，作为一个成年人不由得为祖国的花朵过早地被污浊的世界荼毒而感到痛心。

好吧，她其实就是想看热闹。

被称作"小野种"的男孩被围在了中间，比起过早发育的"老大"，还是一副小孩子的模样，纤细的身形在"老大"膀大腰圆的对比下更显孱弱。

"老大"一口一个"小野种"，还攻击说他母亲有脏病，他也一定有，让大家都离他远点免得被传染。

俞知乐越听越不像话，这下是真起了要插手制止的心思，正要起身，却被一直垂着头、任由"老大"满嘴喷脏不言语的男孩眼中透出的寒光震住了。

他有一双很漂亮的眼睛，但此时这双眼睛中的冷意和凶悍却透过他额前细软的碎发准确无误地传递出来，下一秒，他就向"老大"扑了上去。

只听一声杀猪般的号叫，"老大"脸上立时多出三道血痕，男孩却没就此住手，压住对手狠命地揍了好几拳，但很快被其他男孩手忙脚乱地拖开。

回过神的"老大"恼羞成怒，对跌倒在地的男孩拳脚交加，还招呼其他人一起动手。

俞知乐噌地站起来，大声喊道："你们是四中哪个班的？"

四中是离这个小区最近的中学，俞知乐推测这些男孩应该都是那儿的学生，而且她现在这身打扮似乎挺能唬人，就让他们误以为她是四中的老师好了。

这一声吼震住了这群半大孩子，停下了手上的动作，互相用自以为小声的音量说着好像没见过这个老师。

俞知乐趁热打铁，继续说："都别跑，告诉我你们是哪个班的，明天让你们家长……"

说"都别跑"其实是在暗示他们快跑，果然话还没说完，这七八个小孩就一哄而散，只留下被围殴的男孩在原地。

俞知乐上前蹲下，想将男孩扶起来，却被毫不留情地推开了。男孩强撑着直起身，抹了一把额角的血，将白生生的面孔染得黑红交加，越发惨不忍睹，他却浑然不在意，捂着腹部被踢后作痛的位置，一瘸一拐地往回走。

俞知乐在初夏的傍晚感受到了扑面而来的萧瑟寒风，这个小区的男孩是不是都看不见她？小亮是这样，这人也这样，她的存在感是离家出走了吗？

"我看你伤得挺重的，需不需要去医院检查一下？"俞知乐连自身都难保，却还是上前关切地询问，顿时觉得自己的形象都高大了不少。

才不是因为人家小男孩长得好看。

男孩冷漠地侧目看她，没有说好，也没有说不好，看得俞知乐不自在地移开目光左右环顾，好一会儿他才开口道："你不是四中的老师。"

被当面拆穿的俞知乐有些尴尬，难得热心一回的她顿感无趣，悻悻地缩回手，却在看到男孩险些跟跄着摔坐在路边时再次手快于脑，一把扶住了他。

这次没有被推开，大约因为男孩实在疼得厉害。

被俞知乐搀扶着走到自家门洞，他皱眉想从口袋里掏钥匙开铁门，却因为右手扭伤无法动作，只好别扭地用左手，但扯动了腹部的瘀伤，虽然极力想忍住，但还是从齿缝间溢出小声的痛呼。

俞知乐抬头看了看这楼，真是巧了，她也有这门洞的钥匙。于是俞知乐松开扶住男孩的手，男孩微不可见地侧了下脸，似乎在探究她的意图。

俞知乐掏出 2015 年房东给她的钥匙，打开了铁门，又轻轻扶住男孩，偷偷打量了下他的小身板，问道："你家住几楼？还走得动楼梯吗？要不要我背你？"

男孩没有回答，径直向楼梯走去，也不等俞知乐，像是因被她看轻而犯了倔。

俞知乐一愣，很快赶上去，不敢再说什么，怕又不小心触及刚迈入青春期的少年敏感的神经，只不远不近地跟在男孩身旁，看他支撑不住时才搭把手。

两人缓慢地爬到四楼，男孩站在 401 室门口，艰难地取出钥匙开门进屋。俞知乐停在门口发愣，她租的 301 室就在楼下，不过现在住着小亮一家。

男孩进屋后没有随手带上门，快走到客厅时察觉俞知乐没有跟上，回过头沉默地看着她。

俞知乐左右看看，确信他是在看自己，不太确定地说："我可以进来吗？"

男孩迅速转过身："帮我上药。"

俞知乐用酒精棉球为余子涣清理额角伤口时，自觉已经手脚很轻，且余子涣也没有喊痛，但看到他紧皱的两道浓眉和低垂轻颤的眼睫，还是有些心惊肉跳。

上完药贴上纱布，她放下撩起余子涣额前碎发的手，大大地舒了一口气。余子涣瞥她一眼，又立刻移开视线："为什么帮我？"

俞知乐不明所以，愣愣地看着他："不是你让我帮你上药的吗？"

余子涣皱眉看她，眼中有些不耐烦。

俞知乐这下回过神，意识到他问的是为什么假冒四中老师帮他解围，短暂地思索了几秒，其实她也不太明白自己怎么有闲心管闲事，于是干脆装傻，眯眼一笑，露出一排整齐的白牙："路见不平拔刀相助嘛，欺凌弱小是不对的！"

俞知乐觉得余子涣好像想对她翻白眼，不过他最终还是忍住了，只是用一种诡异的眼神看着她，盯了她半天问道："你的意思是觉得我很弱小？"

不是又说错话了吧，敏感的小孩真是太难伺候了。俞知乐干笑一声，辩解："我不是那个意思，我说的弱小是相对而言的，你看啊，你只有一个人，而他们有八个人，相比起来不就是弱势的一方吗？要是纯单挑，你连他们的老大都能打趴下，怎么能算弱小呢？"

余子涣大约是觉得理由尚可接受，没有再纠缠这个问题，伸手抓起T恤的衣摆，准备处理身上的瘀伤，撩到一半突然抬头对仍面对着他的俞知乐说："不许看，转过去。"

俞知乐忙不迭点头转身，回过味儿来却觉得自己冤得很，搞得好像她想看他这个小毛孩子脱衣服一样。俞知乐的目光无意识地扫过屋里的摆设，视线从吊灯转到沙发，再从沙发转到放满杂物的茶几，再一转，看到了挂在墙上的两张黑白遗照。

左边是个笑靥如花的年轻女人，和余子涣有七八分相似，只是比他柔和得多；右边是个白发老太太，虽然满脸皱纹，但从眉眼轮廓也能看出年轻时是个美人。

俞知乐脑中迅速推出他们三人的关系，应该是祖孙三辈。不过这样的话余子涣也太惨了，外婆过世，妈妈更是英年早逝，或许左边那个是他阿姨？

俞知乐还沉浸在思考中，余子涣已经贴完膏药穿好衣服，一瘸一拐地捧着医药箱想要放回高处的橱柜。

"我来吧。"俞知乐在老家北方不算太高，但也有一米七，比起还没发育只有一米六出头的余子涣还是高上不少，她都不用踮脚，伸着手臂就能将医药箱放回原处。

他这回没逞强，将医药箱递给俞知乐后老实地在沙发上坐下。

俞知乐看下时间，都六点半多了，估计一会儿他的家长就该回来了。余子涣不声不响地干坐着，俞知乐很怀疑以他的性格会不会把受欺负的事告诉家长，她在考虑是不是应该等他家大人回来，婉转地表示一下他被同龄人排斥的情况。

俞知乐站也不是坐也不是，气氛实在尴尬，她按捺不住地探头探脑向门口张望："你爸爸呢？还没下班吗？"

余子涣开始没有回答，俞知乐等了半天，几乎要放弃时却听他说："他欠了一屁股债，早就跑了，大概死在外面了吧。"

这话说得冷冰冰，但余子涣眼中的冷意更令俞知乐心惊，好像提到的人和他没有任何关系，不是他爸，连陌生人都算不上。方才若能称得上尴尬，现在的气氛大概已经结冰了，一有任何动作就"咔嚓咔嚓"响得让俞知乐想打自己一巴掌。

但是，视线再度扫过墙上的遗照，俞知乐忽然意识到一点："那你现在……"

"我一个人住。"余子涣也注意到她看遗照的目光，抬起头准确地捕捉到她的视线，和她对视的眼神中明确透露出一个意思，如果她敢表示他可怜，他立刻就能翻脸。

俞知乐确实挺同情他，但脑中出现的第一句话居然是：这不合法吧？未成年难道不是一定要有监护人？

大约是因为俞知乐表情中的困惑大于怜悯，余子涣眼中的敌意弱了下去，低头解释道："名义上是我姑姑收养了我。"

俞知乐不知道该说什么，这个孩子的敏感和倔强，她在短暂的相处中已有深刻体会，所以闭嘴大概是最好的选择。

"你还没吃晚饭吧？正巧我也没吃，蹭你一顿饭行吗？"俞知乐机智地转移了话题，死皮赖脸地凑到余子涣边上，见他没有回答又赶忙补充，"我可以付钱。"

余子涣挪挪身子，和俞知乐拉开距离："我只有方便面。"

"没关系，有的吃就行。"

到厨房一通翻箱倒柜后，俞知乐对余子涣又有了新的认识。真是个实诚孩子，说只有方便面就只有方便面，她吃杯面还会加根火腿肠或者荷包蛋，余子涣家里除了一箱方便面什么也没有，冰箱比她的脸都干净。

她下了两袋方便面，香味儿一飘出来，俞知乐听到身后拖椅子的声音，回头一看，余子涣已经拿好碗筷在厨房的小桌子前坐下了。

快到七月的天气已开始闷热，在空气不甚流通的厨房里很快就出了一身汗，俞知乐边吃面边用手扇了扇风，看到边上的余子涣白皙的脸上也挂上了汗珠，碎发一缕缕地贴在额上，由于专注于食物，没了先前的冷硬，这么看也就是一个普通小孩。

不过是一个很好看的小孩，一般人满头大汗只会显得狼狈邋遢，余子涣却只让俞知乐想起清晨沾了露珠的荷花，嫩生生又不染纤尘，再加上他眼角下垂的狗狗眼，看得她母性泛滥，移不开目光。

看着看着，余子涣忽然抬起头，俞知乐和他闪亮的双眸对上，才意识到自己的失态，赶紧正色，做痛心疾首状："你这样不行啊，你正处在长身体的阶段，怎么能天天吃方便面呢？营养怎么跟得上？"

余子涣被她说得眉头一皱，转移视线落在了面上："我只吃得起方便面。"

俞知乐见好歹是圆过去了，没让余子涣鄙视她，暗暗松了口气，也认真思考起这个问题，忽然灵光一现。余子涣缺人照顾，她缺地方住，不然她就租他的房子好了。

把这个想法和余子涣说了，他古怪地看着她说："你不是这栋楼的住户吗？"

俞知乐想起自己在楼下用钥匙开门的行为，也不怪余子涣有这样的错误认识，她哈哈干笑一声："我说那钥匙是我捡的你信吗？"

余子涣显然不信，不过也没说什么。

"你是不是担心我是坏人啊？"俞知乐见他不作声，以为他还有什么顾虑。

"你交多少房租？"

俞知乐想想十年后这儿的租金以及物价上涨等因素，估了个价："一千？"

说完她就后悔了，十年后她一个人住一整间也没比这贵多少，但余子涣没给她反悔的机会："行，另外水电费均摊。"

俞知乐又对余子涣不吃亏的本性有了更深刻的认识，但谁让她自己提出来这个办法的呢。不过好歹找到了个落脚的地方，而且她对这一带也算比较熟悉。

洗碗时，俞知乐才后知后觉地发现她还没自我介绍："忘了说，我叫俞知乐，俞是榆树的榆去掉木字旁，知道的知，快乐的乐，你可以叫我乐乐姐。"

"我叫余子涣。"

"好巧，我们的姓一样，更像姐弟了。"俞知乐关掉水龙头擦干手，转过身高兴地说。

余子涣深深地看她一眼，阴沉着脸说："不巧，我是多余的余。"

俞知乐本想说反正听上去都一样，他又慢吞吞地接着说："妻离子散的子，涣散的涣。"

俞知乐清了下嗓子，硬着头皮说："也是子孙满堂的子，涣然冰释的涣啊。"

余子涣又看她一眼，这回眼中的坚冰却有些松动的意思，不过没有接话。

晚上余子涣写作业时，俞知乐偷偷检查了一下她从十年后带来的东西，手机虽然还有电，但 SIM 卡已没了信号。钱包里有一千元整钱和一些零钱，这点钱她又要交房租，又要交水电，还要买菜，在找到经济来源之前可得省着用。

俞知乐继续掏包，拿出了自己的简历和各种证书，重重地叹了口气。她明明是正经毕业的大学生，四六级也都过了，现在却比盲流还不如，未来的日子可怎么过。其实是不是应该先想想怎么回到 2015 年？可这好像比在 2005 年找到工作还没有头绪，俞知乐陷入了深深的沉思。

在卧室写作业的余子涣拖着不太方便的腿脚走了出来，俞知乐赶紧把摊在茶几上的东西扫进包里，生怕被他看出破绽。谁知道人家根本看都没往她这边看，径直去了厨房，倒了杯水，端着水杯走回卧室门口。

俞知乐见他停下，不由得看了过去。

余子涣没有回头，背对着她，眼睛盯着手中杯子微微颤动的水面说："房租可以晚点交。"说完就进了卧室，还顺手带上了门。

俞知乐在感谢之词脱口而出前忽然反应过来，他这是嫌她在客厅长吁短叹吵到他了吗？

俞知乐觉得余子涣的眼中仿佛落满了星辰，耀眼得过分。

"小涣，该起床了。"俞知乐打着哈欠敲了敲卧室的门，虽然已经洗漱过，还是止不住困意，没听到余子涣答应，她就靠在门上继续敲。

俞知乐头顶着的门忽然向里一收，没了支撑的她险些一头栽倒，这下彻底把瞌睡吓跑了。

忍着起床气的余子涣面色不善，也没和俞知乐打招呼就越过她进了卫生间。

俞知乐探头进卧室瞧了一眼，余子涣已经叠好被子，床铺也铺得整整齐齐，这一点上他倒是从不让她插手，她的工作主要就是买菜做饭，其余家务两人分摊。

余子涣洗漱完出来时脸色好了不少，先前睡得翘起来的头发也服帖了，眼神也清亮了。他在厨房的小桌前坐下，俞知乐就端上了夹了火腿、鸡蛋和生菜的三明治，还有一大杯牛奶。

余子涣拿起三明治啃了起来，俞知乐也坐下吃了两口，说："这一个星期每天早上我都争取做不一样的早餐，你发现了吗？"

余子涣抬头，用一种看傻瓜的眼神看她，意思是他又不瞎，当然发现了。

所以她是在求表扬？余子涣沉默了一会儿，腮帮子一鼓一鼓的，像只小仓鼠，咽下口中的食物说："很好吃，谢谢你。"

俞知乐毫不谦虚地点头接受了他的谢意，但话锋一转，道："据我观察，你都不是很爱吃，所以我还会继续尝试新品种。"

余子涣被这不按常理发展的对话呛得连连咳嗽，俞知乐伸手给他顺气，又状似顺手地递上了牛奶。余子涣面对凑到嘴边的牛奶皱了皱眉头，不过还是勉强喝了一口，将三明治的碎末顺了下去。

"重要的是，你有没有发现有一样东西一直没变。"俞知乐晃了晃喝了一口就被他放回桌上的牛奶。

流水的早饭，铁打的牛奶。说实话余子涣发现了，但是他真的不喜欢牛奶的味道，所以一直都无视它。

"长身体的时候怎么能不喝牛奶呢？！"俞知乐再次做痛心疾首、大义凛然状，准备发表一番劝奶宣言。

结果余子涣三两下将三明治全塞进嘴里，唰地起身回房间收拾书包。

俞知乐也不管他听不听得见，举着牛奶继续说："我听说成龙每天至少喝一杯牛奶，所以才长得比你们都高，你本来在营养上就落后了几年，再不好好补补，以后长不高怎么办？"

谢成龙就是上回带头挑事儿侮辱余子涣的男生，其实以谢成龙已进入变声期的状况来看，他就是一天喝一缸牛奶也不一定能长多高，但为了能让余子涣坚持喝牛奶，俞知乐也不介意拎他出来躺枪。

余子涣在卧室没有回应，不过出来后经过俞知乐身边时，他伸手抓过牛奶，咕嘟咕嘟几大口就灌下喉咙，看样子舌头都没来得及品尝牛奶的味道。

余子涣喝完牛奶，飞快地去厨房涮了一下杯子，然后去门口换鞋。俞知乐看了下时间，她在超市工作的时间也快到了，赶紧也收拾一下准备出门。

换好鞋打开门，俞知乐发现余子涣还等在门口。

"你在等我啊？"俞知乐咧嘴一乐，他却没有承认，扫她一眼就往楼下走。

俞知乐觉得她这一个星期的苦工算没有白费，这小兔崽子也不算太没良心，于是乐颠颠地跟了上去。余子涣在前，俞知乐在后，两人也不说话，就这么默默地走。路上遇到了晨练的王大爷，俞知乐高兴地挥手打招呼。她现在明白了为什么十年后的王大爷明明患有老年痴呆却能记住她，因为十年前她曾经住在这儿啊。

王大爷现在还没有患病，身子十分硬朗，他一边大步竞走，一边笑着和两人问好："两个'小 yu'，一起去上班上学啊？"

俞知乐笑眯眯地点头应答，余子涣却有些不自然地加快了脚步。俞知乐上前小声说："你别这样，小孩子要懂礼貌。"

之前她以余子涣堂姐的身份被介绍给邻居众人后，发现俞知乐不是四中老师的谢成龙一家可算找到找碴对象了。之前是余子涣家没大人，现在有了个"堂姐"，他家里人怎么肯轻易放过，非要说余子涣把他们儿子打成重伤，要赔医药费。

俞知乐好好和他们讲道理，说她看到了起冲突的经过，分明是谢成龙先侮辱余子涣，还扯到他母亲身上才惹得余子涣动手，更何况后来谢成龙对余子涣下的手也不轻。

可是和有些人根本没法讲道理，从谢成龙小小年纪就满口脏话也能看出些他们家的教育理念，反正辩论他们辩不过俞知乐，但要赖俞知乐却甘拜下风。幸好有王大爷带头为余子涣说话，说这孩子虽然不太说话，但从来不主动惹事，这次的事双方都有不对，让谢成龙的父母得饶人处且饶人。

其实这些邻居或多或少都知道谢成龙家蛮横的作风，不过是欺负俞知乐是个女人，又年轻面生，有了王大爷的话，大家也不怕先开口得罪谢家，最终谢成龙父母在众人一致表示王大爷说得对的情况下，悻悻地放弃了索赔。

在俞知乐来之前，余子涣也经常受到王大爷的照顾，他也会帮王大爷浇个花、擦个窗什么的，只是不太能在大庭广众之下自如地打招呼，于是低头"嗯"了一声，算是告诉俞知乐他知道要有礼貌。

俞知乐研究了一会儿他的反应，眯眼道："你不是在害羞吧？"

余子涣被猜中心思，又加快了步伐。俞知乐比他高，赶上他还不是分分钟的事，几下又走到他边上，不过换了个话题："谢成龙在学校里没为难你吧？"

余子涣是个闷葫芦，什么事都往心里装，装到装不下就爆发。那谢成龙的嘴又贱得不行，什么难听拣什么说，还爱戳余子涣痛处，上次的事能有第一回，就会有第二回、第三回，万一在学校里起了冲突，被孤立的余子涣只会是吃亏的那个。

其实如俞知乐预料，谢成龙又来挑衅过，不过余子涣都无视了。现在听到她询问，他也只是摇摇头，表示没问题。

"我跟你说，谢成龙要是再敢来惹你，你就添油加醋地和老师说，最好再带点委屈的眼泪。你长得这么好看，只要你愿意向老师卖乖，出了事老师一定会站在你这边，在学校里就有了保障，多被罚几回，最好再记几次过，看他还敢不敢惹你。不要担心同学会说你爱打小报告，想办法保住自己才是最重要的。"

余子涣无语地看了俞知乐一眼，这种阴险的招数亏她能这么严肃正经地教他。

"你听到了没有啊？"已经走到了两人要分头的路口，俞知乐向余子涣的背影喊道，不过他转脸向她挥了挥手，就大步向学校的方向走去了。

俞知乐决定不急于一时，慢慢给余子涣洗脑好了。

俞知乐在超市做收银员的工作也是在王大爷的帮助下找到的。对于她没有身份证，俞知乐给出的说辞是她父母要安排她结婚，她不愿意，就从老家逃了出来，但是身份证被父母扣下了。王大爷对此表示很是同情，也对现在这个年代还有这样封建的逼婚行为感到震惊，向她表示如果她父母找上门，由他来说服他们要支持自由恋爱。

俞知乐真想告诉他别震惊，这种行为放到十年后都不算稀奇。不过，有了王大爷向开小超市的朋友推荐她，她总算有了经济来源。小超市的工作没有大型超市那么辛苦，俞知乐只负责从早上八点到下午五点的收银，相对地，工资也少，可是为了回去给余子涣做饭，少就少一些吧。而且这两天她寻思着再找点副业做做，不能浪费了她掌握的十年先机。

超市里除了俞知乐，还有一个老板家亲戚在帮忙，是个四十来岁的中年妇女，让俞知乐叫她李姐。

李姐对先前辞职的那个收银员印象很不好，对手脚勤快嘴又甜的俞知乐倒是很满意，大概是因为俞知乐除了收银，在没有顾客的时候还常常帮她拖地、理货。

这天四点半多，超市里拥进来一批放学的中学生，买的东西都不多，但是七零八碎的也让俞知乐忙乎了一阵。刚闲下来，李姐凑过来向超市门口示意了一下："那孩子怎么回事？在门口站了半天也不进来。"话里的意思是嫌弃人家挡路了。

俞知乐回头一看，发现那个贴门站着的小子可不就是余子涣，于是不好意思地笑了笑答道："那是我弟弟，你等我和他说一下。"

俞知乐小跑到门口，拉过余子涣说："你怎么来了？"

余子涣书包还背在身上，显然一放学就过来了，他不自在地把手臂从俞知乐手里抽走，还是靠边站着说："我饿了。"

"饿了就自己先买点吃的嘛。"俞知乐只当他是过来求投喂。

余子涣瞟了她一眼，没说话。

俞知乐回头看到李姐正向他们这边张望，思考了一下，将余子涣拖进超市，先向李姐介绍了一下，然后让余子涣也叫人。

"李姐好。"余子涣乖乖地问好，清澈的下垂眼泛着自然的水光，一派天真，他的这声问好倒让俞知乐意外了一下，余子涣的年纪叫李姐阿姨完全不为过。

被一个水灵灵的小男生叫姐，让李姐乐开了花，她听俞知乐说余子涣饿了，自掏腰包买了一个面包，塞到他手里，还说孩子正在长身体，是该多吃一些。

余子涣低头抓着面包，俞知乐见他没反应，正想掐他一下，提醒他道谢，却见他抬起头，眉眼弯弯，浓密的眼睫如画出来的一般，笑得与他妈妈如出一辙，露出嘴角的小梨窝，甜得让俞知乐心跳加速了好几下。

"谢谢李姐。"

俞知乐这还只是旁观，被正面攻击的李姐就差捂心口了，她乐得花枝乱颤，连连说余子涣是个好孩子，以后要常来。

被准许在收银台边写作业的余子涣没有拆开面包，而是收到了书包里。俞知乐趁李姐没注意，向他比了两个大拇指。她早上教他卖乖，下午他就能学以致用，让她深感孺子可教。

余子涣对此没有任何表示，面无表情地掏出作业认真地写了起来，比了一会儿拇指，俞知乐又伸出了两手的食指，做机关枪状偷偷突突了不理她的余子涣一把。

俞知乐很快意识到她每天上下班都有余子涣的陪伴，而周末需要上班的时候，余子涣则干脆一起去帮忙。李姐对此当然举双手双脚赞成，况且有他们两姐弟在，她基本就剩坐着嗑瓜子的份儿了。


一天下午超市的座机接到来自四中的电话，询问余子涣的家长是否在超市工作。

接电话的李姐一听，明白应该是余子涣在学校出事了，她把电话递给俞知乐，然后站在一旁紧张地一起听对方解释情况。

电话里的老师说余子涣在期末考试中作弊，让他的家长立刻去学校一趟。

俞知乐虽然不愿意相信，但心还是抑制不住一沉。

"小涣不像会作弊的孩子，小俞啊，你可别让人家冤枉他。"李姐倒是比俞知乐还着急的样子，她是真挺喜欢余子涣，觉得他长得又好又有礼貌，一定是个好孩子，于是忙不迭催促俞知乐赶紧去学校处理。

俞知乐从来没干过这种家长的活儿，也不知道该准备什么，只能硬着头皮上了。

到办公室一看，除了余子涣，还站了几个学生，其中就有熟人谢成龙，这下她也信了李姐的话，扯上谢成龙，里面没点鬼才真叫见鬼。

余子涣的班主任是一个女老师，四十岁左右，戴着一副细边框眼镜，看上去就属于很严肃正经、不苟言笑的类型，俞知乐下意识地就紧张起来。

"你是余子涣的姑姑？"班主任没想到打电话叫来的余子涣家长竟然如此年轻，眼神中首先就带上了轻视和不信任。

"我是他姐姐。"俞知乐赔着笑解释。

余子涣家的情况班主任或多或少知道些，听俞知乐这么说，便将她当成了余子涣姑姑的女儿，眉头大皱："为什么他姑姑不过来？"

"她工作比较忙，所以……"

"就是因为你们这些不负责任的家长，才会把好好的孩子往歪路上赶，学校的教育只是辅助，重要的还是家庭教育！余子涣这次的行为影响很恶劣，他居然在班级里公然买卖答案！我知道他成绩好，回回年级第一，但别以为这样就能让学校包庇他！品行不好的学生，成绩再好也没用！"班主任说得情绪激昂，唾沫星子喷了俞知乐一脸。

俞知乐知道不该和抓着余子涣小辫子的班主任起冲突，忍了又忍，还是憋不住反驳："我们家小涣不是这样的孩子，你说他买卖答案，有证据吗？"

"还要证据？这么多同学指证说买了他的答案够不够？"班主任一

指窗前罚站的众学生，又把下午数学考试的卷子往俞知乐面前一甩，"看看，要不是他的答案，大家的回答能一样吗？"

俞知乐低头看看被抓了典型的卷子，数学这门课，如果大家都做对了，那没什么可说，可是如果都错在同一个地方，就很容易暴露出答案都来自于一个人。

这几份卷子就是这种情况，都是在一道大计算题中间的一个步骤出了错，导致最终结果不对。俞知乐又翻出了余子涣的卷子，发现他做对了那道出错的题："可是小涣明明做对了，这怎么能说大家抄的是他的答案？"

"哼，你当他傻吗？他的答案当然不能和别人一样，不然不是立刻就暴露了？"班主任轻蔑地看着俞知乐，像是吐槽她脑子不够用。

"那么说，其他所有和这几份卷子答案不一样的人，也都有嫌疑啊。"俞知乐虽然不是聪明绝顶，可也讨厌这种逻辑本身有漏洞还瞧不起别人的人。

"这……"班主任无言以对，眼神一瞟，看到窗前那群学生中只有余子涣昂首挺胸地看着她们这边，其他人都是低头悔过状，更是气不打一处来，"那还有那么多同学，他们总不会是串通一气要污蔑余子涣吧！"

这可说不好，俞知乐越看越觉得低着头的谢成龙在偷笑，她不知道他们的答案是哪儿来的，但很可能是因为作弊被发现，于是推到了余子涣身上。

"我知道你们家条件不好。"班主任见俞知乐不说话，气焰又上来了，上下打量了一会儿她在地摊上买的 T 恤、牛仔裤和凉鞋，"可是也不能纵容孩子做这种违法乱纪的事，现在为了钱可以买卖答案，以后还不得杀人放火？"

俞知乐被她这一口咬定余子涣会走上犯罪道路的言论恶心得够呛，可还是得忍住骂人的冲动，保持微笑："你说得对，我们家条件是不好，不能给小涣提供优渥的环境，可是我们人穷志不短。我相信小涣绝对不会做这种违法乱纪的事，买卖答案的一定另有其人。"说最后一句话时俞知乐几乎是咬牙切齿，不过，在感受到余子涣看过来的目光时，她还是十分争气地对他笑了一下，虽然她已经被班主任的话气得眼泪都快出来了。

站在窗边的余子涣背着光，下午四点多的阳光洒在他的肩头，而比阳光更亮的是他的眼睛。不知道是不是因为日光太强导致她眼花，俞知乐觉得余子涣的眼中仿佛落满了星辰，耀眼得过分。

"你相信？你相信有用吗？你也要拿出证据来！"

俞知乐被班主任噎得没话说，她哪儿来的证据，她连余子涣班里有几个学生都不知道。

"我有证据。"余子涣忽然说。

站在他边上的几个学生这下装不下去了，忍不住开始交头接耳，为首的谢成龙更是死死盯住余子涣不放。

余子涣从裤兜里掏出一张小抄递给班主任。

谢成龙见状使劲掐了他身边一个男生一把，压低声音说："不是让你把所有小抄回收销毁吗？"

班主任狐疑地接过来，看到上面写着填空、选择和两道大题的答案，还没明白余子涣的意思："怎么？你想通要坦白了？"

"不，这不是我写的，只是我在考试的时候截下了他们传递的其中一张。你看清楚，这不是我的笔迹。"

班主任仔细看了看，忽然脸色大变。

"你看出来这是谁的笔迹了吧。"

班主任的脸青一阵白一阵，狠狠瞪了谢成龙几人一眼，又回过头对余子涣和俞知乐挥挥手说："没事了，你们可以走了。"

俞知乐对急转直下的场面有些发蒙，不过也明白了余子涣的冤屈被洗清了，被余子涣扯了一下衣袖，就有些难以置信地跟他一起走了。

"到底怎么回事？"走出校门，俞知乐还是没想通怎么这班主任就放过他们了。

"她女儿也在我们班上，还是班长。她准备今年给她女儿弄个市优秀少先队队长的称号，中考的时候可以加分。"余子涣语气中的轻蔑不比先前班主任对俞知乐说话时来得少，"如果她女儿被发现买卖答案，你说还有戏吗？"

"那小抄是你们班班长写的？"俞知乐总算听明白了，难怪班主任认出字迹后脸色那么差，"可是她为什么这么做？"

"谁知道。"余子涣对此不甚关心，并不想继续这个话题。

"说起来你们那个班主任太气人了，这种人怎么有资格做老师？"俞知乐又想起刚才被为难时窘迫得脸都要滴血的情形，又看了看没什么表情的余子涣，"对不起，我收回让你讨好老师的话，或者你可以讨好别的老师，你们这班主任还是算了。"

余子涣稀奇地侧脸看着她："怎么改主意了？你不是说这是个好办法吗？"

"那是因为我以为大家都会喜欢你的，她这种情况基本没有偏向你的可能了，所以还是别白费劲儿了。"

"有一种老师，你不送礼她是永远不会喜欢你的。"余子涣点点头，对俞知乐的话似乎很是受用，居然带了些笑意，"对了，今天谢谢你来学校。"

俞知乐自觉当得起这声谢，但又莫名有些心虚。以后来的情况看，即使她不来，余子涣也能洗脱冤屈，她只是平白来受了一顿气。

"不用谢，我也没做什么。"

"不，你做的事很重要。"余子涣在俞知乐继续前进的时候停了一会儿，轻轻说了一句。已经很久，很久没有人无条件相信他，无条件为他辩解了，所以，很重要。

> "我会考上最好的高中、最好的大学，以后我养你。"

本来还起过给初中生补课念头的俞知乐，在看到余子涣的期末成绩单后，彻底打消了这个念头。年级第一这种传说中的生物，她也算是见识到活体了。她甚至怀疑，作为一个只上过一学期高数的大学生，很可能反过来被余子涣教做题。

进入暑假，面对每天跟去超市的余子涣，俞知乐猛然间意识到一个问题。

再开学余子涣就升初三了，也就是说很快就要中考了，是不是应该早些开始考虑高中志愿？她对 S 市的大学还有些了解，但对高中就真是两眼一抹黑了，本着知己知彼的理念，她没事就和李姐、王大爷以及小区里其他中老年人士聊及升学问题，总算是摸清些门路。

七月底某天晚上，陪余子涣在楼下打了会儿篮球，满身大汗，吹着凉风、抱着球在小区里散步时，俞知乐适时地抛出了话题。

"开学就初三了，你有没有考虑过考哪所高中？"俞知乐觉得忽略她因汗湿而贴在脸上的头发，说这话时的自己应该还是很有长辈范儿的。

正巧走到一盏路灯下，余子涣毫无征兆地起跳，伸着纤细的手臂意图触碰路灯。

不过显然是不可能碰到的，余子涣的个头也就到路灯的腰吧。在喝牛奶的长高效果不太显著的情况下，俞知乐又和他说过没事摸摸高也有助于长个儿，余子涣当时没什么反应，之后却常常默默挑战一些不可能的高度。

被甩在身后的俞知乐再度在高温环境下感受到拂面而来的萧瑟寒风，她自己上学的时候都没这么操心过好吗，结果人家还不领情，顿时感觉从身到心都苍老了。

"有什么好想的，就考四中呗。"余子涣跳出去后回过头看着俞知乐，回答得理所当然。

有了互动，俞知乐满血复活。

"你的成绩考四中太浪费了，不试试更好的学校吗？比如一中啊，师大附中之类的。"

俞知乐说的这两个是 S 市排名第一第二的两所高中，是她从多日闲聊中获取的确切信息，还有一些有争议的学校她干脆没提，因为她有信心余子涣能上最好的高中。

余子涣自然也知道这两所学校好，却皱眉说："大姐，你知道一中和师大附中在哪儿吗？我要是去那儿上学，五点就得起床。"

俞知乐自动忽略了他有些不耐烦的语气，继续循循善诱："可是它们都有寄宿制度啊，住校的话不就不用起这么早了？"

余子涣眉头皱得更紧，可一时想不到什么反驳的理由，俞知乐又抢着说："而且这两所学校的师资力量、教学环境都比四中好得多,同样三年,你获取的知识、阅历都会远超四中的学生。更重要的是,你可以摆脱某些你不喜欢的人啊。"

在高中换一个新的环境,将这个邻里间知根知底的小区远远地抛在身后,新的老师同学不会知道他以往的经历,一切重新开始。

这确实是一个很大的诱惑。

站在路灯下的俞知乐恰好被落下的光圈包围,与四周的黑暗形成了泾渭分明的边界,从头到脚好像洒满了金光,余子涣看着她仿佛在发光的黑发和满含期待的双眼,应了一声:"我考虑一下。"

俞知乐简直要气晕过去,她讲得口干舌燥,就换来一句考虑一下。不过余子涣向来主意大,他不愿意,她也不急于一时,洗脑之业非一日之功。


回到家里,余子涣先去洗澡,俞知乐盘腿坐在茶几前,拿着小本子记账。

两人的日常开支就是水电费和菜钱,房租她本来在发工资之后给了余子涣,还犯愁没钱买菜了,结果第二天他又原封不动地还给她,说是交的伙食费。

两人的收入主要是俞知乐每月的工资,根据她收银额的浮动大约在一千二左右,另外理论上来说余子涣的姑姑每个月会给他四百生活费,但实际上这笔钱经常姗姗来迟,然后拖过一个月就少给一个月。

"你姑姑也太不靠谱了,你之前是怎么过的,她作为监护人这么做可以告她的吧?"俞知乐刚得知这个情况时大为震惊,难怪他原来只能天天吃方便面。

"外婆还在世时，给我存过一笔钱。"余子涣却不怎么生气，他从来也没指望过他姑姑，所谓的姑姑于他而言只是一个称谓，连面都没见过几回。

外婆给他存的钱是上高中和大学的学费。一年前外婆去世后，妈妈这边已经没有别的亲戚，爸爸那边的亲戚又推三阻四，最终被姑姑极不情愿地收养，虽然他成绩很好，也明白义务教育阶段结束后，他基本没有希望继续念书。他想过打工养活自己，可因为看起来就是个小孩，根本没有人敢用他，所以取出原本的学费作为生活费是唯一的选择。谁能想到他现在居然还可以考虑，是考 S 市排名第一还是第二的高中。

余子涣打开卫生间的门，一股热气腾腾地蹿了出来，刚洗完澡的他脸蛋被蒸得红扑扑的，白里透红的皮肤吹弹可破，清瘦的身板被包裹在棉质旧 T 恤和中裤里看着直晃荡，右手抓着挂在脖子上的毛巾擦头发，趿着拖鞋走到客厅前，小狗一样甩了甩半干的短发，正要叫俞知乐去洗澡，却听"啪"一声脆响。

俞知乐盯着茶几上的账本，忽然反手呼了自己一巴掌，表情嫌弃，嘴里同时骂道："没出息。"

结果一抬头看到探出头的余子涣，两人都愣住了，还是余子涣先回过神，指了指卫生间："你可以去洗了。"然后他推开边上卧室的门走了进去，好像根本没有看见俞知乐方才诡异的行为。

俞知乐本来就觉得够丢脸的，幸好余子涣没问，不然她大概能一头磕死在茶几上。

关上门，余子涣靠在门板上，还是忍不住笑了。他转过身抬手在头顶上放平，朝门板上比去，结果发现掌侧还是贴上了前两天画的黑线，并没有向上移动的迹象。他的嘴角顿时垮了下来，唇线恢复成平直的线条。

外面的俞知乐还在盯着账本，刚才她对了下账，一项项扫过数字前的名目，忽然发现好像有些不对。仔细一想，没有"姨妈巾"这项开支！俞知乐大惊，她的例假一向很准，而且在"姨妈"拜访前会有腰酸的前兆，因此她很少主动留意日期。

从她穿越回 2005 年开始就没出现过腰酸的情况，所以她一直就忽略了这个问题。然而掐指一算，早就过了"姨妈"该来的日子，这在一向以身体倍儿健康自傲的俞知乐身上根本是无法想象的。

她愣了一会儿，脑子里冒出来的第一个念头居然是少来几次好，可以省钱。回过神就因为这个没出息到极点的想法甩了自己一巴掌，谁想到居然被余子涣撞见了。

从痛失长辈威严的忧伤中恢复过来的俞知乐转而思考她的"姨妈"为何弃她而去，莫不是怀孕了？开玩笑，她难道要生个哪吒吗？她猜测应该是内分泌失调，可是她现在生活作息无比规律又健康，怎么就失调了呢？去医院看病的选项立刻被俞知乐否决了，不是她穷酸要硬扛，而是她没有身份证，没法看病，而且目前也没有出现不适的症状，实在不行找个老中医看看好了。

打定主意后，俞知乐安下心，拿上睡衣冲了个澡，结果躺在沙发上热得睡不着。

家里没有安空调，唯一的风扇在余子涣的房间，客厅虽然开了窗，可空气还是不太流通，有种黏糊糊的凝滞感。刚放暑假时还行，最近进入了夏天最热的时节，每天晚上的入睡都是个考验。屈着左腿，将右脚搁到左腿膝盖上，眯着眼看自己乱动的脚趾，俞知乐有一下没一下地摇晃着右手的蒲扇扇柄，小小的气流卷过，却根本不能拂走房中的燥热。

就这么在汗湿和黏腻中沉浮，一直处于半梦半醒状态，感觉根本没睡着的俞知乐在六点一刻时被闹钟和大亮的天光叫醒。她顶着两个肿眼泡，迷迷糊糊地摸到厨房，准备给余子涣做早饭。她在奶锅里放上鸡蛋，倒水，打上火开始煮，在等待的时间去洗脸刷牙。

刷牙的时候头一点一点的，等反应过来时已经超过了煮鸡蛋的时间，俞知乐赶紧放下牙刷冲到厨房，迅速关火，拿起奶锅，结果手一抖。

"哐嘟"一声，奶锅翻倒在地，开水和鸡蛋齐飞。

余子涣在奶锅落地的时候就被惊醒了，在俞知乐因为溅到手背上的开水而发出第一声惨叫时，他就掀开毛巾被冲了出来。

俞知乐痛得直跳脚，却担心会吵醒余子涣而咬着右手食指指节不敢大声叫出来。

余子涣扫了一眼一片狼藉的厨房，绕开地上的鸡蛋，上前将俞知乐扶到水池边，迅速拉着她的小臂，将她的左手放到水龙头下猛冲。

紧急处理完，余子涣又扶俞知乐到沙发上坐下，踮脚取下医药箱，翻出烫伤膏，低着头小心地给俞知乐手背上烫伤的部位抹药。

俞知乐挺不好意思的，几次说让她自己来，却被余子涣固执地抓住了小臂。

涂完药，余子涣又取了拖把去打扫厨房，俞知乐赶忙探身说："那两个鸡蛋别扔了，还能吃的。"

"知道了。"

余子涣沉着脸打扫完俞知乐留下的烂摊子，将洗干净的鸡蛋装到盘子里拿了过来，见俞知乐有要起来的意思，一把将她按回沙发上。

"你手都这个样子了，还想干什么？"

"早饭总不能只吃个鸡蛋吧，我再去煮点燕麦。"俞知乐又想站起来，却被余子涣瞪了一眼。

"你别动了，到时候把另一只手也烫了。"余子涣见俞知乐坐回去，脸色和缓一些，"我去煮，你歇会儿。"

俞知乐有些怀疑地看着他，有点不放心："你把水烧开了，然后……"

余子涣把鸡蛋往茶几上一放，低头看着她说："我知道怎么煮。"然后转身去了厨房。

俞知乐听到他在厨房接水、打火的声音，想想他这么聪明，应该是没有问题。手上的烫伤处理过之后没有一开始那么疼，精神放松下来的俞知乐困意又上来了，不知道什么时候就仰头靠在沙发上睡着了。

再醒过来时，俞知乐一看窗外的日头，心说坏了，这看上去怎么也不像是大早上的太阳。一看表，果然已经十点多了，这可迟到太久了。

俞知乐再一看茶几上放着一碗几乎干干的燕麦和剩余的一个鸡蛋，余子涣应该是吃过早饭了，可是看到她坐在沙发上睡着了居然没把她叫起来。

"小涣你怎么不叫我啊？"她一边说着一边站起来准备换衣服。

听到她动静的余子涣从卧室走了出来，看到她笨拙地用一只手扯着T恤的下摆，知道她要干什么，赶紧出声："我看你很困的样子，就想让你多睡会儿。"

俞知乐原本背对着他，听到他出来停下了换衣服的动作，回身说："可是超市那边……"

"我打电话给李姐帮你请假了，就算去了你的手也不方便做事吧。"

俞知乐一听已经帮她请假了，稍微松了口气，想想余子涣的话也有道理，而且她这一个多月几乎没有休息过，难得放个假也不错。就是不知道请假扣不扣工资，想到这一点，她又轻松不起来了。

"你……"余子涣见俞知乐有些闷闷不乐地坐回沙发上，也走过去在她旁边坐下，"早上怎么会……"

余子涣说得含混不清，但俞知乐明白他是想问水煮蛋这么简单的活儿，她怎么会出错。

"我昨晚没睡好，所以没拿稳，没什么事儿。"

余子涣点点头，扫了一圈客厅，眼中的亮光因睫毛的遮掩而暗了暗，想到了原因："是不是因为太热，所以睡不着？"

被看穿的俞知乐略显惊讶，于是余子涣知道自己猜对了："晚上风扇放到你这边吧。"

俞知乐连连摆手："不用，我能凑合，再说要是没了风扇，你怎么办？"

余子涣盯着她不说话，她知道他这是又犯倔了，正要再说几句表示她没问题，耐得住高温，却听余子涣说："你晚上到我房间睡吧。"

"那你还是吹不到风扇啊。"俞知乐转不过弯儿，傻愣愣地看着余子涣。

余子涣无语的眼神让她觉得自己说了一句蠢话，他沉默了几秒，说："我的意思是，我和你都在我的房间睡。"

这倒是让俞知乐大为吃惊，从认识余子涣那天起，她就发现这孩子很重视个人空间和隐私，所以她也很避嫌，未经允许绝对不进卧室，也尽量避免肢体接触，想不到他这次居然会主动提出让她去卧室睡。

"你不愿意？"余子涣见俞知乐愣愣的没反应，脸色一沉。

"不不不，我当然愿意。"俞知乐只是在想卧室空间那么小，她睡地板大概可以抱着风扇睡。

余子涣脸上的郁色这才消散，垂眼看到俞知乐手背上起的水泡，说："今天我来做饭。"

其实俞知乐的烫伤不算严重，只是最好别沾水，不然万一感染就麻烦了，她虽然是个不太拘小节的人，但也是个女人，总不希望手背这么明显的地方有疤，所以没有多推辞。

暑假里两人的中饭通常要在超市解决，所以都是前一天晚上的剩菜或是事先准备好的，这样早上用饭盒装好，带去超市用微波炉热一下就行。

因此中饭很好解决，复杂的工序余子涣也许不行，简单热一下昨晚的河虾和菠菜还是会的，俞知乐倚在厨房门口押长脖子围观，本来还想指点一二，看他像模像样的，倒像是个老手。

见余子涣弄得差不多了，俞知乐盛好米饭，捏着筷子眼巴巴地等他将一荤一素端上桌，捞了一筷子菠菜塞进嘴里，打量着余子涣说："看不出来，你还挺熟练的。"

余子涣白她一眼，也去夹菠菜，嚼了一会儿才说："以前外婆身体不舒服的时候，我也是会自己做饭的。"只是后来没有了外婆的退休工资，他买不起别的才一直吃方便面。

俞知乐看了看他的神色，怕他又想起外婆会伤心，连忙点头表扬他来转移话题："好，会做菜好，会做菜的男生很加分。"

"加分？"余子涣抬眼瞥她。

"呃……"俞知乐想说以后追女朋友厨艺好是个加分项，可是又觉得这么早给余子涣灌输这种知识不太好，支吾了一会儿灵机一动，"嗯，我好像在哪里看到一级厨师高考可以加分，不过可能是我记错了，吃饭吃饭。"

俞知乐顶着余子涣怀疑视线的巨大压力，若无其事地给他夹了个虾。

下午难得清闲的俞知乐居然感到有些寂寞，余子涣在卧室学习，她在客厅趴在窗口看风景，被烈日烤出一头汗，于是作罢，然后又在共计五步就能走到底的客厅来回散步，把自己绕晕了才倒回沙发上。

"好无聊。"摇着蒲扇发呆的俞知乐两眼无神地瘫在沙发上，脑子里又开始胡思乱想。

说起来，刚穿过来的时候，她还想过要利用自己掌握的先机干一番发家致富的事业，但后来忙着上班和照顾余子涣，就把这茬儿抛到了脑后。现在闲得无聊，她又搬出了不切实际的幻想，比如买个彩票、炒个股、做做生意，顺利走上人生巅峰。

结果思来想去，这些大概也只能是幻想。

如果她穿回的是老家，她倒还能知道有什么值得投机的事，可是她上大学时才来的 S 市，在此之前对 S 市的了解，也就是世博会的时候在电视和网络上经常看到。

想到网络，俞知乐一个激灵，在沙发上稍微坐正了一些。2015 年的时候，网络小说已经多到了泛滥的程度，可是在 2005 年的时候，就连穿越小说都算新鲜的题材。对网络小说的了解，算不算她掌握的先机？

俞知乐仔细考虑了一下，觉得这条路比较可行，但麻烦的是家里没有电脑，她如果要找网站发表，需要去网吧才行。

不过至少有了方向，更重要的是，她在这个无聊到七窍生烟的下午找到了事做。

首先是确定题材，她记得 2005 年左右火了好几本穿越小说，由此掀起了一股以清穿为代表的穿越文热潮，即使到了十年后仍有先赴后继的作者撰写这个题材的小说；其次是故事主线和人物设定，她不是个很有创造力的人，历史也不太好，可是照抄她以前看过的小说这种不要脸的剽窃行为她也做不出，干脆怎么狗血怎么来，写一个架空背景中玛丽苏迷倒万千雄性的故事。

去余子涣那儿要了一些草稿纸和铅笔，俞知乐用一下午时间完成了她的故事大纲。等写到最后女主不顾众多迷恋她的男子劝说，以身殉国，给后世留下一段可歌可泣的传说，而一直与女主相爱相杀的敌国皇帝心痛不已当场吐血时，她还有点小感动，差点挤出两滴宝贵的热泪。

沉浸在脑内小剧场中的俞知乐没留意余子涣从房里走了出来，还在欣赏自己的大纲，为笔下人物的命运叹息时，一不留神手中的草稿纸突然被抽走了。余子涣盯着密密麻麻写满铅笔字的草稿纸，一目十行，在俞知乐跳起来抢走前，已经看了个大概。

俞知乐夺回草稿纸藏到身后，不自然地左右环顾："你……你没看到什么吧？"

余子涣什么都看到了。他摇摇头，看着俞知乐叹气道："你脑子里到底都在想些什么？"

俞知乐老脸一红，如此玛丽苏的故事，被余子涣看到实在是太羞耻，正窘迫得无地自容，余子涣却没有发表进一步评论，若无其事地说："去买菜吧。"


限于余子涣的厨艺，两人晚上吃的番茄炒蛋和炒青菜。饭后例行的消食散步和锻炼在俞知乐的坚持下贯彻到底："我手被烫伤，又不是脚瘸了，顶多不陪你打篮球就是。"

所以当余子涣一个人在小区的小篮球场练习投篮时，俞知乐就加入了大爷大妈的闲聊大军，远远地看着他，知道他没有被谢成龙等爱找碴的小孩为难就行。

不过说是聊天，俞知乐基本只有听的份儿，他们爱说些东家长西家短的邻里八卦，她倒是没有相关新闻可以贡献，但不能阻挡热情的大妈们将八卦之火烧到她身上。

"小俞啊，看你天天围着你弟弟打转，你应该没有对象吧？"大妈一号拉过俞知乐，满脸兴味地打量着她。

俞知乐脑中警铃大作，这是要给她介绍对象？她笑着打了个哈哈，想糊弄过去，求助地看向一旁的王大爷。王大爷本来不太理会这种中老年妇女的业余爱好，此时却帮俞知乐解了围："哎呀，年轻人的事我们老一辈还是少插手，现在提倡自由恋爱嘛。"

俞知乐忙不迭地笑着附和点头。

大妈一号还想说些什么，王大爷又看向在打篮球的余子涣的身影，对俞知乐说："小涣现在比以前开朗多了，你的功劳不小啊。"

这是在帮俞知乐岔开话题，虽然她还是希望他们的话题能不在她身上打转，但王大爷的表扬还是要领情："您过奖了，小涣本来就是个好孩子，只是之前受的打击太多，掩盖了他的优点。"

夸起余子涣，俞知乐是不遗余力，她也真觉得余子涣比别家孩子都优秀，不仅长得好看，还聪明懂事、勤劳善良，除了爱往心里装事儿，不太爱和外人说话以外，几乎没有缺点。

王大爷笑得十分慈祥，转过脸对周围众人说："小涣的外婆临终前没别的遗愿，就是希望我们大家好好照顾小涣，作为邻居，这本来也是应该的是不是？"

这话倒像是在提醒谁，俞知乐的目光不动声色地在神色各异的众大妈大爷脸上扫过，在她来之前，除了王大爷，几乎没有别的邻居向余子涣示好，更恶劣的是纵容自家孩子欺负他，说起闲话来也根本不避讳。

"王大哥你这话说的，好像我们多亏待小涣似的。"

"亏待倒不至于，我就是觉得，有时候在孩子面前，说话得注意点，有些不好听的，被孩子学去了不是什么好事。"

对于小区里常有孩子侮辱性地称呼余子涣为"小野种"，俞知乐来这儿的第一天就见识到了。关于余子涣家不好听的流言，自然不会有人当着她的面议论，可即便如此，俞知乐也有意无意地从旁人的对话中偷听到了大部分信息。

余子涣的妈妈在附近一带都是出了名的大美人，但众人也都知道她父亲去世早，出众的美貌加上贫寒的家境，完全就是一个闪闪发光的软柿子。她十九岁时被一个早就盯上她的地痞强奸，这让绝大多数追求者一哄而散，唯有余子涣的爸爸痴心不改，坚持迎娶。

但婚前的信誓旦旦，却不能阻挡这件事成为扎在两人心头的一根刺，后来余子涣的爸爸时常怀疑余子涣不是他的亲生儿子，终日用醉酒赌博来麻痹自己，更是对余子涣的妈妈非打即骂。

在余子涣四岁的时候，他妈妈终于忍受不了想要离婚，并带着余子涣住回了娘家。可是离婚手续还没办成，余子涣的爸爸就因为被债主逼债连夜逃跑，至今下落不明。

然而噩梦至此仍未结束，当年玷污余子涣妈妈的地痞从牢里出来后，记恨她当年报警害他被抓，再度找上门，强行霸占她长达一年，并以余子涣及他外婆的性命相威胁不让她报警，关于余子涣妈妈有脏病的流言也是那时候传出来的。

美人的悲惨遭遇可谓经久不衰的谈资，特别是对那些一直嫉妒她容貌的人来说。在重重流言的包围下，余子涣妈妈做了一个震惊所有人的举动，她在地痞睡着后拿菜刀意图杀死他，由于力气小，在砍了最初几刀后地痞没有毙命，两人在争执打斗中余子涣妈妈也受了重伤，最终同归于尽。

余子涣妈妈去世的时候只有二十五岁。

这种杀人案在当年相当骇人听闻，所以时至今日还有人会提起。俞知乐在完整拼凑出这段往事的那个晚上，躺在沙发上久久难以入眠，黑暗中对面墙上那个笑靥比花还甜美的美人似乎也在看着她。

怎么会有人忍心伤害一个笑得这么温柔的人呢？如果俞知乐身边有一个这么漂亮的朋友，俞知乐保护她还来不及，根本舍不得说一句重话，更见不得别人欺负她。大概也是在那个时候，俞知乐面对余子涣妈妈和外婆的遗像，心中暗暗向这两个命运多舛的女人保证，只要她在一天，就一定会好好保护余子涣，让他顺利长大成人。


不过让俞知乐头疼的是，在人群散去后，还是没躲过不由分说要给她安排相亲的大妈一号。大妈一号说对方是自己远房侄子，成熟稳重、高大帅气，也不管俞知乐明确说她不去，直接告诉她周五晚上六点，在小区边上的茶室见。

俞知乐忍了又忍，才没当面和大妈一号翻脸。

到了睡觉时间，余子涣去洗澡的时候，俞知乐抱着自己的铺盖进了卧室，准备打个地铺，结果横放竖放，发现没有能完整容纳她的位置。

一进门是一张双人床和一个小书架，靠窗的是书桌和衣柜，中间的过道约半米宽，还放了风扇。俞知乐考虑了半天，要么是她把头伸到书桌下面，腿夹着风扇；要么腿伸到书桌下面，脑袋边上是风扇，另一个姿势稍微好一点，横躺在过道上，避过了书桌，却避不开风扇。

余子涣进来时，看到的就是俞知乐两手抓着铺盖，一脸呆滞地盯着书桌底下。

"你干什么呢？"余子涣取下脖子上的毛巾挂到书桌前的椅背上，有些莫名其妙地看着她。

"我在思考一个很严峻的问题。"俞知乐抬眼，严肃认真地看回去，"我应该以什么方向打地铺。"

余子涣很无语的样子："你觉得这儿有地方打地铺吗？"

"没有。"俞知乐老实地摇头。

余子涣拿过她手中的毛巾被扔到床上："所以你也睡床。"

耳边是风扇呼呼转动的声音，俞知乐在黑暗中睁大双眼，用气音小声地唤道："小涣，你睡着了吗？"

半天没等到回应，俞知乐以为余子涣睡着了，想活动一下由于一直保持束手束脚因平躺而僵硬的手臂，结果刚举起手，却听他清朗的声音从她脚边传来："你睡不着？还热吗？"

俞知乐确实睡不着，但不是因为热，而是一直处于担心自己睡姿不好，半夜踩到余子涣脸的忧虑中："有风扇吹不热了，就是……"

"就是什么？"

"我要是踩了你的脸你会不会和我翻脸？"俞知乐憋足一口气迅速说完，忐忑地等待余子涣的回答。

黑暗中俞知乐听到余子涣翻了个身，换成脸冲墙的侧卧姿势，给出承诺："不会，快睡吧。"

既然不会，为什么要用后脑勺对着她的脚？俞知乐感受到了来自小朋友的嫌弃，略心塞地闭上眼，不过这回没了心理障碍，倒是放松下来，很快就睡着了。

睡了一个多月沙发的俞知乐头天睡床就睡了个昏天黑地，早上都没听见闹钟，是蒙着头蜷在毛巾被里还想接着睡的余子涣被闹钟吵得不行，伸手推她的小腿将她叫醒的。

俞知乐一看已经六点半多，一个激灵，翻身下床。等她将早饭端上桌时余子涣还没起床，她推开门，观察了一会儿还闭着眼的余子涣，想想他跟着自己上了将近一个月班，都不像在放假，站在门边说："你要是想睡就多睡会儿，早饭在桌上。午饭我也给你留下，自己热一下行吗？"

余子涣没有睁眼，从鼻腔里发出一声细弱的哼唧，也不知道听清没有。俞知乐正要关门，却见他撑着手坐了起来，皱眉挠了挠后脑勺，眼睛就睁了一条缝，迷迷糊糊地下地，趿着拖鞋去了卫生间。

俞知乐有些无奈，一般孩子放暑假都是能赖多久床就赖多久，哪可能像余子涣这样风雨无阻地跟去超市帮忙。其实她大体能理解余子涣的心理，他天天黏着她不只是因为没有同年龄的玩伴，更因为极度缺乏安全感。在俞知乐取得他的信任后，即使他自己没有意识到，他潜意识中是在担忧她也会像外婆、妈妈一样消失，而且她毕竟和他非亲非故，说不好哪天就会嫌他烦，离他而去，只有时刻看在眼里才能安心。

这是他从小坎坷的经历决定的，俞知乐短时间改变不了，只有尽可能地关心他，消除他的不安定感，让他也能像别的孩子一样不再有那么多顾虑。

很快到了周五，忙碌于各种琐事的俞知乐早就将大妈一号给她安排相亲的事忘到了九霄云外。六点多时她做完晚饭，刚和余子涣在小桌子前坐下，"叮咚"一声，随着门铃响起的还有大妈一号破锣般的大嗓门。

"小俞在家吗？怎么还没去茶室？我大侄子都等好半天了！"

俞知乐大惊失色，却没有应门的打算，准备装作没人在家。余子涣见她没有反应，奇怪地看了过来，张了张嘴似乎是想发声。俞知乐一把捂住他的嘴，做了个噤声的动作，同时挤眉弄眼地向他摇摇头。

余子涣领悟到她的意思，虽然不解，但还是点点头表示明白。俞知乐松开手，小心地从椅子上起来，蹑手蹑脚地走到门边，趴在门板上听外面的动静，听到大妈一号下楼的脚步声，她才松了口气，像只壁虎一样倚在门板上。

余子涣见她这副四肢贴门的模样，不由得好笑："张大妈找你做什么？这么紧张。"

俞知乐坐回桌前，挑了鱼肚子上最好的部分夹给余子涣，轻描淡写地说："没什么，就是介绍个人给我认识。"

俞知乐没有说是相亲，就是怕余子涣多想，但他虽然年纪小，却还是想到了所谓"介绍个人给我认识"是什么意思，他脸上淡淡的笑意和轻松的神情倏地一暗，低头用筷子拨弄碗里的鱼肉，垂下的眼睫浓密卷翘，在眼底投下一小片青色阴影，掩盖了他眼中复杂的情绪："那你怎么不去？"

"有什么好去的。"俞知乐夹了一筷子草菇放进嘴里，正好和抬起眼的余子涣对视上。

"你……不想结婚吗？"余子涣眼睛一眨不眨地紧盯着俞知乐的神情，生怕错过最细微的变化。他临时改口前想问的是，她难道不想抛下他这个包袱吗？

俞知乐被他水光潋滟的下垂眼和微蹙的眉头看得心头一软，忍不住露出了一个慈蔼的、母亲般的笑容，意识到后又神情一凛，为她过早泛滥的母性光辉而汗颜，然后拍拍余子涣的背，笑道："我才多大啊，现在谈结婚也太早了。"

余子涣还是紧紧盯着她，眼中有些许疑问。

俞知乐眼睛一眯："你不是想说我已经很老了吧？"

对一个下个月才满十四岁的小孩来说，二十二岁的她确实很老。但是俞知乐可以吐槽自己，却不允许别人说。

"闭上嘴。"俞知乐眯眼指着余子涣，然后在嘴边做了个拉拉链的动作，"不许说，说了你明天就没早饭吃了。"

余子涣被她煞有介事的表情和动作逗笑了，嘴角两个小梨窝压都压不下去，埋头扒拉起碗里的饭菜。

结果晚上俞知乐和余子涣去锻炼的时候，还是被大妈一号逮了个正着。跟在她身边的是一个看上去三十多岁，身高一米六五，戴了副眼镜，顶着一头油发的男人。

正打着篮球的俞知乐被大妈一号拉到一旁和那男人互相介绍，她的衣服几乎被汗湿透，紧贴在身上，勾勒出凹凸有致的线条，而那男人的眼珠子一直在她胸口和腰臀间打转，配上他的假笑，透着股说不出的猥琐，让俞知乐一阵不快和不自在。

"小俞你晚上怎么没去茶室啊？"大妈一号抓着俞知乐的手不放，语气中带着责怪的味道，转脸又对那男人露出个大笑脸，"好在我大侄子大度。来，小俞，这是张强，我侄子。"

张强贼眉鼠眼地冲俞知乐一笑，上来就想握她的手。

俞知乐不着痕迹地避开，干笑一声，对大妈一号说："张阿姨，我说了没空不去，你不是忘了吧？"

大妈一号飞快地看了一下张强，又嗔怪地横了俞知乐一眼，眼神中明显在责怪她不给面子："你这不是有空吗？还陪你弟弟打篮球，怎么就没空见见强子？"

张强在大妈一号夸他的时候，抻着脖子整了整衣服，想表现出不骄不躁的态度，可是从俞知乐的角度只能看到他快秃了的头顶。

这就是前几天大妈一号说的成熟稳重、高大帅气？成熟倒是有，谁到了他这把年纪大概都会比二十出头时成熟。至于高大帅气？还没有俞知乐高的谢顶男和这四个字有一星半点关系吗？

这时一直在留意这边情况的余子涣也走了过来，站到俞知乐身边问她有没有事，看着张强的眼神充满警惕。

张强对他笑笑："你是小俞的弟弟吧？"

俞知乐和余子涣都不想理他，他却像是体会不到，继续说："你弟弟都这么大了，听我姑说你在超市做收银员，他常跟去帮忙，初中毕业也打算去那儿工作吗？"

"早点工作好，以后就不用靠家里了。"张强说得好像自己已经是余子涣的姐夫了，点着头看他的眼神好像他吃穿用度用的都是自己家的钱，"总不能一直让你姐养你，她的工资以后还要补贴家用呢……"

俞知乐脸一拉，极力忍住骂人的欲望，斩钉截铁地对张强说："你家孩子初中毕业就急着赶他出去打工？反正我家孩子不会！别说你现在和我没有关系，就算有关系，我愿意养我弟弟也是我的事，用不着你指手画脚！"说完黑着脸拉过余子涣转身就走，也懒得再和大妈一号废话，以后她爱说闲话就说去吧。

一路两人都没有说话，俞知乐是气的，余子涣却是一脸沉思。在俞知乐开门时，他站在她身后，昏暗的楼道里寂然无声，突然响起少年仍显稚嫩单薄的声线，其中的坚定和郑重却不容忽视："我会考上最好的高中、最好的大学，以后我养你。"

俞知乐转钥匙的动作顿了一下，回过头笑得见牙不见眼，却没有当真："好啊，我记住了，你可不能反悔。"

第四章

# 气人的懂事

高兴时有人能分享，难过时有人来安慰，有困难时可以毫不犹豫地找家里帮忙。

余子涣的生日在八月底，俞知乐问过他好几次生日想怎么过，有没有想要的礼物，他都说给他煮碗长寿面就行。俞知乐见问不出，索性按自己的想法来。这段时间她有时候晚上会去网吧发小说，于是趁余子涣没跟在身边，偷偷去商场给他买了部电子词典。

在余子涣生日当天，俞知乐买了一小块黑森林蛋糕当生日蛋糕，插上蜡烛唱了首生日歌，在他吹灭蜡烛后拿出包装好的电子词典说："蛋糕小了点别生气啊。另外，这个买来是给你学习用的，可不能总用来玩游戏。"

余子涣呆愣愣地接过那个盒子，在俞知乐打开灯后还没回过神，低着头不知道在想什么。

"为什么要对我这么好？"

余子涣抬起头，眼中的质疑和困惑多于收到礼物的惊喜。他早就想问，俞知乐为什么要对他一个陌生人这么好，好到委屈自己省吃俭用却把大半个月的工资用来给他买生日礼物。

俞知乐没想到他的反应会是这样，挠了挠头，愣了几秒开玩笑道："可能因为我有'妈癌'吧。"

"什么癌？"余子涣皱眉瞪大眼睛，嗓子吊了起来，显得有些刺耳。

俞知乐反应过来2005年的人肯定领悟不到"妈癌"这个词玩笑的含义，余子涣该不会以为真有这种癌症吧。

"没什么没什么，我开玩笑的。"俞知乐赶忙安抚他，"今天是你生日，千万别不高兴。电子词典……我看现在的学生几乎人人都有，而且想着对学习确实挺有帮助就给你买了。单看是有点贵，但是能用好多年，也算物有所值吧。"

余子涣的眉梢平复下来，垂眼沉默了一会儿，认真地看着俞知乐说："我外婆就是因为肝癌去世的，以后不要开这种玩笑。"

俞知乐连连点头答应，又跳起来去下长寿面。她端了两碗热腾腾的面条上桌，却看到余子涣没有吃那块黑森林，而是将蜡烛拔下来之后，分成两块放了一边。本来这蛋糕只是一人份，就是买来给难得吃零食的他开荤的，但现在俞知乐还是顺着他的意思，吃完长寿面后，两人分吃了蛋糕，余子涣的小脸上这才现出些霁色。


开学后余子涣升了初三，放学比之前晚了一个小时，有时候周六周日还要去学校补课，倒是不太有空跟去超市帮忙了。

这天俞知乐下班后去菜场买菜，回来的路上看到了正低着头往家走的余子涣，她高兴地叫了他一声，冲他挥了挥手。

余子涣有些不自然地抬了下手，算是和她打招呼，又将头埋了下去，闪躲着她的目光。

俞知乐心生疑惑，走近才看清他嘴角有伤，又生气又心疼，伸手想捏住他的下巴看看他的伤势，却被他躲了过去。

"谢成龙又欺负你了是不是？"俞知乐没有坚持要看余子涣的伤口，皱着眉严肃地问，不打算轻易让他糊弄过去。

"没有。"余子涣神色低落，微微侧头，不去看她。

"那你嘴角的伤口怎么来的？"

"我自己撞的。"

俞知乐不知道余子涣为什么要隐瞒真相，盯着他半天他也不正视她，不由得被气笑："好啊，那你把另一边也撞个一样的伤口出来我看看。"

余子涣不说话了，垂头转身准备进门洞。

俞知乐实在气不过，之前诬陷余子涣作弊的事还没找谢成龙算账，这回要不是伤在脸上这么明显，他估计还打算瞒着她，而且不知道以前是不是也有类似情况，只是余子涣没告诉她。

"不行，你跟我走。"俞知乐几步上前，拉过余子涣的手朝另一个方向走，"我们得要个说法，不能老让他这么欺负人。"

余子涣几次想挣开俞知乐的手都被她紧紧攥住拽了回来，到了谢成龙家门口，他更是直接出手阻止俞知乐按响门铃。

"你到底在怕什么？"俞知乐瞪了他一眼，很是不解，"这种人你怕他躲着他是没用的，他只会觉得你好欺负。"

余子涣听后张了张嘴，却在俞知乐按响门铃的时候把话咽了回去。

来应门的谢成龙妈妈一看是俞知乐二人，笑得虚情假意："这不是小俞嘛，你怎么有工夫大驾光临？不用帮你弟弟做饭啊？"

俞知乐也是皮笑肉不笑的模样，拉了下余子涣让他站得近些："做了饭也要能吃才行，你家孩子把我弟弟打成这样，还怎么吃？"

谢成龙妈妈的眯缝眼向余子涣脸上扫了过来，眼睛向上一翻："你哪只眼睛看到是成龙打的啦？再说小孩子之间打打闹闹不是很正常吗？这点小伤算什么。"

"不好意思，我记性不太好。你说小孩子打闹很正常，那上回去我家要医药费的人是谁？那时候怎么不说是小伤，是玩闹？"

双重标准被不留情面戳穿的谢成龙妈妈脸上有些挂不住，她眼睛一瞟，看到从楼梯上走来的谢成龙，忙一扭水桶腰，挤开俞知乐和余子涣迎了过去，从谢成龙背上接过书包一阵嘘寒问暖，即使换来的是不耐烦的嫌弃也不改肥肉堆出来的笑容。但一转脸，她给俞知乐二人的又换成假惺惺的笑容："成龙，你给余子涣姐姐说说，你们俩是不是好朋友，怎么会故意打他呢？"

谢成龙不屑地瞥了俞知乐一眼，走过来重重拍了拍余子涣的肩："我妈说得没错，我们确实是好朋友，对吧。"

比谢成龙矮半头的余子涣在他壮硕的身躯前显得格外单薄，余子涣本来一直垂眼沉默，被谢成龙拍得摇晃了几下才稳住，缓缓抬眼，有刹那的凶光流泻，然而完全抬起时又平静无波，和谢成龙对视了两秒，突地笑了，眼中似流转着万千星辰："没错，我们是朋友。"

俞知乐倒吸了一口冷气，又气又费解地瞪着余子涣，但是碍于他的态度，也不能再和谢成龙母子二人撕，只能看着他们趾高气扬的模样气到内伤。

俞知乐带着余子涣离开前，又听谢成龙对他们喊道："明天你那电子词典再借我玩玩。"

俞知乐闻言看了余子涣一眼，明白原来是她送他的电子词典惹的祸。想必是谢成龙看到他有这玩意儿，便打算抢去玩儿，余子涣不从，便被打了。

　　两人沉默着回到家中，沉默着各自忙碌，直到吃晚饭的时候俞知乐终于忍不住，放下筷子问道："你为什么不让我找谢成龙算账？你这样让着他，他只会变本加厉。"

　　余子涣浓长的睫毛颤了颤，视线落在他放下的碗筷上："我不想再给你添麻烦。"

　　"你……"俞知乐的五官皱成了一团，不知道说他什么好，"我真是……我知道你是个懂事的好孩子，但是我现在快被你的懂事气死了。"

　　余子涣蹙眉看她，湿漉漉的眼睛让俞知乐败下阵来，她叹了一口气，道："你不是问我为什么对你这么好吗？我说了你别生气。我觉得你太不容易了。"她只是想多保护他一段时间，让他拥有足够强大的内心时再面对。

　　"我就是希望你能像其他所有孩子一样，高兴时有人能分享，难过时有人来安慰，有困难时可以毫不犹豫地找家里帮忙，就是这样而已。所以，你遇到麻烦或是不开心的时候尽管来找我，不要全都憋在心里，好吗？"

　　余子涣不再皱眉了，看着她的眼神中有些愣怔，也有着异样明亮的光彩。

　　俞知乐也愣了一下，这种亮得吓人的眼神让她莫名有些熟悉感。不过很快她又回过神，笑了笑说："等你再大两岁，你想找我商量，我都未必愿意听，珍惜现在的机会吧。"

　　余子涣也笑了，点了点头，继续吃饭。

　　俞知乐看他这样子，以为他接受了她的说法，心头郁结的气闷也散得差不多，又恢复了平时夹菜加闲聊的模式，却忽略了余子涣眼中一闪而过的冷意。

洗澡时思维处于异常活跃状态的俞知乐恍然觉悟，她前几天觉得余子涣的眼神有种莫名的熟悉感是为什么了。

虽然那天余子涣眼中的情感没有她曾经见过的那么强烈和复杂，但那双亮晶晶的眼睛，实在和她穿越前遇到的那个年轻男人的眼睛太像了！

俞知乐关掉水龙头，拿过浴巾边擦脸边回忆，她见过那年轻男人两回，第一次他隐在阴影中，根本看不清长相；第二次倒是有机会看清，可是她太过慌张，没敢多看，根本没留意他长什么样，硬要想脑海中也只能浮现出一个模糊的轮廓。唯一印象深刻的，就是他看她的眼神。那种汹涌强烈到像是要将她吞噬的眼神，让她觉得如芒在背，无法释怀。

那个人，会不会就是余子涣？十年后的余子涣。虽然比现在的余子涣高了很多，体格也结实很多，可如果他就是余子涣，就能解释为什么他会认识小区里的老头老太，还会认定她不放。

最重要的是，俞知乐终于回想起来，王大爷当时对她说了一句"你弟弟在这儿"。她顿觉豁然开朗，手忙脚乱地穿好衣服，迫不及待地想和余子涣分享，但是急匆匆打开卫生间的门，却又反应过来一件事。

十年后的余子涣在找她，而且对她的态度那么微妙，一是说明她那时候不在他身边了，二是她很可能是不告而别。也就是说，从现在到2015年之间的某一天，她可能会突然消失，有可能是回到2015年，也有可能是又穿越到另一个时间点。

想明白这一点，俞知乐心头一凉，又犹豫了。

光是解释她穿越者的身份就很困难，更别说向已经十分依赖她的余子涣说出她可能会消失的话，这只会让敏感的余子涣觉得她有了想抛弃他的念头。

晚上躺在床上，满腹心事的俞知乐完全无法抑制大脑中的胡思乱想，一会儿觉得如实告知余子涣比较好，一会儿却又幻想出他不相信她，将她送去精神病院的情形。

她在寂静的夜里翻了个身，无意识地叹了口气。

脚边传来她以为早就睡着的余子涣的声音："你是不是遇到了什么麻烦？"

俞知乐一惊，心虚地说："什么？没有啊……我是不是吵醒你了？"

余子涣也翻了个身，从侧卧换成仰面的姿势，声音清晰了些："我又不瞎，你洗完澡之后就一副心不在焉的样子，连每天都要瞎编的故事也没写多少。"

"真没什么。"

"不是你说遇到麻烦要找家人求助的吗？"

本想敷衍过去的俞知乐立时语塞，余子涣用她的招数来治她真是再顺手不过了。

黑暗中两人陷入了一时的沉默，俞知乐思忖再三，试探地问道："你不奇怪我的来历吗？"

俞知乐从来没和余子涣解释过她的身份，为什么她没有身份证，又为什么会突然出现在这个小区，余子涣也从来没主动问过。

"当然奇怪，正常人都会觉得奇怪。"

过了好一会儿，另一边才传来余子涣平静的回答，但是听他的语气却好像他并不属于他口中正常人的行列。

"那你……"

"但我也知道，你是真心对我好，比那些看热闹的邻居、有血缘的陌生人都要好，所以我不在乎你的来历。"

这一句"不在乎"让俞知乐心里一暖，但又想到她可能会在未来的某一天，因为无法解释的外力作用穿越去另一个时间点，再次让余子涣陷入无依无靠的境地，她就更难过了。

"如果，我是说如果，"俞知乐小心地斟酌措辞，"有一天，因为意志外的因素，我突然消失了……"

"说什么傻话。"余子涣几乎是急不可耐地打断了她的话，停了两秒，又有些不敢相信地坐起来问，"你不会真的是逃犯吧？"

"逃犯？"俞知乐也坐了起来，黑暗中两人一个在床头一个在床尾，大眼瞪小眼，她刚才酝酿出来的伤感情绪在意识到余子涣脑补她是逃犯的瞬间转化为哭笑不得的语气，"我说的意志外因素不是被逮捕好吗？"

余子涣愣了片刻，侧身缩回被窝，声音显得轻而沉闷："那是什么？"

俞知乐支吾了半天，还是不知道该怎么解释她是从 2015 年穿越回来且有可能会在某天穿到别的时间点的情况，只好先给余子涣吃颗定心丸。

"嗯，我就是假设一下，你只要知道，我绝对不会主动扔下你不管就行了。"

余子涣好一会儿没有回应，俞知乐都怀疑他是不是在这一会儿工夫里睡着了，半晌之后，终于听到一声很轻的"嗯"从她脚边传来。

心向来很大的俞知乐等不到余子涣的回答本来就快睡着了，听到这声动静后更是彻底放松了头脑，很快就睡得人事不知，错过了余子涣轻之又轻，几近自言自语的一句话："我相信你。"

随着暑气退散，天气转凉，日头落得也越来越早，常常给买完菜回家的俞知乐一种自己也加入了披星戴月的劳苦大众之感，日子过得格外充实。

将饭菜端上桌时本来想喊余子涣来用膳，俞知乐张了张嘴却又有了新想法。她轻轻打开卧室的门，看到余子涣在台灯前埋头写作业的背影，蹑手蹑脚地上前，拍了拍他的右肩，一闪身却探头到他左边，见余子涣中招向右回头，眉开眼笑地说："该吃饭啦！"

余子涣一惊，第一反应却是手忙脚乱地将书桌上的练习册一合，向前一推，又不自然地拿笔袋遮住封面，同时站了起来，做出向外走的起势，看起来很急着去吃饭的样子。

俞知乐被他这一系列动作惹得起了疑，本来没注意他在写什么作业，只是觉得练习册上的字有些丑，此时却不得不琢磨一下。面对余子涣偷偷打量她的眼神，俞知乐故作不知，伸手去拿那本练习册。

"别……"余子涣出手拉住了她的胳膊。

俞知乐看他一眼，说："不想让我看也行，你告诉我你在搞什么小动作？只要不是伤天害理的事，我都可以当不知道。"

余子涣的目光闪了闪，慢慢放下抓住俞知乐的手，低头不说话，似乎是让她自己看的意思。

俞知乐被他这态度搞得心里"咯噔"一下，她抓过那本练习册，低头一看，都不用翻开，就发现问题所在了。

封面上姓名一栏，张牙舞爪地写着"谢成龙"三个字。

俞知乐缓缓将练习册放回桌上，一时不知该用什么表情面对余子涣，也说不出心中是什么感受，有些尴尬又有些心疼，还有些恨铁不成钢。

"他强迫你帮他写作业？"俞知乐想想最近余子涣花在功课上的时间好像是比以前多了很多，原本还以为是升了初三作业变多的缘故，现在才明白，每天写两个人的作业，当然要花很多力气。

余子涣没有立刻回答，犹豫了一会儿才抬头认真地说："不，是我主动要求的。"

这下俞知乐不用考虑做什么表情了，直接摆出了懵逼脸，和余子涣对视半天，她才恍然大悟地说："你这是，曲线救国？"暂且讨好谢成龙，和他搞好关系，反正高中就不在一个学校了，中考前这段时间就先忍辱负重一番，免得他再找自己麻烦。

余子涣的眼睛亮了一下，然而他并不知道事实上俞知乐猜测的内容和他的计划相去甚远，只是对俞知乐能理解他感到很高兴。他露出嘴角的小梨窝，笑得清而浅，却奇异地生出几分无意识的魅惑："没错，曲线救国。"

俞知乐虽然一想到小白杨一样高洁无辜的余子涣要听任谢成龙差遣就有种好白菜，哦不，好白杨被长着大獠牙的野猪拱了的感觉，但他积极面对困境并想办法解决的态度总是要支持的，所以她还是鼓励性地揽过他，开明地说："你想自己解决问题我支持，不过要是觉得撑不下去，尽管来找我帮忙，我不怕麻烦。"

余子涣听话地点点头，顺从地被俞知乐推着肩带到厨房去吃饭。

晚饭后两人的消食活动没有因为日渐下降的温度暂停，自上次拒绝大妈一号介绍的相亲对象后，俞知乐似乎被大妈一号发起了孤立运动，在小区里散步时遇到和大妈一号关系好的大妈大爷都对她一副皮笑肉不笑的模样，转脸就旁若无人地说她闲话，类似于嫌弃她不是本地人，又没有正经工作，碰着愿意娶她的男人就该感恩戴德了。

这还是她听到的，没有听到的话就更不知道有多难听了，不过她也不怎么在意。余子涣某次对那些大爷大妈流露出愤恨的眼神，被俞知乐及时安抚下来："邻居而已，面上过得去就行了，舌头长在他们身上，我还能给拔了？对这种人，你只要把自己的日子过得越来越好，就是最好的回应。"

余子涣若有所思地点点头，此后不管别人说什么都能做到面不改色心不跳，功力日趋超越越藏不住心事的俞知乐。

不过后来俞知乐意识到她越来越看不透余子涣的想法，深感搬起石头砸自己的脚就是后话了。

## 第五章 曲线救国的成果

在他以为自己将永无天日之际，却有一道微弱却顽强的阳光破开遮天蔽日的阴霾照了进来。

俞知乐的玛丽苏大作不知不觉间也写了十几万字，在 2005 年这个网络小说还没有遍地开花的时代，她的穿越小说顺应了潮流，积累了不少读者，她隔三岔五去网吧发小说的时候光是评论都要看半天。

这天将最近写在草稿纸上的内容都发了上去，心满意足地看完读者的评价，俞知乐回过神时发现竟然都快十一点了，比平时下机晚了将近一个小时，赶忙结账离开网吧。

深秋的 S 市还未步入冷冽的季节，但寒意却会随着湿漉漉的潮气钻进人的骨头缝里。俞知乐一出温暖的网吧，不由得打了个哆嗦，裹了裹身上略显单薄的外套，埋头匆匆向前走。附近都是老街区，这个季节不比夏天乘凉的人多，到这个点还在路上晃悠的人实在不多，俞知乐走过两条街，察觉到身后一直有个不远不近的脚步声跟着她，眼见再过一条马路就是自家小区，她不由得加快了步伐。

但是俞知乐加快速度，身后的脚步声也加快了，她心中发慌，担心是遇上了拦路抢劫的歹徒，偷偷回头瞄了一眼，发现是个穿黑外套的男人，外套拉链拉到头，脸又缩在竖起的前襟后边，实在鬼祟得很。

俞知乐将头转回来又镇定地走了两步，突然撒腿跑了起来，跟着她的男人一愣，也追了上来。她一口气跑进了小区，在门口刹不住车，和正往外走的余子涣撞了个满怀。

俞知乐扶住险些被她撞倒的余子涣，上气不接下气地说："快跑，有人在追我！"

余子涣闻言向小区外看去，俞知乐拽着他往里跑，两人跌跌撞撞地进了门洞，锁上大铁门后倚在门上缓了半天，没看到可疑的人才安下心。

余子涣见她探头探脑的模样，眉头紧皱，问道："谁在追你？"

"不知道。"俞知乐放开抓着栏杆的手，拍了拍灰，语气中带着些后怕，"我怀疑是想抢钱，幸好我跑得快。"

楼道里的声控灯由于这会儿没有大的动静，忽地灭了。俞知乐转头，一片漆黑中余子涣的眼睛如同黑丝绒上的宝石，炫目得让她有些难以直视和不安。

"你怎么不说话？好歹安慰我一下嘛。"俞知乐嘟囔了一声，突然意识到了余子涣这么晚出现在小区门口的原因，眼神一转笑了出来，"你还是担心我的对不对？"

余子涣还是没有说话，居然不需要灯光直接转身摸黑上楼。俞知乐看出他又不高兴了，连忙跟上去自我检讨："我今天回来这么晚是我不对，以后我会多注意时间。"

余子涣没理俞知乐，继续往上走，听声音已经甩开了俞知乐至少三四级台阶。

俞知乐使劲咳嗽了一下，楼道里的灯亮了，果然得抬头才能看到余子涣的背影。她一步迈两级台阶想赶上他，结果一个重心不稳，差点摔倒，在双手出于自我保护的潜意识的驱使即将撑到地上时，却被折返回来的余子涣牢牢抓住，将她扶了起来。

在那个摇摇欲坠的瞬间到余子涣拉住她的这几秒间，俞知乐竟产生一种游离的恍惚感，飘飘忽忽间好似将要从这个时间抽离，她忽然回想起半年多前那个傍晚，她也是在楼梯上摔了一跤，就从 2015 年摔回了十年前。

俞知乐背后一寒，心中生出几分惶恐，恍惚间她觉得自己还不能走，心里不断重复着再给她一些时间，至少让她向余子涣解释清楚她为什么会突然消失。

这么想着，那种被透明屏障隔离的感觉不知什么时候消失了，耳边响起余子涣有些急切的声音："你没事吧？"

眼前的景象也渐渐清晰，余子涣看着她的眼神带着无法掩饰的慌乱，俞知乐对他笑了一下，居然带着劫后余生的庆幸："我没事。"

余子涣怀疑地上下打量她，生怕错过任何异常的地方，语气中带着十足的不安和不解："你刚才……"

他不知道该怎么解释刚才俞知乐眼神失焦，整个人好像断电一样，甚至连他握在手里的胳膊都好像失去重量的状态，只能一遍一遍地问她有没有觉得不舒服。

俞知乐很少见他这样失措的样子，虽然自己也后怕，但还是握住他的手安慰他，她感到掌心少年的手掌极力压抑后仍无法抑制的轻颤，用力一拉，将余子涣揽入怀中，用另一只手一下一下地拍着他的背，在他耳边温言道："别怕，我真的没事。"

少年单薄的背脊让他显得分外无助，但他仍僵直地和俞知乐保持着微小的距离，没有贴到她的身上。

"你没骗我？"

"嗯，不骗你。"

余子涣的身体没有那么僵硬了，他的脑袋越过俞知乐的肩膀，眼睫如蝴蝶扇动翅膀般颤了几下，脆弱却带着惊心动魄的美丽，缓缓抬起没有和俞知乐交握的手，抚上她的后背，一点点加重力道，直到紧紧将她抱在怀中。

"不要抛下我。"

他的人生就是不断被重要的人遗弃的过程，父亲因为赌债扔下他和母亲，母亲又因为不堪屈辱抛下他和外婆，最后连外婆都因为疾病弃他而去。

在他的世界被重重荫翳遮挡，在他以为自己将永无天日之际，却有一道微弱却顽强的阳光破开遮天蔽日的阴霾照了进来。她没有因为他敏感古怪的脾性而退缩，没有嫌他是个累赘，给他做饭，教他待人处事，成为他的后盾。告诉他，她希望他可以和其他所有孩子一样。

俞知乐是上天赐予他的阳光。

他根本不敢想象再度回到暗无天日的世界是怎样的感受。

俞知乐看不到余子涣此时的表情，她叹了口气，并不是很敢做出承诺，但被余子涣紧紧箍在怀中，感受到他的脆弱和不安，还是心软地说："好，我不会抛下你。"

这晚之后，余子涣没有继续因为俞知乐晚归而生气，只是坚持在她去网吧发小说的晚上和她一起去。其实后来也没再遇到类似上回疑似被人跟踪的事，她都怀疑上次是她神经过敏了。但不管她怎么说，就是无法说服余子涣，她不由得焦急必须尽快向余子涣解释清楚她的来历，让他不要这么患得患失。让他不要太依赖她的洗脑计划也要赶紧上线，不然哪天她再一不小心摔了一跤，摔去了另一个时间点，以余子涣目前的心理状态，只怕她离开后会他变得比他们第一次见面时更偏激、更糟糕。

也是在余子涣的坚持下，俞知乐被迫找了一个在小区附近开私人诊所的老中医看病。余子涣本来是想让她去大医院体检，最好是照个 X 光检查一下为什么会出现那天晚上那么吓人的情况，但俞知乐是个黑户，能有私人诊所的老中医愿意给她把脉就不错了，更何况她知道再大的医院也不可能查出她的问题。

她那晚的情况，分明是要在那个时间点人间蒸发的节奏。

于是两人各退一步，正好俞知乐一直以来也有一个疑问。谁知道老中医把完脉得出的结论是她的身体健康得很，连她咬牙提出月经不调的问题都不以为意，说她这个年纪晚几天很正常，最后她只得灰溜溜地和余子涣离开了诊所。

"你那个……"往回走了没多久，俞知乐担心的事还是发生了，余子涣肯定是要问她关于"月经不调"的问题了。她一阵抓狂，也不知道他在学校学习过这方面的知识没有，要是学过还好办，要是没学过，她可不知道怎么给他进行生理卫生知识的启蒙。

"我什么？"俞知乐硬着头皮转身，极力想表现得自然一些，但眼神却不由自主地飘忽不定，就是不落在余子涣身上。

不过余子涣也无暇发现她的异常，因为他也低着头不敢看俞知乐。

"月经不调……是很严重的病吗？"余子涣白皙的脸颊上透出一抹红晕，他对这方面一知半解，虽然害羞，但出于对俞知乐身体状况的忧虑，却不愿意因此避而不谈。

俞知乐愣了一下，听出他语气中的迟疑和羞涩，游移的目光终于飘了过去，见他目光闪烁，小脸上仿佛扑了一层薄薄的粉，衬得他面如桃李，粉嫩粉嫩的模样让俞知乐不由得起了调戏他的心思。

"嗯，很严重的。"俞知乐板着脸，严肃地看着余子涣，说得煞有介事，"有可能会死。"

余子涣倒吸了一口冷气，眼神不再闪躲，唰地抬头，炯炯有神地瞪着俞知乐，一把抓住她的手腕说："我们现在就去医院。"

俞知乐被不由分说地拖着走了好几步才找到机会开口说："用不着这么着急。"

余子涣没回头，小身板拽着比他高半头的俞知乐还是有些吃力的，但是仍执拗地继续往前走。俞知乐憋不住了，"扑哧"一声笑了出来："对不起，我是骗你的，没有那么严重。"

余子涣停住动作，怀疑地回头看她。

俞知乐又正色说："你刚才不也听到老中医说要是过些日子再不行，他才给我开药，说明不是什么大问题。"

余子涣很是无语地松开了俞知乐的手腕，闷声不响地站在一边，也不去看她。

"又生气啦？"

俞知乐蹭过去用肩膀撞了余子涣一下，余子涣被撞得一个踉跄，却在站稳后转了个方向，垂着头还是不看她。

俞知乐弯腰从下方突破，硬是将脸凑到余子涣跟前，眨巴着大眼睛无辜地说："我也不算完全在骗你，月经不调确实是很严重，只是我的情况不是很紧急。"哪里不紧急了，要是她真怀了，这都快临产了。俞知乐内心暗自吐槽，自从遇到余子涣，她睁着眼睛说瞎话的功力也是日益见长。

"月经是女生长大的表现你总知道吧？"俞知乐使劲清清嗓子，本来是想说发育的表现，临了还是换了一个婉转的表达方式。

余子涣的脸又隐隐有涨红的趋势，俞知乐原本还有些不自然的语调在看到他害羞的神情后，突然因为有了一种身为过来人的优越感而渐渐放开了："简单来说，月经正不正常是衡量一个女生健不健康的标准之一，如果月经不调，先不说可能导致不孕，光是内分泌失调导致的情绪不稳定、暴躁易怒就很糟糕，更别说还会伴随各种生理上的不适……"

俞知乐不知不觉扯远了，反应过来时余子涣正抬着头，无比认真地聆听她关于"月经不调"的演讲。面对他几乎是求知若渴的眼神，她又一下不好意思起来，顿了顿才找回话头："所以女生真的是很不容易的，你知道吗？"她将双手往余子涣肩上一拍，做出一副大度的风范，"你老是生我的气，我都不和你计较，但那是因为我让着你，其他女生可不会处处迁就你，而且身为男子汉，应该好好照顾身边的女生才对。你总是因为一些小事生气，以后怎么讨得到老婆？"

这跑题跑得真是十万八千里，俞知乐也是佩服自己。

然而表面上俞知乐还是维持着义正词严的伪装，面对有些被绕进去、满眼懵懂的余子涣，再次以老干部慰问群众的谜之微笑鼓励性地拍了拍他的肩膀。

余子涣似懂非懂地点点头："嗯，我明白了。"

俞知乐见她的话奏效，余子涣不生气了，高兴的情绪刚露了个苗头，又被他后面的话吓得缩了回去。

"我之前不知道你每个月都这么辛苦，没有照顾到你的感受。"

俞知乐干笑一声，万万没想到余子涣脑子明白着呢，又把话题绕回了最初。

余子涣咬了一下下唇，低头用比刚才轻了一些的音量说："以后我不会随便生气了，我会让着你。所以你也好好养病好不好？不要让……不调的情况再恶化了。"

俞知乐看着他小心翼翼偷看自己的样子忽然心生感动，类似于好不容易养大的儿子终于懂事了的老母亲心态，她赶紧甩甩脑袋抛开这种可怕的带入感。她一伸胳膊，嬉皮笑脸地钩过余子涣的脖子："只要你乖乖听话，我就一定不会再那什么不调啦。"

然而每每夜深人静之时，当俞知乐手抚腹部告诉自己放轻松，祈祷"姨妈"降临却从未得到临幸时，她不由得感慨骗小孩子果然是不对的。她大概是遭报应了。


很快春节将至，作为初三学生，余子涣的寒假只有短短两个星期，期末考试结束后学校又进行了一个星期的补课，在年三十前一天才依依不舍地放小崽子们归山。

小区里比余子涣年级低的孩子一个星期前就开始了假期生活，俞知乐常常听见楼下有呼唤三楼的何亮出去玩的声音，然后便是何亮冲下楼和他妈妈不放心地嘱咐的动静。

小超市也贴出了春节休息的告示，俞知乐年前最后一天下班正好赶上余子涣这拨初三学生放假，她一时兴起，便绕去四中接余子涣，准备给他一个惊喜。

在校门口意外遇上了谢成龙的爸爸谢振国，她以为对方也是来接孩子，心里还默默奇怪谢成龙也会老实待在学校补课？不过出于礼貌她还是微笑着和谢振国打了个招呼，然后便目送他忧心忡忡地进了校门。

俞知乐猜测，这应该是请家长的节奏吧？她幸灾乐祸地扬起嘴角，想着一会儿等余子涣出来就告诉他这个喜闻乐见的消息。

听到学校里响起下课的铃声，俞知乐抻长脖子踮脚张望，在一群学生中一眼就看到了余子涣。虽然大家穿得一样臃肿，虽然余子涣不是最高的，但在俞知乐眼里，他就如同站在灰扑扑的鸡群中的仙鹤，就差自带圣光了。

余子涣原本正在和边上的几个男生说话，脸上带着淡淡的笑意，不算敷衍但透着股疏离。然而在看到校门口的俞知乐的一刹那，他脸上的笑容迅速放大，连带着眼中的光芒熠熠生辉，瞬间连洒在他身上的阳光好像都灿烂了几分。

余子涣扭头和身边的同学招呼了一声，随后朝校门口小跑过来，和俞知乐说话时脸上的高兴藏都藏不住："你怎么来了？"

"来接你啊。"俞知乐十分自然地伸手，就像她以前见到家长在接到孩子后的动作一样，准备帮余子涣背书包。

余子涣察觉出她的意图，灵活地闪了一下，没让她碰到背后的书包："不用，我自己能行，你站一天也挺累的。"

俞知乐没坚持，老实说她也就是客气一下。她探头朝学校里望了一下，看到刚才和余子涣说话的几个男生正在嬉笑打闹，于是和他玩笑道："那几个同学和你关系不错啊，不介绍我认识一下？"

"你认识他们做什么？"余子涣拉过她的手肘，拖着她往回家的方向走，"我和他们关系一般，就是普通同学而已。"

俞知乐当然也不是真的想多认识几个小屁孩，只是看到余子涣变得合群想打趣一下，见他有些羞于提起便也没多说什么，不过心中还是很欣慰他开始慢慢走出阴影，不再像她刚来时那样独来独往。

"对了，你猜我刚才遇到谁了？"

余子涣漫不经心地回应："遇到谁了？"

"你就不能猜一下吗？"俞知乐不想这么快揭晓答案，轻轻推了一下余子涣，气恼他不配合猜谜活动。

余子涣被推得小幅度晃了一下，侧目瞥她一眼，她以为这是不愿意猜的意思，却听他淡定地说："我猜，你遇到了谢成龙的家长。"

俞知乐吓了一跳，原本即将脱口而出的话打了个转咽了回去，差点噎着自己。她缓了一口气惊讶地问："你怎么知道？你在学校看到他爸爸了？"

"我没看到，所以才说是谢成龙的家长。"俞知乐并没有注意到他话中的问题。他看着她的眼神有些无奈，俞知乐有时候比他还像个小孩，太容易激动，脑子还不爱转弯，要是真想从她那儿问出什么，可能都不用耍花招，她自己就全抖出来了。

"那你也够神机妙算的。"俞知乐还是很佩服余子涣的未卜先知，不过冷静下来想想忽然明白了，"不对，你是不是早就知道他出事了？你们一个班的，他干了什么事你肯定知道，所以才猜是他家长被请到学校喝茶。"

余子涣看她的眼神总算没有那么无语了："嗯，你脖子上那颗圆形物体终于开始运转了吗？"

俞知乐眼睛一瞪，作势要打他，余子涣偷笑着往边上闪躲了一下，她做了个收手的假动作，在余子涣站回来的瞬间扑上去掐住他的脖子摇晃："什么圆形物体？那是我的头！小子你出息了是吧？"

俞知乐手上没用劲，但是余子涣笑得没有力气挣脱她的魔爪，两个人一路打闹回去，二十分钟的路程足足耗费了四十分钟，最后居然在小区门口被迈着大步的谢振国赶上了。

俞知乐瞧见谢振国满面怒容、咬紧牙关、额上青筋毕露的模样，正犹豫要不要打招呼，就感觉一阵寒风刮过，他好像根本没看到俞知乐二人，径直冲进了小区。

"谢成龙摊上什么大事了？感觉他们家这个年可能过不好了。"俞知乐望着谢振国的背影摇摇头，虽然尽量克制了自己的语气和表情，但仍透着满满的看热闹不嫌事大之意。

她一直在等着余子涣回答她关于谢成龙的问题，可是等了许久也没听到回应，以为他没听到，转头正要再问一遍，却在看清他表情的瞬间愣住了。

余子涣也盯着谢振国的背影，不同于俞知乐表现出的看厌恶之人热闹的好奇和些许幸灾乐祸，他居然在笑。余子涣的眉眼很好看，笑起来眉眼弯弯的样子更是戳人心窝的甜。俞知乐很喜欢看他笑得天真无邪又纯粹的模样，觉得这才是符合他年纪的笑容，但是此时此刻的余子涣嘴角上扬，眉眼却丝毫没有笑意，眼中的冷意彻骨钻心，比她第一次见他反击时小兽一般凶悍的眼神更让她震惊。

没有了第一次见面时被激怒而疯狂厮打的冲动，多了运筹帷幄的气定神闲，或者说，其实还有疯狂的成分，却是冷静而克制的疯狂。

俞知乐以为不会再在余子涣脸上看到这种可怕的神情，她以为她已经让他回归了小孩单纯无邪的天性，她以为她已经为他建立了足够强大的屏障，将他护在了自己的羽翼之下。

但是此时此刻，她发现自己好像错了。

她好像，根本不够了解余子涣。

"干吗盯着我看？"余子涣发现了俞知乐的异常，转过脸看她时的表情已和平时无异，眉眼间带着轻松的笑意，和任何一个同龄孩子没有丝毫分别。

俞知乐听到他的问话飞快地移开视线，眼神略慌乱地上下左右乱看，不过，终于还是鼓起勇气直视余子涣问道："谢成龙的事，是不是和你有关？"

余子涣看着她笑了，直笑得俞知乐心慌意乱，他坦荡地答："对啊。"

"怎么说？"

"你记不记得，我上回说我们班主任想给她女儿弄一个市优秀少先队队长的称号？"

俞知乐不知道他为什么突然提起那么久之前的事，但印象中确实有这么回事，于是点了点头。

余子涣又接着说："这学期末她差点就成功了，但是有人给校长寄了一封匿名举报信，揭发了她女儿买卖答案作弊以及她包庇自己女儿的行径，明面上她和她女儿没有受什么处罚，但送去市里评选的名额学校却给了隔壁班的班长。"

俞知乐大概明白他绕这么大一圈是想说什么了："那举报信是谢成龙写的？你们班主任为了报复他所以请了他的家长去学校？"

"上学期那几个人参与作弊的事不了了之，应该和班主任女儿也牵扯进去有关系。现在既然撕破脸，当然要算算总账，而谢成龙这个主犯兼教唆犯绝不可能轻易放过，更何况他这学期的成绩刷新了四中有史以来的最低分，不过没想到她会在过年前闹出来。"

余子涣没有直接回答俞知乐的问题，隐晦地表达了他们班主任没有明着以举报信的事找谢成龙麻烦，而是寻了其他冠冕堂皇的名目，公报私仇。

俞知乐不由得咂舌，这班主任在工作中夹带私货不好好教书育人也就算了，还偏偏选在过年前夕请家长，明摆着不想让谢成龙一家好过。

"可这和你又有什么关系呢？"买卖答案是班主任女儿做的，举报信是谢成龙写的，余子涣从头到尾都是局外人，俞知乐不明白他为什么要承认这事和他有关。

"因为曲线救国啊。"余子涣眼睛亮闪闪地看着俞知乐，好像摇着尾巴求表扬的小狗，"你在发现我主动帮谢成龙写作业的时候不是明白了吗？"

俞知乐又愣住了，她当时以为余子涣是以示弱换取中考前的平静，现在听他的意思，原来他的计划根本不是单纯的防守，而是从那个时候起就在策划反击。

帮谢成龙写作业是为了模仿他的笔迹写举报信，同时还掐准班主任不可能将举报信的事拿到台面上来说。破坏了班主任徇私的计划，又顺带报复了一直欺凌他的谢成龙。

俞知乐迟迟没有回应，余子涣眼中的光亮一点点褪去，他微微皱起眉头，恍然觉悟俞知乐先前并没有真的理解他，神色开始被慌乱和后悔浸染："我……你是不是被我吓到了？"

余子涣把俞知乐当成可以依赖的长辈但同时也是无话不说的朋友，但是看她的神情似乎并不能接受他心机如此深沉的事实。早知道她会被他的真实面目吓到，他无论如何也不会坦白。如果她喜欢，他完全不介意在她面前保持天真单纯的样子。

"没有……"俞知乐回过神赶紧否认，"我怎么会被你吓到呢？"

这话她说得一点底气也没有，她考虑了一会儿又说："好吧，可能还是有点，主要是没想到你这么厉害。"

"就是觉得自己好像挺没用的。"俞知乐又感慨地戳了一下自己的脑袋，看着余子涣补充道，"你前面说得没错，我这是不会转的圆形物体，你脖子上的才叫头。"

余子涣差点被她逗笑，但仍心有余悸，担心她只是照顾他的感受才没表现出来她真实的想法："你不会觉得我心机太重吗？"

俞知乐听懂他话中的试探和小心，抬手揉了一下余子涣毛茸茸的头顶："傻孩子，你这怎么能叫心机重？你这最多叫正当防卫，他们如果没做亏心事，自然不怕鬼敲门。对，你这应该叫替天行道！"

总之，小涣做什么都是对的！俞知乐在心里默默加了一句，不过还是没说出口，怕余子涣骄傲。

余子涣当然不会相信她说的"替天行道"，不过得到她的肯定，心头还是说不出的熨帖。可是下一秒却听到俞知乐又叹了口气，自言自语："不过还是我不够强大啊，如果我够厉害，你哪还需要花这么多心思。"

余子涣看着她颇受打击的模样，很想告诉她她已经做得够多了，不用把所有事都揽到自己身上，但他同时也知道她就算嘴上跑火车般应下，心里也不会答应。

所以他选择了沉默。

既然她希望他是个被保护的小孩，他愿意在她面前隐藏起所有心机和凶狠，做一个单纯的小孩。

第六章

## 过年心情好

在他心疼的同时，心底深处确实又有着暗暗的庆幸，庆幸她从云端坠落，落到了深陷泥沼的他身边。

年三十这天俞知乐起了个大早，和余子涣一起给家里进行大扫除，两人擦窗、抹灰、扫地、拖地、刷浴室，忙到下午才得空准备年夜饭。俞知乐前些天已陆陆续续备好食材，又差遣余子涣去买了些熟食，最后面对小餐桌上满满当当的碗碟，她还是颇有成就感。

桌上既有熏鱼、糖藕、烤麸等S市人爱吃的家常菜，还有她老家常吃的小鸡炖蘑菇和地三鲜，另外炖了一只老甲鱼，蒸了八宝饭，在余子涣的提议下还炸了甜咸两种口味的春卷。

"明后天我都可以不用做饭啦。"终于忙完的俞知乐瘫坐在小桌子前，忽然又猛地直起腰，"不对，明天还得包饺子！"

余子涣拿着碗筷也坐了过来，盯着满桌的菜有些蒙："这也太多了吧，我们就两个人，哪吃得完？"

"之前太忙，腊八的时候都忘了做腊八粥给你喝，年夜饭可不能再对付过去。"俞知乐一副理所当然的样子，"我还嫌不够呢，以前我回老家过年，年夜饭比这丰盛多了。"

俞知乐吸溜一声将小鸡炖蘑菇里的宽粉条嗾进嘴里，好久没吃到这道菜，熟悉的味道毫无防备地刺激到她的味蕾，忽然就眼睛一酸。这是她从小到大，二十二年以来第一次没有回老家和父母一起过年。

虽然早有心理准备，就算她没有穿越回2005年，在2015年找到工作的她也可能因为忙碌而无法回老家，她也一直不去想还有没有机会回家的问题，努力地在2005年过好她的日子。但是在这个特殊的节日，这个应该一家团圆的时候，她不得不承认"思乡"二字作用于游子身上真是有不可低估的魔力。

俞知乐捧着碗往嘴里扒拉热气腾腾的饭菜以掩饰她的失态，还不忘招呼余子涣多吃，可是根本抑制不住眼圈的发红。

余子涣默默地吃着俞知乐夹给他的菜，忽然起身去客厅将抽纸拿了过来，搁在腿上抽了一张，伸手递给她。

俞知乐面对凑到眼皮底下的纸巾一愣，刚抬眼要看余子涣，他拿着纸巾的手又向前凑了一些，轻轻地给她擦起了眼泪。

俞知乐这才发现她刚才已经不仅仅是眼圈发红，她在自己毫无察觉的情况下居然哭了出来，难怪余子涣刚才都不说话，大概是被她吓着了。俞知乐有些尴尬地接过余子涣手中的纸巾，胡乱抹了一下眼泪，然后毫无形象地擤了个鼻涕，满腹的愁肠和惆怅似乎也随着鼻涕眼泪的离开排了一部分出去。她不好意思地抬头对余子涣笑了一下："过年不应该哭的，是我不好，害你心情也这么沉重。"

余子涣摇了摇头表示没关系，给俞知乐碗里夹了一块肉，看到她红着鼻头和眼圈埋头奋力啃肉的样子，低头浅浅一笑，露出嘴角的小梨窝："给我讲讲你的事吧。"

从思乡情绪中抽离出来的俞知乐吃得满嘴油，听他这么问心里颤了一下，抬头问："你想知道什么？"

"嗯……"余子涣思考了一下，"就说说你老家的事吧，你的家人、朋友，什么都可以。"

和她有关的所有他都想知道，但是她从来没主动说过，他担心触及她的痛处，之前也没有轻易开口问。

俞知乐倒不是刻意隐瞒，只是没想好怎么解释她的来历前总是提不起兴致说和自己有关的事，怕一说就停不下来。不过余子涣在这个时候问起，她还是很有倾诉欲望的，索性随心而发，絮絮叨叨地讲起她以前的经历。

"我老家在 D 市，靠海，别的不说，海鲜管够。夏天的时候去海边，一边吹海风一边吃铁板鱿鱼，我一个人能吃垮一个烧烤摊你信不信？

"D 市的冬天比这儿冷多了，不过是干冷，特别是室内长时间供暖，没有加湿器的话整个人燥得慌，所以我小时候一到冬天老流鼻血。有一回忘了开加湿器，早上起来打喷嚏，鼻血溅了一被面，把我妈吓得啊。

"我爷爷家和姥爷家离得挺近，但是因为我爸妈年轻时是私订终身，姥爷一直气我爸拐走了我妈，所以两家不太来往。每年过年都是在爷爷家过，一大帮亲戚聚在一起，热热闹闹地吃年夜饭，吃完了一边聊天儿一边看'春晚'。然后过了零点给长辈磕头讨红包，再一起出去放鞭炮，大人有时候还会哄我们几个小孩去点烟花，我和我堂妹抢着点，堂弟倒是总缩在后面。"

俞知乐说到这儿又有些伤感，抿嘴顿了一下，岔开了关于家乡的话题："我念大学是头一回离家这么远，也是头一回来 S 市，本来世博会的时候有机会……"

余子涣正全神贯注地听着她的描述，脑海中一会儿浮现出夏日傍晚凉风习习的海滨，一会儿又是幼年俞知乐早起后喷出鼻血的囧样，想象中亲戚围聚在一起看电视的场景刚消失，终于听到她提起来到 S 市，她却突然停住了，他疑惑地看她。她张了张嘴，改口道："我是想说既然来了 S 市，有机会当然要去 2010 年世博会看看。"

余子涣微皱了下眉，隐约觉得她的话前后关系好像不太对。

对于她来说世博会是五年前的事，对余子涣来说却是五年后的事。俞知乐的心怦怦跳得厉害，她差点说出因为在高二暑假摔骨折，痊愈后又因为升入高三学业紧张而无法到 S 市看世博会的遗憾。如果说出这一点，等于是暴露了她来自未来，在化解余子涣担心她抛弃他的心结前，以及想好怎么应对善于提出"十万个为什么"的余子涣前，最好还是不要贸然说出穿越一事。

"你很想去世博会？"

"当然，你不想去吗？"在电视和网上领略过世博会各展馆魅力的俞知乐，心里疯长的草简直可以媲美原始森林，被强行拔草后她郁闷了整整一个学期，高考报考 S 市的大学也和此事有部分关系，虽然后来和大学室友去世博会纪念馆参观过，但还是难以弥补她心头的遗憾。

回到 2005 年后她原以为这次总归有机会弥补，结果发现她不知道啥时候又会穿越去另一个时间点，不过想想总不犯法吧，说不定她能坚持到 2010 年再消失呢。

"那你想不想去看奥运会？"余子涣想了想，奇怪俞知乐为什么没有先提起 2008 年将要召开的奥运会，"我以为你是北方人会更想去首都。"

俞知乐语塞："我……我当然也想啊。"

但是 2008 年她一家一起去 B 市围观过了，所以没有执念啊。

"不过我们不是不在 B 市嘛。"俞知乐给余子涣夹了一个豆沙春卷堵住他的嘴，"这么多问题，还听不听我说了？"

余子涣咬着酥脆的春卷点头的样子显得格外乖巧，意思是还要听。

俞知乐看着他的傻样一乐，伸手用大拇指抹去他咬完春卷溢出嘴角的豆沙，接着说："我大学学的是国际经济与贸易，听上去好像很厉害的样子，快毕业了才反应过来就业率低得吓人。不过是这些年经济不太景气，大环境所致，不是我不努力啊……"

再说下去好像又要提到此时还未发生的 2008 年金融危机了，俞知乐排雷排得心好累，赶紧又转移话题："我上大学前还担心过会不会遇上极品室友，后来发现我多虑了，三个室友都很好相处，想想我也是挺幸运的。

"上学的时候真是不知道过日子的苦，每天净想着吃喝玩乐，哪里的酸辣粉好吃大家一起去吃，新上映什么电影一起去看，买衣服的时候互相参谋，还来过几回说走就走的旅行。

"哈哈，想起来一件搞笑的事，寝室里两个南方妹子最后毕业的时候被我和另一个北方妹子带出一口东北腔。"

回忆起大学里和室友们吃吃逛逛买买买的日子，俞知乐不禁露出了笑容，但很快她的笑意渐渐消散，忍不住叹了口气。家乡也好，大学也好，过去的记忆越美好，只会越衬托出她现在的落寞，还是将它们统统封存起来，全心全意地照顾余子涣，也省得伤神。

余子涣听得入了神，脸上带着憧憬羡慕之情。她说的这些是他从不曾经历过的人生，也是他曾经绝不敢奢望的人生，但是现在听她娓娓道来，他心中有种隐隐发热的鼓胀之感，好像他也能和她一样，拥有平凡而幸福美满的人生。

　　大概也是因为这样平坦顺遂的人生，才造就了忘性大、很容易快乐起来的俞知乐，所以她才能像阳光一样将他晦暗的人生也照亮。然而又是因为什么，看上去无忧无虑的俞知乐落到了如今这步田地，没有身份，不能返乡，和她口中充满光明的一切背道而驰？

　　可是如果她没有遭遇变故，他们两人就不会相遇，她更不可能抛下原本的人生陪在他身边。余子涣心中有种让他不齿的庆幸，虽然很不愿意承认，但是在他心疼的同时，心底深处确实又有着暗暗的庆幸，庆幸俞知乐没有一路顺风顺水下去，庆幸她从云端坠落，落到了深陷泥沼的他身边。

　　因为这自私的念头，羞中带愧的余子涣更不敢主动提起俞知乐的伤心事，只暗自下定决心要好好报答她，竭尽全力让她过上比从前更好的生活。

　　心大的俞知乐并没有察觉出他的小心思，也正悄悄拍胸口庆幸余子涣没有追问她大学毕业之后的事。要是再问下去，她可真不知道自己会说出什么瞎话来搪塞，到时候越描越黑，没有误会也得生生造出些误会和心结。

　　吃完饭后收拾好厨房，两人下楼散步，小区里难得没有大妈大爷们扎堆聊天的身影，走在略显空旷的小路上偶尔能听到灯火通明的楼层里传来的欢声笑语，充分对比出了只有两人过年的冷清。

　　闲逛了一会儿，俞知乐搓了搓手，从口袋里掏出给余子涣准备的红包："本来想等零点再给你，不过我们就两个人，就不讲那么多规矩了，早点给你，我怕我一会儿忘了。"

　　余子涣一怔，显然没有想到会收到红包，他有些别扭地撇过脸，没有去接："我不要。"

"你又闹什么别扭？"俞知乐直接将他的手从棉袄口袋里拽出来，不由分说地将红包塞进他手里，"我没放多少钱进去，就是讨个彩头，快拿着。"

余子涣还是不太情愿的样子，不过俞知乐才不管他拿没拿稳，手一松就跑了。红包"啪"一声落在地上，余子涣无可奈何，只有赶紧弯腰捡起，迈开步子去追她。

俞知乐蹦跶着跑得还挺快，余子涣好不容易追上她，双手撑住膝盖，上气不接下气地抬头看她，嘴里冒出一串白烟，还没来得及说话，她就嬉皮笑脸地上前用食指戳他脸颊。

"你说你这细皮嫩肉的，怎么就这么水灵呢？比女生的皮肤还好。"

余子涣因为她将他和女生相提并论而脸一黑，偏头躲开她凉凉的手指头。

其实俞知乐的皮肤也很好，不仅很少长痘痘，连毛孔也几乎看不见，只是没有余子涣那么白，在他的衬托下还显得有些黄而已。

"嗯，决定了，我的新年愿望是变得和你一样白！"俞知乐也不介意余子涣的闪避，收回手指，心情很好地自说自话，"小涣，你新年有没有什么愿望？说来听听啊。"

余子涣本不愿意说，但是在俞知乐锲而不舍、死皮赖脸的纠缠下，终于低头有些不好意思地小声说："我希望新的一年，我能长高一些。"

俞知乐看到他认真又忐忑的模样，忍不住"扑哧"一声笑了出来。平时根本看不出来余子涣原来这么在意身高问题，居然在新年许了这么一个愿望。其实她来之后，他虽然也长了几厘米，但是长势很微弱，几乎察觉不出来，没有像同年龄男生抽条一样拔高。在俞知乐牛奶、摸高、打篮球种种攻略千锤百炼下，他还没有长高的趋势，也怪不得他会担心。

"你放心，你以后会长得很高的。"俞知乐笑得一脸高深莫测，回忆了一下十年后遇到余子涣时他的身高，伸手比画了一个比她高半头多，大约一米八五左右的位置，"大概这么高吧。"

余子涣仰起头看她比画的高度，惊异地转过脸，瞪大眼睛看她："你怎么知道？"

"我就是知道。"俞知乐背起手，摇头晃脑地向前走。

余子涣只当她是在安慰自己，看着她一副神棍附体的嘚瑟样，终于还是没憋住笑，快步赶上去，出其不意地戳了一下她的脸颊。

余子涣得逞后迅速收手，抬头挺胸，装作什么都没发生的样子，俞知乐满脸震惊："你还挺记仇是吧？"

两人又打闹起来，俞知乐的身高体形轻松制豆芽菜一样的余子涣，余子涣在她手底下笑得见牙不见眼，毫无形象可言。

"噌……"

听到烟火升空之声，俞知乐停下呵痒的动作，抬头去看远处天边次第绽开的朵朵烟火。逃离魔爪的余子涣终于能直起腰，第一个动作却不是去看璀璨绚丽的烟火，而是侧目望向身边的俞知乐。

她的侧脸在稍纵即逝的五色流光映照下染上了深浅不一的光影，凝视远方的眸中有着琥珀般清透的光泽，她痴迷地看着划破天际、四散流溢的各色飞火，而他痴迷地看着烟火在她眼中的倒影。

"明年我们也买个大烟花来放好不好？"俞知乐夸张地强调了"大"字，她转过脸来看余子涣，亮晶晶的双眸比烟花更烂漫。

"好。"余子涣怎么可能说不好。

另一边又是一波新花色的烟火，俞知乐转过身，再次目不转睛地欣赏起来，余子涣也难掩笑意地顺着她的视线看了过去。

不仅是明年、后年、大后年，之后的每一年，他们都要一起放烟花，一起过年。

　　大年初一不用干活，俞知乐过了一天异常腐败颓废的日子，吃吃睡睡，和余子涣聊天，一眨眼的工夫就过去了。然而俞知乐觉得老天大概是看不过去她松懈成一条咸鱼，否则怎么她刚舒坦了一天，初二就迎来了一个不速之客。

　　下楼倒垃圾的俞知乐打开底楼的铁门就看见张强觍着一张沧桑的脸和她打招呼，见鬼般"嘭"的一声关上铁门，冷静了几秒后，她才有勇气再次开门面对残酷的事实。

　　俞知乐本想无视他，但是他跟着她去了垃圾桶边上，又跟在她身后回到门洞前，看架势如果她不赶他走，他是准备一路跟到她家去。

　　张强嘿嘿一笑，将手中的牛奶塞给俞知乐，对她说："上回之后我又相了几回亲，可她们都没有你好看，我姑说你条件不好，但我不在意。今天初二，我想来见见你的父母，给他们拜个年。"

　　俞知乐目瞪口呆地看了他和那箱牛奶一眼，不耐烦地说："张大妈没和你说吗？我爸妈不在 S 市。再说我们也没熟到这种程度吧，你没事儿赶紧走吧。"

　　张强却没有领悟到她话里的嫌弃和厌烦，自顾自地表白内心，一副为了捍卫他和俞知乐感情而备受打击，但誓死不畏强权的模样："我姑没告诉我，因为她不同意我们在一起，她说了你很多坏话，但是我都不在乎。你也不要担心长辈们的为难，只要充分展示你的贤良淑德，他们一定会接受你的！"

　　"你是不是根本听不懂人话啊？你光说你怎么样，你看上我了，你家人不喜欢我，你希望我贤良淑德，世界是绕着你转的吗？"俞知乐忍无可忍，终于爆发，"我对和你交往没有任何兴趣，出于礼貌才和你废话到现在好吗？我现在明白地告诉你，我不喜欢你，也永远不可能喜欢你这种自以为比女人多长了一个器官，全世界雌性就都得顺着你喜好来的人！"

俞知乐没停顿一下，机关枪扫射一样说完这一整段话，震得张强瞠目结舌，说不出话来。

俞知乐身后突然传来一阵低沉而悦耳的男性笑声，她正要回头，一只骨节分明的大手突然搭到了她的肩上。俞知乐大惊，一边躲一边抬头去看手的主人。

一个面目温和的青年眼中含笑地看着她，手上却稍加了几分力道，没让她挣脱开去："你怎么又和别人吵架？脾气这么烈，也就是我才受得了你。"

俞知乐一僵，停下了挣扎的动作，听出他话里的意思是在假扮她男朋友，替她摆脱张强的纠缠。

张强的眯缝眼在双重冲击下瞪得也有普通人眼睛的大小了，他颤抖着食指，来回指着俞知乐和青年，最后定格在俞知乐身上，嘴唇翕动了几下，破口大骂道："你不守妇道！下贱！"

俞知乐的怒火"噌"的一下又冒了上来，正要开口，却听青年"扑哧"一笑，云淡风轻地说："如果我没听错，你们从来没交往过，她何来的不守妇道？难道全世界雌性都要为你守节吗？"

"全世界雌性"显然是引用了俞知乐的说法，张强喘了几口粗气，并不理会青年，继续痛心疾首地指责俞知乐："我哪里比他差？一定是因为他有钱，你才看上他对不对！等我挣了大钱，你就后悔去吧！"

有了青年的对比，俞知乐也不禁被张强气急败坏的跳梁小丑模样逗笑："还真敢往自己脸上贴金，非要我说得这么直白吗？你哪里都比他差，就算你以后成为世界首富，我都不会后悔。"

"你……你……"张强气得浑身发抖，视线一转，看到了俞知乐还提着他方才给她的牛奶，猛地冲上去夺了回来，"你这种嫌贫爱富的女人，我真是看错你了！嫌贫爱富！不守妇道！"

青年向一边往回走一边碎碎念的张强挥挥手，笑意盎然地说："你统共就会这两个成语是吧，显摆完了早点回家啊。"

目送张强走出小区后，俞知乐身子一矮，向边上平移了一步，和青年拉开距离，同时礼貌地说："谢谢你啊。"

青年爽朗地露齿一笑："不用客气。"

俞知乐从没在小区住户中见过这个青年，虽然他帮了自己，但心中还是有几分戒备，特别是他还跟在自己身后进了楼道，更让她心中打鼓，驻足在楼梯口回过头警惕地看着他："你还有什么事儿吗？"

青年愣了一下，醒悟后失笑，上前几步按响了王大爷家的门铃："我外公住这儿，我是来看他的。"

以小人之心度君子之腹的俞知乐顿时备感羞赧，她干笑了一下，趁着王大爷还没来开门，灰溜溜地跑回了家。

她一进家门，就见余子涣拿着水杯从卧室走了出来，走到厨房的橱柜边倒水，状似不经意地问："你怎么去了这么久？"

俞知乐拍了几下脸颊让自己不要再想一分钟前和青年尴尬的对话，然后向余子涣转述了方才在楼下和张强撕破脸的情景，解释了一下她为什么倒垃圾倒出了天荒地老的效果。

"你是没看到啊，他气得脸都青了，翻来覆去只会骂我不守妇道和嫌贫爱富，真是太好笑了，咳咳咳……"

余子涣倒水的时候也给俞知乐倒了一杯，她接过后喝了一口，哪知道笑得太得意忘形，呛到了嗓子眼，咳得眼泪都出来了。

余子涣放下自己的水杯，拍着她的后背帮她顺气，她缓过劲儿后红着眼睛，哑着嗓子继续说："你猜假冒我男友帮我气张强的人是谁？"

余子涣停下手上的动作，摇了摇头："是谁？"

俞知乐见他没有猜的兴趣，就没有故意吊胃口："你绝对想不到，那个人居然是王大爷的外孙！"她就完全没想到，所以才闹了个笑话，还以为人家是坏人。

余子涣眼中闪过了悟之意，看上去脑中有了个确切的形象，应该是以前见过王大爷的外孙。

"你知道他吗？"

余子涣果然点了点头："他比我大六七岁，现在在外地念大学，前两年寒暑假的时候他偶尔会来住几天，这两年不太能看到他了。"

俞知乐听完点点头，没说什么。

余子涣偷眼打量了她一会儿，忽然不露声色地说："他和你年纪差不多，你要是对他有意思……"

"噗"一声，端着水杯喝水的俞知乐竟然呛得从鼻子喷出了水，余子涣赶忙连拍带抚，俞知乐又是一通惊天动地的咳嗽和涕泗横流后，才能说出话："你小小年纪怎么老操心我对谁有没有意思？况且你说他还在念大学是吧？那就是比我小咯，我接受不了姐弟恋，不会喜欢比我小的男生，小一岁也不行，一天都不行。"

余子涣嘴角一翘，但立刻又低头垂眼，强迫自己压下暗喜的神情。


俞知乐因为被王大爷的外孙严远青看了个笑话，怕再见他会尴尬，于是去王大爷家拜年的计划便暂时搁置，想着等他走了再说。哪想严远青似乎是准备在王大爷家安营扎寨了，他的父母初二晚上就走了，但是他直到初五也没见离开。眼瞅着再等下去就要错过给王大爷拜年的时机，俞知乐只好左手拉着余子涣，右手拎着果篮，硬着头皮上门。

王大爷鳏居多年，也就逢年过节家里能热闹些，看到俞知乐二人上门喜出望外，一边招呼他们进门一边喊严远青出来见客。

"小俞，远青是我外孙，你们第一次见吧。"

"王爷爷，我们就不进……"俞知乐连连摆手，想在严远青走出来前脱身，但是看到王大爷回过头时有些失望的神情，她还是咬牙改了主意，跟着王大爷进了屋。

严远青笑眯眯地站在玄关和客厅相接的地方，帮王大爷接过俞知乐送的果篮后说："外公，我和小俞可不是第一次见。"

俞知乐对他也称呼她"小俞"感到有些吃亏，她明明比他还大至少一岁呢，好歹加个"姐姐"。腹诽归腹诽，面上她还是表现得很洒脱，倒是余子涣别有深意地看了严远青一眼。

王大爷一听两人之前见过，来了兴致，问起他们是怎么认识的。俞知乐嘻嘻哈哈地含糊其辞，意图糊弄过去。

严远青却干脆地答："在咱们家门口见过一回，也是挺巧的。"

王大爷哈哈一笑："挺好，你们年纪差不多，正好交个朋友，以后互相也能有个照应。"

严远青笑了笑没接话，俞知乐也没当真。

严远青在俞知乐坐下陪王大爷聊天的时候主动给他们沏了茶，然后坐在小沙发上好整以暇地听他们聊，偶尔附和几句，还试图和安静地坐在一旁的余子涣搭话。不过余子涣非常彻底地发挥了话题终结者体质，总是能以礼貌而简短的回答迅速结束和严远青的对话。

"要吃水果吗？"

"不吃，谢谢。"

"你喜欢打游戏吗？"

"不太喜欢。"

"那你平时有空都爱做些什么？"

"睡觉。"

几个来回后严远青也看出余子涣并不是很想搭理他，于是也识趣地不再凑上去。

王大爷提起余子涣将要中考的问题，并做出如果他学习上有问题，可以来请教严远青的承诺，俞知乐心里其实很是为余子涣的学习能力自傲，但嘴上还是谦虚地应下。

又陪王大爷聊了一会儿，俞知乐看时间差不多了，便提出告辞。

两人临走前，王大爷忽然一拍脑门，掏出红包要给余子涣："看我这记性。"

余子涣赶紧推辞，王大爷坚持要给，俞知乐也有些不知所措，她毕竟没做过家长，不知道这种情况下应不应该让余子涣收下。

严远青无声无息地走到俞知乐身后，低头在她耳边道："让他收下吧，不然我外公该不好受了，他很喜欢你弟弟。"

俞知乐只觉耳旁一热，吓得脖子一缩，回过神后便上前说服余子涣接受了王大爷的好意。

两人道别后离开王大爷家，走到二楼时俞知乐一个激灵，想起钥匙包落在了王大爷家的茶几上，于是让余子涣先往上走，她再下去一趟。余子涣没出声，只是停在原地默默看着她下楼。

俞知乐再次敲响王大爷家的门，这回来开门的是严远青，没等她说明来意，严远青就将她的钥匙包递了过来。

俞知乐又是一阵尴尬，正准备告辞，严远青突然问："我是不是哪里得罪了你弟弟？"

俞知乐一头雾水，不明白他为什么这么问。严远青见她满脸茫然，笑道："没什么，大概是我想多了。对了，你手机号方便留一下吗？"

"留我手机号干吗？"

"我外公说了啊，交个朋友，互相照应嘛。"严远青笑得坦荡自若，眼角眉梢却透出股戏谑的味道。

俞知乐心里的尴尬都快溢出来了："我没有手机。"

严远青眉毛微微一挑，似是有些难以置信，不过很快神态恢复如常，并不是很介意的样子："那等你什么时候愿意有手机了，我们再交朋友也行。"

听他这意思，大概是以为俞知乐不愿意给他手机号。她心里大声喊冤，她真不是故意不给严远青面子。她根本没有多余的钱买手机，再说她平时超市、菜场和家三点一线，也没有买的必要，所以她是真的没有手机。不过她也懒得和严远青解释，就让他误会去吧。

俞知乐走到一楼和二楼之间一抬头，被站在二楼楼梯扶手边的余子涣吓了一跳："你怎么没先上去，站在这儿不冷吗？"

余子涣抿着嘴，但嘴角还是透出些笑意。他摇了摇头表示不冷，等俞知乐走上来之后两人一起继续上楼。

俞知乐瞥他一眼，也忍不住笑了，调侃道："傻乐什么呢？"

余子涣索性不再掩饰，眉清目朗间一派轻快自在："没什么，过年心情好。"

第七章

是时候了

如果我有选择，我一定不会抛下你，但我没有。

经过俞知乐这半年多的努力，她的玛丽苏大作发展到了最精彩的部分，在网上拥有大批读者，还有书商联系她，表示想要出版她的小说，希望她尽快完稿，她更是打了鸡血般浑身是劲儿，每天废寝忘食地写，甚至连做饭和上班的时候，脑子里也全都是小说情节。

由于她几乎是天天要去网吧，好说歹说，就差对天发誓她不会晚于十点回家并会注意安全，终于说服学业进入最紧张状态的余子涣不再跟去网吧，专心准备中考。

三月初的一天晚上，从网吧回来的俞知乐还沉浸在自己创造的世界中无法自拔，一开门面对一片漆黑的屋子，正一边伸手准备开灯，一边奇怪余子涣怎么不在家时，眼前一晃，一簇颤颤巍巍的火苗随着余子涣的歌声在黑暗中跳跃。

"祝你生日快乐，祝你生日快乐……"

余子涣清脆而稍显单薄稚嫩的声音唱起生日歌来在俞知乐耳中格外动听，一下就击溃了她的心理防线。她自己都忘了今天是她的生日，也不知道余子涣是从哪里得知她的生日，想笑的同时却先红了眼圈。

余子涣一只手托着小蛋糕，另一只手在旁护住掌心的烛火。他慢慢地向门口的俞知乐走来，不时低头查看一下蜡烛，昏黄的烛光从下往上照亮了他的笑脸。

唇红齿白的小少年温柔而小心地对她笑着，刹那间好似映亮了整个房间。

俞知乐心底一片柔软和温暖，顺着余子涣的意思闭眼许了个愿，然后吹熄了他手中蛋糕上的蜡烛。

"你怎么知道我今天生日？"烛火消失后屋内陷入彻底的黑暗，俞知乐好奇地问余子涣。

余子涣回答的声音出现在比刚才离她更近的地方："之前从李姐那儿知道的。"

俞知乐刚去超市上岗时填过员工信息，所以李姐知道也不奇怪。她感到耳边有东西擦了过去，是余子涣探手到她身后打开了厨房的灯，乍然从黑暗中回到灯光照耀下的俞知乐有些不适地眯了眯眼，接着发现了摆在小餐桌上的各色食物。

她粗略地扫了一眼，看到了鲜肉月饼、排骨年糕、葱油饼和炸猪排等 S 市特色小吃，再看到余子涣手中的蛋糕是红宝石的鲜奶小方，她难掩惊讶地说："你什么时候买的这些？要跑不少地方吧？"

这段时间俞知乐的小说写到了收尾阶段，常常是吃完晚饭就跑去网吧，有时候余子涣放学比较晚，她就给他留些饭菜，等他回家自己热，她则先去网吧码字。今天也是这样的情况，所以她并不知道余子涣是什么时候回的家。

余子涣不太自在地挠了下头，眼神飘忽不敢和俞知乐对视："就今天放学之后去买的，也没跑几个地方。"

他当然不敢告诉俞知乐他连晚饭都没顾上吃，又是赶路又是排队就为了给她准备生日惊喜。要是说出来了，哪还有喜，俞知乐只怕会气他不务正业。

"你快尝尝吧。"余子涣拉着俞知乐在小餐桌前坐下，殷勤地将那些S市有名的吃食推到她面前，"我买不起别的生日礼物，你别嫌弃。"

俞知乐本就是个吃货，要不也不会乐于钻研厨艺，烧得一手好菜。余子涣买来的小吃中好些她都垂涎已久，有些特别有名的，大学时她都去排队尝过鲜。她对余子涣露齿一笑，乐得眼睛都眯成了一条缝："你还别说，送别的我都不一定有这么开心，送吃的我绝对不会嫌弃！"

她咬了一口香脆的炸猪排，鲜嫩的肉汁配上微酸的酱汁一齐涌入口中，幸福得简直想把舌头也一并吞下去。

余子涣看她吃得这么高兴，原本想给她买电脑作生日礼物却不能如愿的遗憾终于烟消云散，忽然心念一动，问道："你刚才许了什么愿？"

俞知乐一边咀嚼一边侧目看他，像是在思考要不要告诉他，末了咽下口中的食物，说："说出来就不灵了。"

她许的愿是希望余子涣可以顺利考上一中，顺利融入高中的新环境，交到同年龄的好朋友，从过往的阴影中走出来，即使没有了她的陪伴也能健康积极地成长。好像要求实在太多了些，所以她不敢轻易说出来，怕老天嫌她贪心不答应。

余子涣见她不愿说，稍微有些失望，心有不甘地问："那你的愿望和我有关吗？"

这回俞知乐痛快地点了点头，于是余子涣不再追问，垂眼掩饰满满的笑意，但嘴角还是忍不住一个劲地上扬。

忙碌中的时间总是过得异常快，在俞知乐终于按编辑的要求完成了小说最后一次修改时，天气也褪去了春雨绵绵的含羞带怯，即将迎来热烈的夏日。

中考在六月中旬，余子涣没显出多少紧张，倒是陪考的俞知乐好生忐忑了两天。直到最后一门考完，在从考场拥出的学生中看到气定神闲的余子涣，她的心都还不能落下。

"累不累？"俞知乐将手中的矿泉水递给余子涣，看着他拧开瓶盖仰头喝了一口，鼓着腮帮子对她摇了摇头，她又接着问，"考得怎么样？"

余子涣将口中的水咽下后答道："没问题。"

有了他的保证，俞知乐的一颗心这才放回肚子里，而成绩揭晓后，事实也证明余子涣没有说大话，他以落后于中考状元两分之差考入了 S 市最好的高中。

接到录取通知时，淡定的依旧是余子涣，高兴到又唱又跳，差点想拿个大喇叭向全小区广播的人是俞知乐，说实话，她乐得合不拢嘴的样子可能比考进一中更让余子涣高兴。

不过有人欢喜，自然有人愁。

在这初中最后一个暑假，最不想见到俞知乐和余子涣的大概就是谢成龙一家。

过年时谢成龙家鸡飞狗跳了好一阵，谢振国从学校回来后胖揍了谢成龙一顿，那天晚上谢成龙杀猪般的哀号和谢成龙妈妈撕心裂肺的哭求响彻全小区。之后谢成龙闹了一出离家出走的戏码，在火车站被逮了回来，毫无意外又吃了一顿竹笋炒肉。谢振国动了真怒，禁了谢成龙的足，勒令他好好学习，但是被他妈惯了十多年，又正值青春期的小皇帝哪受过这样的委屈？他爸打得越狠，他越逆反，根本是个恶性循环。

最终结果就是在余子涣金榜题名之时，谢成龙灰溜溜地上了一所三流中专。

两相一对比，向来嫉恨余子涣母子的谢成龙妈妈心塞得日日在家捶胸顿足，偏偏小区里的大妈大爷翻脸也快，之前还常和她说余子涣妈妈的闲话，这回见余子涣考得这么好，纷纷转了风向，好像多夸夸余子涣就能让他们家的孩子成绩也变好。她真是恨不得余子涣出门就被车撞死，省得她遇到的每个人都不停地夸余子涣，将他树立成小区里孩子们的榜样。

而有其母必有其子，这头考场失意的谢成龙又想使唤其他孩子欺负余子涣找回自尊，结果发现在他和他爸闹青春期革命时，余子涣已经悄无声息地策反了小区里的孩子。

在这个看脸的世界，长得好看，性格又好的话，哪有人不愿意亲近？原先是余子涣自我封闭，不和小区其他孩子交往，在俞知乐的开导下，至少表面上余子涣开始乐于和同龄人交往，加上他本就聪明机灵，说难听些是心机远深于同龄人，想要拉拢几个十来岁的孩子完全是手到擒来。

面对围在余子涣身边、不愿听凭他差遣孤立余子涣的众人，谢成龙十分不解。余子涣站在七八个孩子中间不说话，听着他们七嘴八舌地为自己辩解，劝说谢成龙不要搞特殊，视线冷静而平淡，看气势已隐隐有取代谢成龙成为孩子王的趋势。

不过大脑表面远比皮肤光滑的谢成龙没想这么多，他只是生气那些原来跟在他屁股后面的孩子不再听他的，怒斥他们不讲义气，自然是将那些本就处于逆反期、自尊心一个比一个强的半大小子推得越来越远，更没有人愿意和他一伙。

周围人渐渐不再说话，余子涣终于淡淡地开口："我们不是朋友吗？如果你愿意，我们还是可以一起玩儿的。"

"呸！谁和你是朋友！"谢成龙向他吐了口唾沫，气得鼻歪眼斜地瞪了众人一眼，愤愤地转身离开。

余子涣盯了他的背影一会儿，冷冷一笑，无所谓地说："自己说过的话也不记得吗？"

余子涣读高中要开始寄宿，八月底去报到和军训前就得准备好住寝室所需的被褥、毛巾、脸盆等琐碎的生活用品，幸好俞知乐有大学住校的经验，暑假时就准备起来，在余子涣军训前陆陆续续置办齐了。

高中军训的强度没有大学厉害，但俞知乐还是忍不住担心余子涣会中暑或被晒伤，备好了防晒霜、风油精、小风扇等物件放了他的行李里，并叮嘱他如果不舒服千万不要硬撑，说了些教官会体谅病号、身体是革命的本钱之类婆婆妈妈的絮叨。

不过余子涣却没嫌她啰唆，没有一点不耐烦的意思，认认真真地按她的吩咐一遍又一遍检查要带去学校的行李是否有遗漏。

报到前夕，俞知乐在余子涣去洗澡时将她之前买好的手机放到了他的书桌上，算是余子涣考上一中和过生日的礼物。

余子涣洗完澡出来，走进卧室时看到俞知乐坐在床边一副想装作若无其事却根本无法掩饰内心的焦灼而坐立不安的模样，他奇怪地觑她一眼，不知道她又在打什么算盘，也没主动去问。他站在书桌前慢悠悠地擦头发，顺便等俞知乐憋不住和他说明她的想法，等到头发差不多擦干后将毛巾挂到身前椅子的靠背上，俞知乐却还是没有开口。

这还真是出乎余子涣的意料，他回过头想看看俞知乐在搞什么，正对上她瞪得老大，满是期待的光亮、向他这边望过来的双眼，倒是吓了他一跳。

"怎么样？喜不喜欢？"

余子涣被她亮闪闪的眼睛和急切直白的问话惊得心头一慌，不明白她在问什么，但下意识地答道："喜欢……"同时脸一红，不过因为刚从热腾腾的浴室出来不久，脸本就被蒸得白里透红，所以不是很明显。

"太好了，我就知道你会喜欢的。"俞知乐从床边一跃而起，蹦到余子涣身边拿起她放在书桌上的手机，"我像你这么大的时候，这手机……"她买给余子涣的是 LG 的巧克力手机，这款手机因为外形出众，在她上初中时风靡一时，但是很少有家长肯给学生买这么贵的手机，像她那时候就被一部小灵通打发了。虽然在见识过智能机的俞知乐看来，这已经是掉渣的老古董，但在 2006 年，这款手机在学生中应该还是相当时髦的存在，所以她看到后毫不犹豫地买了，也算是圆曾经的自己的梦。

"这手机我想都不敢想呢。"俞知乐顿了一下，发现没有吐露出有破绽的话，才接着往下说，"你考上高中也没给你奖励，你今年的生日又要在军训中度过，所以就提前把礼物给你啦。"

余子涣直愣愣地看了她手中的手机半天，说不清醒悟她问的原来是喜不喜欢手机时心中小小的失望是怎么回事，拖着鼻音"嗯"了一声，接过手机摆弄起来。

"不知道你们学校让不让带手机……"俞知乐是觉得余子涣住校后要和她联系肯定需要手机，再说上高中也该有手机了，却忘记考虑校纪校规的问题，不过她只是迟疑了一瞬，眉眼又舒展开，"算了，管他的呢，谁学生时代没违反规定带过手机去学校？别被老师发现就行了。"

这也不是她第一回教余子涣"变通"了，换了正经家长怕是不会这么明目张胆地教孩子违反校规，余子涣却全盘接受，点点头表示明白。这一会儿工夫他对新手机已基本上手，他滑下滑盖，摩挲了一下线条流畅的机身，皱眉道："这手机不便宜吧？"

"还行吧，也不是特别贵。"俞知乐摆摆手，虽然这手机的价钱抵得上她在超市两个多月的工资，但她之前拿到了小说的稿费，现在也算是个小富婆，所以才敢一掷千金，再说见识过有"肾机"之称的数代苹果手机，其他手机的价钱根本不够看。

"不过还是那句话，给你买手机是为了方便联络，不是给你玩儿的，如果因为玩手机耽误了学习，我会没收的。"俞知乐总算想起了身为大人应有的引导职责，虽然她说起来自己都觉得没底气，她也是个专业课考试前仍放不下手机的人。不过她还是充分信任余子涣的自制力，之前送的电子词典就从没见他用来玩过游戏，倒是谢成龙借去玩"贪吃蛇"和"俄罗斯方块"玩到飞起。

余子涣乖顺地点头，将手机小心地收了起来。

晚上两人一头一尾躺着，俞知乐时不时就念叨一句，虽然余子涣没有嫌她打扰他睡觉，但是她都忍不住嫌弃自己越来越婆妈，这时候终于理解她去上大学时她父母的心情了。

一直养在身边的孩子，从来没有离开父母那么久，怎么能不让人感到不安？余子涣只是一个星期不回家，她都无法抑制地感到焦虑，她那时候头一回住校，还是在离家千里之外的城市，独自生活整整一个学期才能回家，她的父母只会更牵肠挂肚。

但是面对孩子却不能轻易说出舍不得，因为离开家长的庇护是所有人必经的历程，所以他们只能不停地找理由不让自己闲下来，将不舍和不安掩藏在一声声唠叨和叮咛中。

俞知乐吸了一下鼻子，又有些想念她的父母。余子涣听到她疑似哽咽的声音，顿时紧张起来："你怎么了？我惹你不高兴了吗？"

"不是因为你，我只是突然有些想家。"俞知乐及时控制住了眼泪，不太好意思地说。

余子涣沉默了片刻，安慰了她几句，然后两人像是约好了似的，都不再开口，各自入眠。

关于俞知乐失去身份、不能返乡的秘密不知从何时起成了横在两人之间默认的禁区，她不说，他也不问。

俞知乐是打算等余子涣在高中结识了新的朋友圈，让他生活的重心不再只有她一人时再说出这个两人间最后保留的秘密，到时就算他不相信，也不至于无法接受她的离开。而余子涣出于心疼、愧疚、不安和微妙的暗喜等种种复杂的心思，也不愿意主动去问，甚至生出一种如果他知道了原因，俞知乐就会立刻离开的荒谬想法。


余子涣住校期间每天都会抽空给俞知乐打电话汇报情况，最初两天听声音他似乎站在阳台或是厕所这类安静的地方，后来某天电话里闯进了另一个男生的声音，被撞破有手机并和室友混熟后的余子涣之后就不再避讳，大方地在寝室里打电话，背景音变得嘈杂而热闹，不时有男生的笑声或是号叫。

经常出现在电话里的几个声音到后来俞知乐都能一一对上号，最爱来骚扰余子涣打电话的是他的下铺聂洪，几乎每个星期都要因为扒着床沿凑热闹挨余子涣的踹；声音最高亢的是寝室长林天元，最常说的话是"××该你值日了"和"马上熄灯了"；另外三个室友打闹嬉笑的声音也时不时入耳，偶尔还有别的寝室来串门的男生乱入。

所有的一切都如俞知乐所预期，余子涣顺利地融入了高中生活。

一中作为 S 市排名第一的高中，在重视学业的同时对培养学生其他方面的能力也很有一手，经常搞一些校园十大歌手、外语文化周之类的活动，余子涣的生活不再如初三时那样单调，也不再只绕着俞知乐一个人转，渐渐被学校的人和事所占据。

一边是课业繁重、业余活动丰富多彩的校园生活，一边是日复一日、死水一潭般故步自封的日常，慢慢地，两人的对话变成了余子涣不停地说，俞知乐默默地听，无形的沟壑在不知不觉间越来越深。说不介意肯定是假的，但俞知乐也知道她迟早是要放手的，再说这难道不就是她想要的局面吗？所以也没什么好不平衡的。

期中考试成绩揭晓后的周末，考了年级第二的余子涣在晚饭时扭捏地将成绩单递给俞知乐："这回没考好，下次我一定会拿第一。"

俞知乐"啧啧"两声，摇摇头说："你这叫没考好，还让不让其他人活了？"

余子涣拿起碗筷，默不作声地咬了一大口大排。

"第一又是那个小丫头？"俞知乐见他气闷，故意逗他，"人家是中考状元，输给她不丢脸。"

中考时比余子涣高了两分的是个叫高冰绮的女生，两人同在一中尖子班，从入学以来每次各科小测验、月考，但凡余子涣哪回超过她成为第一，下一回高冰绮一定会找回场子。从没在成绩上落于人后的余子涣本就是不服输的性子，于是两人彻底较上劲，心照不宣地抢夺着年级第一的位置。

而在每学期两次大考之一的期中考试中落了下风，余子涣的郁闷可想而知。

俞知乐见他当真想不开，摆出一副老大哥做派，展臂搭上余子涣的肩膀准备开导他一番。这样亲密的举动在两人之间换作以前是再寻常不过，但这回俞知乐的前胸碰到余子涣后背的一瞬，他触电般闪了一下，躲开了她的触碰。

被甩开的俞知乐一愣，想不通余子涣为什么有这么激烈的反应。

余子涣满脸懊恼，他垂着眼帘不去看俞知乐，小幅度地深呼吸了两次："赶紧吃饭吧，凉了该不好吃了。"

他说话时声音镇定无比，脸色也如常，但涨红的双耳还是泄露出他的不自在。

回过味儿来的俞知乐低头看看自己的胸，再看看余子涣故作镇定，但实则害羞到连脖子都开始泛红的小模样，她咬着筷子发愣，有些想笑，但又怕会伤害到青春期少年脆弱的玻璃心。

其实方才那一下她自己完全没感觉到异样，以前她钩着余子涣脖子打闹，更亲近的动作也不是没有过，看来上了高中就是不一样，身心发育都得到了质的飞跃。

俞知乐摇了摇头暗自感慨，但除此之外也没多想，只以为这是每个青少年必经的对异性触碰特别敏感的时期，不过为了避免尴尬，以后还是注意男女大防为好，不能再当余子涣是个什么都不懂的小毛孩子来对待了。

余子涣这边早是食不甘味，眼睛虽看着饭菜，眼角余光和全副心思却始终落在俞知乐身上，生怕她会因为他闪躲的动作而伤心并因此生分起来，但犹豫再三，还是说不出口挽救的话，只是心中越发气恼和羞愧，他竟对俞知乐存了龌龊的心思。

第二天一大早，俞知乐迷迷糊糊中听到余子涣爬下床，冲去厕所的声音，她在强大睡意的骚扰下抬了下眼皮，发现才刚过五点，几乎是下一秒又陷入了昏睡。

等闹钟响起的时候，俞知乐闭着眼按掉闹钟，然后手往回一收，重重地落回床上，她停了一会儿，察觉出不对。

余子涣的腿呢？怎么她的手臂什么也没碰到？

俞知乐诈尸般猛地坐起来，睡眼蒙眬地扫了一圈，发现床上只有她一个人。她趿拉上拖鞋，打着哈欠推开卧室的门，在客厅找到了蜷在沙发上睡觉的余子涣。

大概是早上上完厕所，怕吵醒她所以没回床上？

俞知乐拿了一床被子给余子涣盖上，然后顺势在沙发前蹲下，单手托腮，歪头打量他的睡颜。

清晨的日光透过百叶窗的缝隙，一束一束地落进屋内，余子涣蜷缩在沙发一角，在光影作用下更显得他肤如凝脂、唇如点朱，他浓密的睫毛在眼下投下一小片阴影，粉嫩的脸颊和水润的嘴唇因侧卧的挤压而微微嘟起，透出满满的孩子气。

俞知乐看得出了神，不自知地带上了痴汉般的笑容，在欣赏的同时又有些遗憾这么好看的孩子迟早也是要长大，褪去纤弱青涩的少年气息，成长为线条冷硬、更有男子气概的大人。

余子涣像是在睡梦中觉察出来自外界的窥探，眼睫轻颤了两下，然后迷蒙地睁开了双眼。

面对近在咫尺的人脸，他现出一瞬的迷茫。

他看到被阳光笼罩的俞知乐在对他笑，明眸皓齿间盈盈的笑意让他通身舒畅，连心都敞亮起来，空气中的微尘好似环绕着她缓慢地悬浮轻舞，仿佛连时间都静止，刹那间他竟分不清这是梦境还是现实。他眉眼一弯，也笑了，眼中的睡意未消，活像一只餍足后犯困的小奶猫。

"早啊。"俞知乐见他醒了，坦荡地和他打招呼，然后起身去准备早饭。

余子涣在她走后又呆了几秒，伸手掀开身上的被子，这才完全清醒过来。他在沙发上坐起，在阳光下眯眼伸了个懒腰，忽然一个激灵，从沙发上跳起来，几步扑到窗口，拉开窗探手去摸他早上起来后洗了晾出去的裤子。

完全没有晒干到能收回来的程度。

余子涣正焦心，就听到俞知乐走过来的声音，赶紧把窗户关上，将百叶窗也拉得严严实实。

俞知乐对他开了窗又关上的行为有些莫名，她奇怪地看他一眼，伸手要去升起百叶窗："大清早太阳多好啊，干吗拉着窗帘？"

余子涣欲言又止，抬了下手，最终还是没有阻止俞知乐，转身冲去厕所洗漱。

俞知乐看着他又羞又急的背影更加莫名，不过拉起百叶窗后看到窗外凭空多出来，正随风飘扬的内裤和睡裤，捂嘴偷偷一乐，明白了余子涣的小秘密。

早饭时，俞知乐装作无意地问起："小涣啊，你是不是有喜欢的女生了？"

余子涣手一抖，差点将正在剥壳的鸡蛋扔出去，他稳住神后不动声色地抬眼看俞知乐，反问道："为什么这么问？"

俞知乐贼兮兮地一笑："上高中了，有喜欢的女生很正常啊，你又不是苦行僧，要是没有喜欢的人我才要怀疑你不正常呢。让我猜猜，除开你们班的男生，你提得最多的就是高冰绮，是不是喜欢她？"

余子涣还以为她要说什么，听到她的推测无语地看她一眼，继续剥蛋壳。

俞知乐见他这淡定的反应倒是有些意外："居然不是她吗？难道另有其人？可是其他女生感觉更没入过你的眼啊。"

余子涣将剥干净的鸡蛋递给俞知乐，然后拿起另一个鸡蛋在桌上磕了一下，接着剥。

俞知乐咬了一口水煮蛋，若有所思地说："莫非你喜欢男生？"

"说什么呢？"余子涣瞪她一眼。

"那就还是女生。"俞知乐点点头，傻乐了一下，"小涣真是长大了，都知道喜欢女生啦。"养了一年多的猪，终于知道拱白菜啦！俞知乐非常有成就感。

"你就告诉我你喜欢的是谁吧，我保证不会多事，也不会阻止你早恋，我就是好奇。"俞知乐抓住余子涣的手臂摇晃，眨巴着水汪汪的大眼睛柔声恳求。

余子涣感到两团绵软若有似无地蹭着他的手臂，有了前一天的教训，他没有如临大敌地闪开，但是整个人都僵硬起来，深深吸了一口气后憋着气说："你先放开我。"

俞知乐看他又不自在起来，连忙放手，然后满眼放光地看着他，等着他回答。

余子涣呼出口中的浊气，沉吟片刻后道："你想知道我喜欢的是谁？"

俞知乐连连点头。

"那你先告诉我你为什么不会喜欢比你小的男生？"

俞知乐的精气神顿时萎靡下来："怎么又扯到我了？非要回答这个问题吗？"

这回轮到余子涣不容置疑地点头。

"好吧，我可以回答，但是你别想用这招糊弄过去。"俞知乐以为他是想借此转移话题。

"我为什么不喜欢比我小的男生呢？还真没细想过。"俞知乐摸着下巴抬头望天思索，"除去世俗眼光的问题，大概就是不想找一个弟弟型恋人吧，不想恋爱的时候还要照顾别人，女生嘛，总归还是希望被宠着的。"

"也就是说，如果比你小，却能宠着你，你也是可以接受的？"

俞知乐挠了挠头，面露困惑："按我刚才说的，你这样理解好像也没错。"

余子涣听到她这句话，难掩欣喜，但接着又听她说："但这不代表我喜欢严远青啊。"

余子涣的脸顿时又拉了下来："不喜欢他你还老提他干吗？"

"这不是你先问我的吗？"由于姐弟恋这个话题之前是和严远青绑定在一起，俞知乐的脑回路还停留在固有思路里。

余子涣没再说话，仰头将满满一杯牛奶都灌了进去，一抹嘴，起身开始收拾碗筷。

"哎，你还没告诉我你喜欢的女生叫什么呢？"俞知乐伸手做尔康状，但是余子涣根本没有再搭理她的意思，她只好悻悻地收手，自己瞎琢磨起来。

　　她明白了！余子涣的梦中情人不一定是三次元中存在的妹子，也可能是二次元的动漫或者影视中的人物啊。

　　俞知乐越想越觉得有可能，以余子涣的长相和智商，现实中的庸脂俗粉哪入得了他的眼，只可惜了她一颗想围观小朋友谈恋爱的老少女心。

　　一眨眼的工夫，一个学期就过去了，期末考试结束后余子涣带回来一张年级第一的成绩单，向俞知乐展示时一副轻描淡写的样子，应该是想保持谦逊的态度，但还是掩不住骄傲，看得出来打败了高冰绮让他很自豪。

　　"这次数学最后一道大题很难，我当时还以为又要输给高冰绮了，结果她也没全做出来。

　　"后天聂洪他们约我去溜冰，我本来不想去，但班里大部分人都去，我是不是还是应该露个面？

　　"考完试居然有两个女生向我表白，一个是我们班的，还有一个是其他班的，我都没和她们说过话，她们根本不了解我到底是什么样的人，就想让我做她们男朋友，真不知道怎么想的。

　　"班主任说下学期有校庆，让我们在寒假里就可以想想我们班该出什么节目，聂洪居然举手说搞个脱衣舞大赛，把老师的脸都气红了。"

　　余子涣将考试这段时间发生的事一一说给俞知乐听，眼神明亮而有活力，在他描述中的校园生活和其他所有高中生经历的无异，有学业上的压力、有同学间的交际，还有各种丰富多彩、只有这个年纪才能经历的烦恼和快乐。

　　他已经不再是俞知乐刚认识时那个敏感多疑、阴郁孤僻的小男孩，现在的他有了交心的朋友，有了温暖美好的回忆，他人生中所依赖所倚重的，已经不仅仅是俞知乐。

也是时候了。

俞知乐看着笑逐颜开的余子涣，露出一个欣慰的笑容，认真地说："小涣，有件事我一直没告诉你，现在我觉得应该说出来了。"

余子涣察觉出她语气中的郑重，心有灵犀般领悟到她想说什么，笑意缓缓褪去，他见俞知乐即将开口，慌忙阻止："不要说，我不想知道。"

在余子涣的潜意识中有一条无形的线，将俞知乐的过去和他们两人的现在分隔开来，他一直认为只要不去动那条线，不去看那条线背后的真相，就可以永远维持现状。

"没关系的，我说过不管你以前遇到过什么事，我都不在乎。你没有身份也没有关系，我会养你，你想偷偷回家乡看父母我也可以陪你，我会想办法让你过得比以前更好，所以你不用担心，也不必向我解释。"余子涣急急地表明态度，试探性地向俞知乐咧开嘴角，笑得卑微而小心。

俞知乐心头一酸，抬手摸了一下余子涣的头，看到他眼中打转的晶莹水光，泫然间满是惶惶不安和祈求之意，眼圈也不由得红了。

如果她真的是个逃犯，如果真的可以像他说的那么简单，她又何惧无法和他一同克服，问题是横亘在他们之间的，是错位的时间。

在时间这个硕大无朋的巨兽面前，人类统统是来不及长大就湮没于洪流中的蝼蚁。谁知道下一次无意中的摔跤会将她甩到哪个时间点？她若往未来穿，是余子涣等她，她若往过去穿，是她等余子涣，但这是她跳跃的时间能用正常人类寿命的极限来衡量的情况，如果她往前或是往后穿了超过一百年，又当如何？

或许终其一生，他们都未必再有机会相见。

所以就算再心疼，她也必须告诉余子涣真相，不能让他在她消失后平白蹉跎之后的岁月去寻找一个可能再也不会出现的人。

俞知乐的眼泪一落下，余子涣的泪珠也扑簌簌滚落，他伸手用拇指去抹她眼角的泪水，自己却哭得像只小花猫。俞知乐握住他的手阻止他的动作，摇头道："我要说的事你可能很难相信，但是我必须告诉你。你可以不信，但是听完之后要答应我，如果我哪天突然不见了，千万不要浪费时间去找我。"

余子涣收了收眼泪，面带困惑，但异常坚定地说："我相信你，但是我不能保证不去找你。"

俞知乐叹了口气："你先听我说，听完再决定要不要相信。"

"我一直没有告诉你的秘密是，我并不是属于这个时间点的人，我出生于1993年。"俞知乐顿了一下，果然看到余子涣眼中的疑惑加深，"听上去很荒谬是不是？按我的出生年份，现在的我应该比你还小是不是？但我又确实二十多岁了，因为我来自2015年。"

余子涣怔怔地看着她，一副听不懂她在说什么的样子。

俞知乐起身去橱柜里拿她一年多以前带来的手提包，将包里的身份证、简历和手机等物品一一取出来给他看。

"其实我有身份证，只是没办法在这儿用。"

余子涣接过那张小小的硬卡片，看到十六岁的俞知乐满脸稚气，傻乎乎地对他笑，出生年份那里写的确实是1993年，而办理年份是2009年。

他直直地盯着俞知乐的身份证，心怦怦跳得厉害，长久以来形成的世界观在这一刻经受着巨大的冲击。俞知乐又将她的iPhone5S递给余子涣："我这部没电了，不过这种手机大约会在五年内普及，和现在的手机有天壤之别，到时候你就知道了。"

俞知乐见他不出声，又接着说："除了这些，我还可以说一些以后将会发生的事证明我说的是实话。"

"不用了，我相信你。"余子涣低着头说，嗓子眼像是被棉花堵住，听起来气若悬丝，甚至有喘不上气的感觉。

"所以我也不可能回家，就算回去了我现在的父母也不会认我，而且我根本不敢想如果和十三岁的自己见面会发生什么，她会消失还是我会消失？"

"我说了我相信你，就算你不属于这个时间，也没有关系啊。"余子涣突然打断俞知乐，猛地抬起头，眼睛亮得吓人，炽热偏执的光好像要焚烧眼前的一切。

俞知乐无法直视他眼中强烈的情感，将视线移开："可是……"

"既然你穿越到这个时间，又待了这么久，说不定你就是注定要留在这儿的呢？"余子涣知道他在自欺欺人，可还是不愿意放弃这种微弱的可能。

"不，我不是注定要留在这儿。"俞知乐难过地看着他，狠下心残忍地戳穿他最后的挣扎，"你记不记得去年你坚持要我去体检时的情况？"

余子涣脸上的血色一点点褪去，他当然记得，他一辈子也忘不了明明抓着俞知乐却清楚地感到她只剩下一个空壳，甚至是连空壳都即将消失的那种恐惧和惊惶。

他明亮的双眼扑闪了几下，犹如接触不良的灯泡，徒劳地明灭闪烁后归于晦暗和沉寂。

"可是你答应过我，不会抛下我。"

"如果我有选择，我一定不会抛下你，但我没有。我不知道我什么时候会消失，也不知道我会再出现在哪个时间点，更不确定我们还有没有机会相遇。我会尽量避免，但如果有一天我被迫离开，希望你不要因此影响自己的生活，你就当从来没遇到过我，好吗？"俞知乐捧起余子涣的脸，说得有些艰难，但仍坚持说完并勉力露出一个温柔的笑容。

余子涣抬眼看她，睫毛忽闪间又似有水光打转，但很快控制住了，深邃的眼神颇为复杂。不过没等俞知乐看清，他眼睛一弯，甜甜地笑了："好，我答应你。"

他怎么可能答应？

"如果你离开，我不会因此影响我现在的生活。"

他现在的生活之所以光明而温暖，是因为有她。失去了光源，又怎么可能维持原本的温度？

"我会当从来没遇到过你，不会去找你。"

他一辈子也不会忘记她，不管是十年、二十年，哪怕是一百年，他都会找下去，至死方休。

"但你也要保证，你会尽量避免意外，不会主动抛下我。"

俞知乐哪里知道只有最后一句是余子涣的真心话，但见他说这句话时收敛笑意，拉下脸露出了认真的神色，于是也严肃起来，许下承诺，他的脸色这才好看一些。

向余子涣说出实话之后，俞知乐最后一桩心事也了却，不过很快她发现，他又变得黏人起来，不管她干什么都想跟去，看到她上下楼梯稍有不稳就恨不得将她背起来，看着楼梯的眼神好像那是他杀父仇人一样，还提出了下学期不想住校。

俞知乐不由得后悔起来，难道她挑选的时机还是不够成熟？可是余子涣明明答应了她的要求，大概还需要一些时间适应？毕竟穿越这件事实在是超出正常人的接受范围，余子涣居然那么轻易而平静地相信了，已经让她觉得很不可思议。

又过了一段时间，俞知乐身上一直没有出现异常的现象，余子涣黏人的症状才算好一些，至少没有真的每天四五点钟起床走读，但每周五只要一放学，他一秒也不愿意在学校多留，拿上书包就往家奔。

此外俞知乐发现他开始看一些量子物理方面等涉及时间穿越的书，虽然不知道他能不能成功搞懂发生在她身上的情况是怎么一回事，但他有这份心还是很让她感动，只是又难免生出几分怀疑，担心他并没有听她的劝，而是钻了牛角尖。

这天是个周五，余子涣一般六点多到家，俞知乐提早下班买好菜，准备做一顿大餐慰劳他，听到敲门声，她下意识以为是余子涣忘拿钥匙，放下锅铲，兴冲冲地跑去开了门。

结果门外站着的是个她从未见过的中年女人。

俞知乐一愣，门外的女人看到她围着围裙的打扮也愣住了，眉头一皱，问道："你是谁？余子涣呢？"

俞知乐没有回答，反问道："请问你是哪位？找小涣有什么事？"

"我是谁？你连我都不认识还敢住这儿？"中年女人推开俞知乐，径直往屋里走，探头向客厅和卧室里面看，"余子涣呢？让他出来见我。"

俞知乐被她嚣张的态度激怒，上前拽住她不让她再往里走："我是余子涣的姐姐，你有什么事冲我来。"

中年女人诧异地回头瞪她，好像听到了天大的笑话："你是他姐姐？我怎么不知道他什么时候多了你这么个姐姐？"

俞知乐一听这话暗道不妙，她一直以来对外的身份都是余子涣的姐姐，附近的人从来没质疑过，但这套说辞却糊弄不了余子涣家真正的亲戚。

"姑姑。"放学回家的余子涣见大门敞开，急忙冲了进来，看到的就是他姑姑余阳兰和俞知乐对峙的情形，他面色不善地喊了一声，眼神阴沉得仿佛能滴出水。

"好啊你，小小年纪不学好！"余阳兰见正主回来了，先是轻蔑地扫一眼脸色青白的俞知乐，然后横眉竖眼地指着余子涣的鼻子数落起来，"我就说你怎么能有钱上高中，彤彤说在一中看到你我还不信，没想到你在给人做小白脸！"

俞知乐气得直打哆嗦，她不明白余阳兰作为余子涣的亲人怎么就能用最大的恶意来揣度他："我把小涣当成亲弟弟对待，从没有过任何非分之举，请你不要血口喷人！"

余阳兰冷哼一声："亲弟弟？我刚才在楼下都听街坊说了，说余子涣天天和一个女人同进同出，好得跟一个人似的，你们又没有血缘关系，说没有点猫腻谁信啊？"

"你自己思想龌龊，不要以为所有人都和你一样，他可是你亲侄子啊！你怎么能这样往他身上泼脏水？"

"哼，这还真说不好。"余阳兰撇撇嘴，不屑地上下打量了垂头不语的余子涣一眼，"谁知道他妈当初怀的是不是我弟弟的种。"

"你到底是来干什么的？"余子涣说话时还是没有抬眼看余阳兰，语气平静得近乎冷漠，好像刚才那些话中的主角根本不是他一样。

余阳兰绕这么大一个圈子，等的就是他这句话，她瞄了一眼俞知乐，皮笑肉不笑地说："你是傍上金主，上了一所好学校，可不能忘了家里人的好，彤彤每学期要交一万借读费，你怎么也得出点力吧？一中每学期学费和住宿费得好几千吧？再加上伙食费和生活费，一年怎么也得两三万，她既然肯为你花这么多钱，再出点血买个清静也不在话下吧？"

她眼珠子滴溜溜地转，满脸的市侩算计："否则……我要是报警，她可吃不了好果子！"

其实原本余阳兰只是以为余子涣外婆可能给他留了不少遗产，想着小孩好糊弄，上门来揩一笔油，吞了余子涣外婆的钱，没想到来了之后听邻居说有个自称余子涣姐姐的女人和他住在一块儿，亲眼落实后便以为俞知乐是个养小白脸的富婆，还以为余子涣也和她女儿一样，上了好学校就是走了后门。

"你想要多少钱？"

余阳兰见余子涣松口，大喜过望，伸出一根指头，本想说一万，眼神一闪，狮子大开口道："十万，你给我十万，我保证再也不打扰你们！"

俞知乐真是大开眼界，她气得完全无言以对。余子涣考上一中靠的是自己，而且每学期都拿奖学金，所以靠她的工资才能维持两人的开销。而她的稿费和余子涣外婆的遗产都是留给他以后上学用的，别说她拿不出十万，就算她有这么多闲钱，全拿去打水漂玩儿也绝对不会便宜这种恶心的人。

"十万？"余子涣听完余阳兰的要求后突然笑了，但抬起头后脸上全无笑意，他一步步向余阳兰逼近，眼神和语气中满满的冷意和威胁，"你知道吗，你作为监护人，在法律上是有义务的，可是你管过我吗？你上次给我打钱是什么时候你还记得吗？"

余阳兰一直当他是个软弱可欺、不善言辞的小孩，骤然见他暴露本性，被他浑身散发出的戾气和显而易见的攻击性所慑，一时脑中一片空白，被逼问得连连后退。

"不记得了是吧？我告诉你，是去年二月份，距今已一年零三个月。所以报警？你真的敢吗？我保证一定会让警察先追究你不履行监护人义务的责任，看看到底是谁吃不了好果子。"

余阳兰已被余子涣逼退到门口，被门槛绊了一下，一屁股摔倒在地。

余子涣微微垂眼，居高临下地看了看她，也不管会不会夹到她，"砰"一声将门关上。

俞知乐还没回过神，便听门外传来余阳兰气急败坏的口不择言，怎么难听怎么说，生怕邻居听不到她在骂谁。余子涣却全然不在意的模样，放下书包后该做什么做什么。

"不行，不能让她这么胡说八道，周围人该怎么看我们？"俞知乐不甘心就这么被余阳兰污蔑，想出门阻止她继续撒泼。

余子涣一把拉住她，淡淡地说："别理她，你越理她，她越起劲。"

"可是那也不能……"俞知乐虽然觉得余子涣的话有道理，但是又觉得不能放任余阳兰，"你都不生气她这么说我们吗？"

余子涣还是安之若素："为什么要生气？"

"她说我包养你，怎么可能不生气？她再这么一嚷嚷，附近所有人都会知道我不是你亲姐姐，不知道会传出多难听的闲话。"

"我们有像她说的那样有不正当的关系吗？"

"没有。"俞知乐摇头。

"那你有像她说的那样对我存了不该有的心思吗？"

"也没有。"俞知乐继续摇头。

余子涣意味深长地看了她一眼，移开视线，轻描淡写地说："那不就行了，你也说过，舌头长在别人身上，我们又不能拔了他们的舌头。随他们说去吧。"

再次遭到自己曾经招数的暴击，俞知乐被噎得无力反驳，不过还是挣扎着说："清者自清是没错，可这和以前的情况还是不太一样啊。"

"你心虚？"余子涣眼睛一亮，盯住俞知乐不放。

"那倒不是。"俞知乐无力地向后一倒，倚在墙上说。

余子涣眼中的光顿时一暗，没有接话。

"我也不知道能在这儿待多久，所以我自己倒是无所谓。可你在小区里的境况好不容易有所改善，他们也不太提你妈妈的事了，这次闹这么一出，某些人肯定又会借题发挥，扯到你妈妈和外婆身上。我们明明没做什么见不得人的事，却连累到你家人的名声，总归觉得心里不太舒服。"

余子涣从书包里取东西的动作停了一下，有些自嘲地笑了："别自责，这世上最感激你的人一定就是我妈妈和外婆，她们才不会因为别人说几句闲话而怪你。你也看到我姑姑的德行了，如果没有你，我别说念高中，说不定早就死了。"

"呸呸呸！说什么死不死的。"俞知乐一听他说"死"这种晦气话，立刻从瘫软在墙面上的姿势恢复正形，半开玩笑半正经地说，"你不仅要念高中，还要念大学，找份好工作，娶个漂亮老婆，生几个比你还好看的娃娃，最后儿孙满堂，长命百岁！这样才对得起我。"

余子涣听她说让他娶老婆生孩子时，本来被她说相声一般的腔调勾出来的笑意立时隐去大半，虽然还是笑着，却带了些磨着后槽牙的意味，一字一句说得极清楚："好，我一定对得起你。"

余阳兰在屋外添油加醋地号了半天，见没人回应，最终悻悻地离开。


不过俞知乐担心的事果然避免不了，小区里的人都知道了她和余子涣并没有血缘关系，再看到他们出现时，那些大妈大爷明面上还是礼貌地笑笑，可那笑容里总带着些促狭和轻蔑，满是恶意窥探和揣度的眼神始终黏在两人身上，更别说背后的指指点点。

余子涣一周五天在学校，也就是周末会受到流言的侵扰，俞知乐却要每天顶着周围人不怀好意的议论，好几次还有人在超市里指着她和身边人说她是个恋童癖。李姐虽然一开始表示相信俞知乐不是这样的人，但后来实在顶不住老有人向她投诉的压力，某天下班时不太好意思地向俞知乐提出给俞知乐结算一下工资，第二天就不要来了。

俞知乐听完没有多说什么，领了工资后向李姐鞠了个躬，感谢李姐一直以来的照顾并道了别，魂不守舍地离开了她工作了快两年的小超市。

其实没了这份工作也没什么，她写小说的事业也算走上正轨，编辑说她的小说卖得不错，也有意愿继续出版她后续写的故事，赚的钱肯定比在小超市收银要多，可就这么丢了工作，她还是不甘心。

走着走着，俞知乐觉得脸上凉飕飕的，一抹脸，发现自己居然哭了。她快步走回小区，开门进了楼里，终于撑不住心头的委屈，腿一软在一楼墙边蹲下，在黑黢黢的楼道里默默掉眼泪。

"你在这儿干什么呢？"

俞知乐哭了一会儿，头顶突然传来一个男声，她泪眼蒙眬地抬起头，看到了站在王大爷家门口的严远青。

俞知乐赶紧胡乱抹了几把眼泪，但开口时还是带着浓浓的鼻音："走累了，在这儿歇一会儿，你不用管我。"

严远青在原地站了一会儿，没有弄出大动静让楼道里的灯亮起来，摸黑走到俞知乐身边也蹲了下来。

俞知乐侧头："说了别管我。"

"我没管你啊，我在这儿蹲一会儿不行吗？"

俞知乐语塞，索性也不理他，继续将脑袋埋在膝盖之间。

"你说有些人怎么就这么爱说闲话呢？他们是能升官还是能发财啊？"俞知乐见严远青没走开也没出声，觉得他要么不知道她和余子涣的事，要么是不在意他们的流言，所以想找找共鸣，谁知道半天没听到回音，她不由得抬起头去看他。

"你在和我说话吗？"严远青佯作诧异地回头，"我以为我们是两朵长在墙角的蘑菇。"

俞知乐无语地扯了一下嘴角，实在笑不出来，但是也没了哭的兴致："一点都不好笑。"

严远青自己却笑开了，笑完后说："那些大爷大妈的生活无聊得能淡出鸟，孙子孙女不懂事，子女又懒得和他们说话，每天的盼头也就是茶余饭后聚在一起聊聊天，你总不能把他们这点乐趣都剥夺了吧？"

"那他们也不能把快乐建立在别人的痛苦之上吧，再说他们那是娱乐吗？那是恶意中伤！"俞知乐想不到严远青居然也和那些人一样，心头大怒，"噌"一下站起来破口大骂，"别人家的事关他们屁事，张口就胡说！"

"别停，继续骂啊。"

俞知乐凭着一股子邪火大吼大叫了一番，有些喘不上来气，严远青见状上前拍了拍她的背，帮她继续骂道："一群该死的是非精，脑子里装的是屎，嘴里喷出来的也是屎，根本没有辨别是非的能力，一个人喷能带动一群人一起喷，简直是自然奇观。你也是够能忍的，换了他们被别人这么说，早就撕破脸了。"

俞知乐瞠目结舌地看着他，一时竟搞不清他到底是在安慰自己还是在泄私愤。

严远青骂完又是一笑："感觉心情好一些了？"

俞知乐发泄完之后感觉浑身的力气都被抽走了，靠在墙边："你知道他们怎么说我和小涣吗？"

"知道。"

"王爷爷和你说的？"

"那倒不是，我听几个大妈说的。我外公根本不相信，还想阻止她们来着。"

"还是王爷爷明事理，那么瞎的谣言怎么就有这么多人相信？"

"其实我是有点信的。"

俞知乐惊讶地瞪着他："你相信？"

"嗯。"严远青坦然地和她对视，神情中看不出开玩笑的痕迹，"我相信你不是恋童癖，但余子涣对你有没有别的心思，我就吃不准了。"

"开什么玩笑？"俞知乐嗤笑一声，对严远青的说法不屑一顾，"小涣才多大？他周围同年龄的小女孩那么多，能看上我？"

严远青不置可否地挑了挑眉，忽然一击掌，哈哈笑了起来："我就这么一说，你还当真了。"

俞知乐没好气地瞥他一眼，挥了挥手算作和他道别，走到楼梯上想了想还是回过头说："谢谢你安慰我啊。"

"好歹也做过你几分钟的男朋友，这点小事不足挂齿。"

严远青没皮没脸的回答听得俞知乐直摇头，不过转过身她的嘴角却不自觉地带上些许笑意。

俞知乐由于严远青的插科打诨心情轻松了一些，在回到家中独自面对空荡荡的房间时，她又难以抑制地胡思乱想起来。压在她头上的第一道难题就是往后的经济来源，丢了超市的工作，也不知道还能不能再在附近找到工作，在出版下一本小说前就是坐吃山空。她坐在沙发上发了会儿呆，觉得光凭空想有些不靠谱，于是找来纸笔算起账。

她先前的稿费加上余子涣外婆留下的钱一共是七万多一点，其中至少要留四万不能动，留给余子涣作大学学费，剩下的钱就算她写得再慢，支撑一年半载的开销还是不成问题。看着纸上列出的一项项数字和用途，俞知乐心头压力轻了不少，又看上面写得挺详细也挺有条理，决定干脆写成备忘录，在边上标注上了她写小说网站的账号密码以及要和编辑联系的事宜，还想再写些对小说事业未来的规划时，发现纸用完了，于是起身去卧室书桌上拿纸，那张写了一半的备忘录就留在了茶几上。

从卧室出来时，俞知乐脚下一滑，差点在门口摔倒，扶住门框才站稳。

就是这一瞬，客厅和卧室的灯忽然都灭了。

骤然降落的黑暗倏地包裹住俞知乐，她缓缓站直，僵硬得连抬脚都费力。

万籁俱寂，安静得让人害怕。

俞知乐恍惚间意识到发生了什么，但仍抱着微弱的希望，希望只是停电。她伸手按了一下客厅电灯的开关，白炽灯伴着"刺"的一声亮了起来。

灯光照亮了客厅里的摆设，还是一样的沙发，一样的茶几，所有物件的摆放都和她进卧室前没有太大差别，可又透着一股说不出的落败和腐朽气息，好像就在这短短几十秒中平白叠加上了数年光阴的摧折。

俞知乐大气也不敢出，鼓起勇气走到茶几旁，果然没看到她先前留下的那张纸。

她再次穿越了。

看屋里的情况应该是往后穿了，就是不知道具体穿到了哪一年。她四下搜寻一番，没看到能确认时间的东西。屋里的陈设虽然没有大改动，但看起来也很久没有人在这儿居住，也不知道余子涣现在多大了，是在念大学？还是已经娶妻生子了？应该不至于已经抱上孙子了吧？

想到余子涣已经在她滑了一跤而跨越的数年时间中长大成人，猝不及防的俞知乐还是有些伤感，不知道她再出现在余子涣面前，他会是什么反应？因为她回来喜极而泣？或是因为她不声不响的消失而破口大骂？又或许，过着幸福美满的生活，已经不记得，也不在意她是谁了。

虽然最后一种情况是俞知乐希望余子涣在她消失后做的，但如果他真的把她忘了，再见面时表现得冷淡而生疏，想想就让她难过得不行。

这么一想，俞知乐觉得不去找余子涣也是一种选择，就让她的记忆停留在两人关系最好时，以后回忆起来也不会伤心。

## 第八章

# 新的开始

现在是 2015 年 6 月 21 日，距你在 2007 年失踪整整八年，但是我最后一次看到你是在两天前。

门外传来钥匙转动的声音，俞知乐神游天外的魂儿这才被召回来，在门打开时她正好扭头看了过去，迎面撞上了来人的视线。站在门口的人看上去二十来岁，高大挺拔，穿着一身藏蓝色西装，衬得他面如冠玉，目若朗星。他扶着门框，微微弯着腰在拔钥匙，但在和俞知乐对视上时整个人都定住了。

俞知乐认出他是余子涣，先前的种种设想统统被抛到了脑后，咧开一个大笑脸，几步蹦到他跟前，忍不住好奇地上下打量，有很多想说想问，但是不知道长大的余子涣是怎么想她的，也不知从何问起，于是只一个劲儿地乐："小涣长大了。"

余子涣看着她的眼神却好像不认识她了一样，愣了片刻收回注视她的目光，将钥匙从锁眼里拔出来后揣进兜里，顺手带上了门。

俞知乐被他冷淡的态度打击到，有些低落地垂下头不再说话。

"你……"余子涣进屋后背对着俞知乐没回头，顿了一下像是也不知如何开口，"你什么时候回来的？"

"就刚才，我在卧室门口滑了一下，然后就到了现在这个时间点。"俞知乐察觉出余子涣应该是对她的突然消失有怨言，语气中不由得赔着小心，"那个，能告诉我现在是哪一年……"

俞知乐话没说完，眼前一花，被猛地转过身的余子涣拥入怀中。

她瞬间被他身上充满男性气息的味道所包围，耳边是他擂鼓一般剧烈的心跳声，脖颈后是他温热却急促的呼吸。

"你知道你消失了多久吗？我找遍了所有地方，我以为我做错了什么，我以为你抛弃了我。"余子涣的声音比十四五岁时低沉了许多，也醇厚了许多，不再是少年稚嫩单薄的声线，但话中的脆弱和不安却更让俞知乐心疼。

俞知乐尝试性地抬起手，抱住了余子涣，发现他宽厚坚实的脊背她环起来有些吃力，不再是以前那样比小姑娘还纤细的身形。

余子涣因为她这一举动身子一僵，然后更用力地将她拥进怀中，似是满足又似是解脱地深深叹了一口气，充满磁性的声音沉沉地在俞知乐耳边响起："算了，都不重要。你回来了就好，其他都不重要。"

余子涣一手揽着俞知乐的腰，一手抱着她的脑袋，摸了两下她的头发后低头凑近，用脸颊在她发间轻轻蹭了两下，温热的鼻息若有似无地喷在她耳后和后脖颈裸露的皮肤上。

这样亲密的举动让俞知乐感觉有些不自在，毕竟现在的余子涣已经不是个小孩，而是能将她整个人拢在怀中，从身高、体形到手臂的力度都让她明确感受到压迫感的男人。她见余子涣抱了好半天还是没有松手的意思，双手在他身后动了两下，透露出想从他怀中离开的意图。

余子涣却又加了几分力道，不愿放手。他将脸埋在俞知乐发间深深吸了一口气，整个人都在微微颤抖，然后依依不舍地减轻了手上的力度。

"对了，现在到底是哪一年哪一天？我消失了多久？"被松开后的俞知乐局促地站在原地，小心地斟酌着语气和用词。

余子涣垂眼看她，神色间看不出方才抱着她时流露出的脆弱、激动和对她的依恋等复杂的感情，眼神淡淡的，笑容也是淡淡的，看不出他到底在想什么。

在她的记忆中上一次和余子涣见面还是不久前的事，她是没什么心结和障碍，只要余子涣愿意，她大可以像从前那样对他，但对现在的余子涣来说，上一次见到她却是多年前的事，她不在他身边这期间不知他经历了些什么，难保他对她的想法和感情有所变化。俞知乐被他忽冷忽热的态度搞得摸不着头脑，所以言行也不自觉生疏客气起来。

余子涣眼睛一眨不眨地盯着她，好半天没说话，直到俞知乐被看得顶不住压力，移开和他对视的目光，他才说："现在是 2015 年 6 月 21 日，距你在 2007 年失踪整整八年，但是我最后一次看到你是在两天前。"

"两天前？"俞知乐有些惊讶。

2015 年 6 月份的事对余子涣来说就是这几天的事，她回想了一下后恍然大悟："我明白了，你两天前看到的是还没有穿越回 2005 年的我。"

那个时候的她还不认识余子涣，在躲避他的过程中在楼梯上摔了一跤，回到了 2005 年，和少年时期的余子涣共同度过了两年后，又意外回到了 2015 年。

"原来过去的一年相当于现在的一天吗？早知道是这样，我就不纠结那么久了，直接告诉我什么时候会出现就好了。"想通自己穿越的时间轨迹后，俞知乐颇为郁闷，亏她担心了那么久，还嘱咐余子涣不要去找她，结果证明她完全多虑了。

余子涣低头轻笑了一下，浓长的睫毛掩住了他眼中的情绪，光从语气中听不出他是高兴还是不高兴："没关系，我说了这些都不重要，你回来了就行。"

俞知乐当然记得他说过，可是从他的反应真的无法判断他现在对她到底是什么想法。她面对这样喜怒不形于色的余子涣有些发怵，干笑两下，环视一圈屋内的陈设，没话找话道："你现在还住这儿吗？"

"我很少回这儿了。"余子涣回答时，也抬头扫了一圈和俞知乐消失前几乎没有差别的摆设，回忆起多年前他们在这小小的厨房里做饭、吃饭的情形，眼中露出些许暖意。

"那你就一直维持着原状吗？没考虑把房子租出去吗？"

余子涣的视线又落回她身上，这一次不再是淡如白水的神态，眼底染上了一些深沉艰涩的色彩，然而同时他眉眼一弯，用笑眼注视着俞知乐，嘴角的小梨窝没有少年时明显了，但一笑起来还是能甜到俞知乐心里去，醇厚而有磁性的声音压得很低，带着蛊惑人心的味道："你说呢？"

俞知乐被他笑得心都化了，找回些以前相处时的感觉，眉头一松，咧嘴笑道："我知道了，你一定是懒得找房客，其实你把房子交给中介就行了，我租楼下何亮家的房子也没和他们家直接接触。"

余子涣眼中的光闪了闪，面上有些无奈之意，轻轻叹了口气，视线瞟到柜台上的水壶，转而问道："要喝水吗？"

"好啊。"俞知乐以为这是要和她长谈的节奏，喝点水润润嗓子是很有必要的。

"杯子我都收起来了。"烧着水的余子涣指了一下高处的橱柜，指挥俞知乐去取杯子，"好久没用了，先烫一下吧。"

俞知乐点点头，打开柜门向里望，发现她和余子涣以前用的杯子都被放在了很里面，踮起脚都不一定拿得到，她伸着胳膊，手指颤颤巍巍地向前够，指尖离杯子的把手还是差一点。

身后忽然笼上一片阴影，余子涣的手臂出现在她脸旁。他贴在她背后，她的后脑勺撞上他的胸膛，再度陷入被他的气息所包围的境地。俞知乐不好意思地笑笑，将自己的胳膊收了回来，顺便低头给余子涣让地方，不妨碍他取杯子。但眼瞧着余子涣白皙的大手轻松够到了那两个杯子，却迟迟不见他有收手的打算，而是保持着将她环在怀里的姿势。

俞知乐微微转动脖子，抬头看他，正巧他也垂下眼说："你没有我记忆中那么高了。"

俞知乐还以为他要说什么，原来是嫌她矮了？不过可不就是他说的那样，她消失的时候余子涣不到一米七，现在大概有一米八五，而她身高没变，观感上能一样吗？

"因为你长大了啊。"俞知乐笑眯眯地看他，语气中满是自得，"我就说你不用担心身高问题的嘛，看你现在多高！"

余子涣没说话，但是又盯着她不放，眸子清澈，眼神却深邃到俞知乐看不懂，两人几乎是脸贴脸，俞知乐想移开视线，却不由自主地被余子涣泛着水光的下垂眼勾住了心神。

"呜……"水烧开的声音适时拯救了失态的俞知乐，余子涣神态自若地将杯子拿下来之后放在柜台上，然后又去关火。

俞知乐刚才被他看得心都快从嘴里蹦出来了，她早知道余子涣长得好看，但这么近距离地对视还是头一回，比起十四五岁时余子涣的脸少了些秀气，多了几分硬朗，却仍然如工笔画一般精致，笔触温柔而流畅，笔尖流转描画着眼角眉梢、鼻梁唇线，轻轻巧巧勾勒出惊心动魄的美。

余子涣在俞知乐兀自平复心情的时候烫好了杯子，给他和俞知乐各倒上一杯水，拿着水杯走到客厅坐了下来，发现俞知乐没跟过来，又折返厨房，唤道："乐乐。"

许久没听人这么叫过自己的俞知乐还有些反应不过来，她眨巴着一双大眼睛，脸上写满发蒙二字："你在叫我？"

"不然在叫谁？"

俞知乐不太适应他叫她的小名，想说能不能换一个称谓，又听余子涣说："第一次见面的时候，你说过可以叫你乐乐。"

俞知乐虽然不太记得，但见他说得煞有介事，便稀里糊涂地接受了这个叫法。某一天忽然反应过来他们第一次见面时，她是说过可以叫她乐乐，但后面还跟了个"姐"，然而为时已晚，况且长大之后的余子涣是无论如何不肯开口叫她姐，于是她只能每天听余子涣无比自然地叫着她的小名。

在沙发上坐下，余子涣率先发问："你接下来有什么打算？"

"没想好，应该接着找工作吧。"

余子涣"嗯"了一声之后低头双手交握，指关节由于用力而有些泛白，沉吟了好一会儿，抬头认真地说："别工作了，我养你。"

端着杯子喝水的俞知乐被他的话一吓，手一抖灌了好大一口滚烫的开水到嘴里，烫得她直吐舌头，不停地用手在嘴边扇风。

余子涣忙接过她手中的杯子放到一边，又是心疼又是无语地帮她扇风吹气。

俞知乐可怜兮兮地吐着被烫到麻木的舌头，口齿不清地说："我一个，有手有脚，的大活人，怎么能，不干活，让你养？你赚的工资，自己不花啦？"

余子涣就知道她不会一口答应，所以刚才才犹豫那么久，他又考虑了一会儿，说："你想工作也行，但至少搬去和我一起住吧。"

"那怎么行？"俞知乐不假思索地拒绝，"你不用担心我，我有地方住啊，就在楼下。"

"为什么不行？我们以前不是一直住在一起吗？"

俞知乐也没细想，就是下意识觉得不能和一个成年男人同居："以前是以前，你那时候需要人照顾，现在你这么大了，我哪好意思继续和你住一起。你要是想见我，可以来这儿找我，或者叫我出去玩儿啊。"

连着被拒绝了两次的余子涣脸色有些不太好看，他垂下眼帘掩饰眼中锐利的锋芒，怕他过于强烈的情感会吓跑俞知乐，忽地心念一动，再抬眼时眼圈已是湿漉漉地泛着红，满目的悲伤无辜，眼睫毛如蝶翼般轻轻颤动，好像下一秒就能沾上点点泪珠。

"你怎么……你别哭啊。"俞知乐被他泫然欲泣的模样弄得慌了神，这样的余子涣和她记忆中那个与她相依为命的少年别无二致，让她心软得一塌糊涂。

"我真的很想你。"余子涣又怎么看不出她已经完全卸下了防备，趁热打铁，伸臂环住了她，在她耳边用羽毛般轻柔又隐隐带着哭腔的声音说，"搬去和我一起住好不好？"

耳根和心都酥酥麻麻的俞知乐哪还说得出拒绝的话："好，你别哭，我什么都答应你。"

得到肯定回答的余子涣难掩笑意，将脸埋在俞知乐的脖颈处，小心地不让她看到他得逞的窃笑。

俞知乐的行李不多，很快就收拾打包完毕。明明不久前她还在 2007 年写着对未来的规划，谁知道一眨眼间余子涣就从跟在她身后的少年长成了独当一面的大人，现在又以风卷残云之势带她离开住了两年的小区，俞知乐的脑子简直乱成一团糨糊。直到坐在余子涣的车上，听到他放下她的东西，关上后备厢的声音，她还有种强烈的不真实感。

俞知乐对车没什么研究，也就能认出余子涣开的是奥迪，看来他这些年大概混得还不错，并没有因为她当年的消失一蹶不振，想通这点后她心头一松。

路上余子涣专心开车，没有主动和俞知乐说话，她无聊地偏头在窗口望了一会儿迅速掠过的街道和路灯后，终于难耐好奇，问道："你这八年过得怎么样啊？"

她早把余子涣当成了家人，现在相当于是久别重逢，一颗亲姐姐的心早就迫不及待，迫切地想知道他这些年的经历，考上了什么大学，有没有交女朋友，有没有找到喜欢的工作，但又怕余子涣嫌她烦，所以只克制地问了一个笼统的问题，然后就双眼放光地注视着余子涣。

余子涣微微侧过脸扫了她一眼，淡淡地说："还行吧。"

俞知乐还等着他的下文，结果这就是他的最终回答。她欲言又止，连连眨眼，最后憋出一句："还行是过得好还是不好啊？"

余子涣听到她略微不满和委屈的小尾音，嘴角轻轻上扬，但目光仍直视着前方："挺好的。"

还是没得到想听的内容，俞知乐只好安慰自己也不急于一时，他们既然重逢了，总归有机会了解他这些年的经历。

余子涣现在的家在一个新建成没几年的中档小区，距离原来的老房子不到半小时车程。

余子涣将车停进地下车库，取出俞知乐的行李，电梯来了之后他先一步进去按住开门键，俞知乐迈进电梯时没留神被电梯和地面之间的缝隙绊了一下，直接跌了进去，所幸余子涣眼疾手快扶住了她。

电梯门缓缓合上，两人却都保持着僵硬的动作。

摔跤、绊倒意味着什么，他们是再清楚不过了。

俞知乐大气也不敢出，等了半天周围没有任何变化，余子涣结实的小臂仍然被她牢牢抓在手中，她这才敢转动眼珠抬头去看他。

"怎么样？我刚才没有出现异常吧？"

余子涣的神色也很严峻，他摇了摇头，扶住俞知乐的肩膀帮她站直："看来我让你离开那里是对的，你之所以会穿越，和那栋房子脱不了干系。你不再回那儿，应该就能有效避免再次穿越。"

俞知乐想了想，她第一次穿越是在老房子的楼梯上，第二次差点穿越虽然也是在楼梯上，但和第一次却不是同一段楼梯，而一个多小时前的穿越地点更是移动到了卧室门口，所以其实有问题的不是她这个人，而是那栋房子吗？

俞知乐不由得想到了"鬼屋"。难道他们是在"鬼屋"里住了这么久吗，她打了个寒噤，但转念一想又觉得哪里不对："可是其他人在那房子里怎么没事儿呢？"

余子涣见她一副好奇宝宝的模样，无奈地摸了摸她的头："因为你特别啊。"

俞知乐被他的笑闪花了眼，但是对他摸她头这种举动还是不能忍，踮起脚要摸回来："个高了不起啊，姐姐的威严是不可亵渎的！"

余子涣脸一沉，一把抓住她意图犯上的爪子："你身份证上的年纪可比我小。"

手腕被握住的俞知乐顽强抵抗，在余子涣跟前又蹦又跳，却碍于身高和体形差总是被轻松压制。曾几何时这可是她的特权，她嘴一撇，要赖道："不管，我就是姐姐。"

"叮"一声，余子涣居住的十九层到了，他松开俞知乐的手，示意她先出去。

俞知乐瞥他一眼，飞快地揉了一下他的头顶，在他有所反应前乐颠颠地冲出电梯。

余子涣顶着被揉乱的头发，拖着行李箱走出电梯，看着俞知乐欢脱的背影说："你走错方向了。"

俞知乐赶忙转向，贴着墙根走回来，见余子涣没有要找她算账的意思才蹭到他身边。

余子涣取出钥匙开门，将行李箱和俞知乐都提溜进屋，然后开灯，弯腰取出一双拖鞋给她换上。

俞知乐跋上拖鞋啪嗒啪嗒地跟在余子涣身后，扫了一圈屋里的情况，惊讶道："你一个人租这么大的房子啊？"

就以俞知乐看到的范围来说，进门左手是餐厅，右手是客厅，装修风格简洁，以黑白两色为主，再加上吊灯是冷色光，一定程度上增加了视野开阔的效果，但是房子本身的面积也绝对不小，光餐厅面积就有老房子厨房的两倍还多。

"不是租的。"余子涣回答得轻描淡写，然后将俞知乐带到卧室门口，将主卧和次卧的门都打开，"你喜欢哪间？"

俞知乐彻底傻眼，在S市住这么大的房子，还不是租的，大学刚毕业的她是想也不敢想。

"你……你没干什么违法乱纪的勾当吧？"

"想什么呢？我和聂洪合伙开了个公司，业绩还不错，虽然有他家里帮衬的关系，但也是清清白白赚钱的正经生意。"他和聂洪读大学时就开始创业，虽然产品方面的技术是由他带队开发，聂洪主要是玩票性质的投资，但不可否认聂家的人脉在初期起了很大作用。

俞知乐听他这么说就放心了，笑嘻嘻地拍拍他的肩膀，粗着嗓子做豪迈状，玩笑道："好好好，不枉我对你多年的栽培。"

"多谢。"余子涣配合地向她抱拳。

俞知乐看了一下两间对着的卧室，其中有一间明显有余子涣居住的痕迹，于是她指了指另一间："这间不错。"

余子涣本想把主卧让给她，但见她这么选也没说什么，点点头，帮她把行李放进屋，然后继续带她参观其他房间。

"你房间边上就是卫生间，不过是淋浴，主卧的卫生间有浴缸，你如果想泡澡就去那儿好了。另一头是书房，笔记本电脑是我工作用的，你想用电脑可以用台式的。"转了一圈，大致熟悉了一下环境，两人又回到了客厅和餐厅相接的地方，余子涣看看时间，回过头对俞知乐笑着说，"饿不饿？我给你煮点东西吃？"

"好啊。"提起吃的，俞知乐被余子涣一堆介绍搞得晕乎乎的眼神，瞬间亮了起来，"说起来，我有八年没吃过饭了呢，虽然这八年对我来说只是一瞬间的事，哈哈哈……"

余子涣听到这话愣了一下，眼神有些恍惚，但是很快又恢复了灿烂的笑脸："你先自己玩一会儿，我做好了叫你。"

"不用我帮忙吗？"在俞知乐的印象中，余子涣还是那个只会热剩菜、炒点青菜的小孩。

"不用，你刚回来，好好歇一会儿，看会儿电视或者玩玩电脑吧。"余子涣伸着手臂挽起袖管，转身进了厨房。

俞知乐也乐得清闲，正好让余子涣露一手，看看他这些年的手艺有没有长进。俞知乐打开电视看了一会儿，没有感兴趣的节目，于是准备去书房上会儿网。曾经的俞知乐也是个网瘾青年，不过在过去的两年里已经戒得差不多了，又有机会到网上关注各种八卦到处摸鱼，真是恍如隔世。

但是一打开书房的灯，最先吸引她目光的不是书桌上的两台电脑，而是一整面墙的书，她走近一看，基本都是科技类的，有一些应该是余子涣公司产品相关的专业书，还有很多与量子物理有关的书籍，仅有的小说也是科幻读物，而且基本都和时间穿越有关。书桌上也摊着不少资料，多数也是和时间穿越理论有关。

对于俞知乐来说只是一瞬间的事，对余子涣却是实实在在的两千九百多个日夜，在她消失的八年里，他在努力生活以不辜负她期望的同时，也从没有放弃过寻找她。

俞知乐心里酸酸胀胀的，说不清是什么感受。余子涣没有很快忘了她，她很欣慰，但又宁愿他没良心一些，可以过得不那么辛苦。


余子涣做好晚饭到书房来叫俞知乐的时候，好像看到了一只耷拉着耳朵、没精打采的小狗，他忍不住过去拉起她的手，用黑亮水润的眼睛温柔地看着她："怎么不开心了？"

俞知乐抬头，眨巴几下大眼睛，伸手抱住了他："小涣，这些年辛苦你了。"

余子涣眼中满是惊喜，激动地抬手想回抱住她，谁知道俞知乐抱了一下立刻撒手，一边摸着肚子一边顺着食物的香气寻了过去："哎呀，好饿啊。"

抱了个空的余子涣笑着叹了口气，放下手臂也跟去了餐厅。他也清楚不应该一开始就期待太多，但总盼着会有奇迹发生。不过他不急，既然已经用了八年盼来一个奇迹，那再耐着性子等待她改变对他的看法和感情，也不是不可期的未来。

他做了糖醋小排、酸辣土豆丝，还有一道醋熘白菜，都是些家常菜，但要做得色香味俱全也不是件容易的事，至少惊艳一把记忆还停留在 2007 年的俞知乐是足够了。

俞知乐挨个儿尝了一下几道菜，她向来不擅长做糖醋的东西，余子涣在这方面的水平已经超过了她，而切得极细，吃起来爽脆的土豆丝也着实令她吃惊。

"你的厨艺什么时候变得这么好了？"她说着又塞了一筷子土豆丝进嘴里。

坐在对面的余子涣笑吟吟地看着她，听她这么问，眼中笑意加深，促狭地说："也不知道是谁，和我说一级厨师高考可以加分，我当然刻苦练习了。"

没想到这么久远的事余子涣还记得这么清楚，俞知乐被土豆丝呛了一下，她清清嗓子，装傻道："对啊，是谁啊，怎么能骗人呢？"

余子涣也没有拆穿她，又给她夹了一块排骨："高考是没给我加分，那你给不给我加分呢？"

俞知乐一愣，把嘴里的食物咽下去后赶紧拍马屁："你哪还需要加分？你在我这儿是满分！"

余子涣明知道她说这话时没走心，完全是跑火车的状态，但还是忍不住十分受用地笑弯了眼："好，你可要记得自己说的话。"

吃吃聊聊，随着余子涣笑容的增多，俞知乐逐渐找回了过去和他相处的感觉，虽然总还是觉得他的眼神中藏着些她看不懂的东西，而且似乎他并不是很愿意详细告知她这八年间发生的变化。俞知乐将之归咎于孩子长大了，总会有些不愿意分享的小秘密，她也要给他留些私人空间。

收拾碗筷的时候已经九点半多，俞知乐主动请缨承担洗碗的任务，但是被余子涣拎住后衣领带出了厨房。她抢又抢不过，只好在他洗碗时哀哀戚戚地倚在厨房门边望他："你这样会把我惯坏的，以后我什么都不想做了怎么办？"

"那就不做了呗。"余子涣手上动作不停，认真地回了一句。

"这怎么行？你又不肯收我房租，我怎么好意思在你家白吃白喝。"

余子涣顿了一下，回头看了俞知乐一眼，迅速换上玩笑的语气："今天因为你刚回来，所以才有这种待遇。再说我是不收钱做房租，但没说不以其他形式收啊。"

"不收钱，收什么？"俞知乐一脸迷茫。

余子涣将最后一个碗放到碗架上控水，又拿水池边挂钩上的毛巾擦了擦手，转身一步步向俞知乐走来，脸上似笑非笑，语气也难辨真假："肉偿啊。"

俞知乐被他看得心头发慌，下意识地往后退，撞到了餐桌才停下，她回了回神，故作镇定地笑："做家务就做家务，说什么肉偿，这种玩笑可不能乱开。"

余子涣看着她没说话，俞知乐继续说个不停："这样好了，以后不做饭的人就洗碗，洗衣服和拖地也是，轮流来怎么样？"

余子涣看她的眼神颇为无奈，但还是痛快地点头应下。

和余子涣的同居生活跟以前相比，由于他从学生变成了老板，而俞知乐从勤奋的小超市临时工变成了混吃等死的待业人士，又因为两人年龄的变化，在很多生活细节上，还是有不少差异。

比如没有了压力的俞知乐早上越来越起不来，做早饭的通常是余子涣，进房间叫人起床的也变成了余子涣；比如在做家务方面俞知乐通常是抢不过余子涣的，几乎被养成一条光吃不做的米虫；又比如余子涣早上洗漱时和晚上洗完澡经常光着上身到处晃，而他还偏偏喜欢到外面的卫生间淋浴，常常让无意撞见他的俞知乐闹个大红脸，也让她充分认识到他早就不是多年前那个豆芽菜一样的小孩了。

因此有时候她心里难免会有些异样，想好好和余子涣谈谈男女有别这个问题，不然她老是被他无意中撩拨得心猿意马，实在有损她的威严。然而每回被他眉毛眼角微微下垂，露出些许委屈的水亮眼睛那么一看，俞知乐就立刻自毁城池，自动自觉地替他找起理由。

这回又撞见他光着上身，俞知乐下定决心不能被他的外表蛊惑，唰地扭过头，不太自然地清了清嗓子，义正词严道："你老是不穿衣服容易着凉啊，再说你也长大了……"

余子涣微微垂下头，眉毛也有些耷拉下来，像是知道这么做不对了，但行为却和表情相反，毫无悔改之意地上前一步，直接将俞知乐逼到了墙角，声音听起来有些委屈："你要是不习惯，我以后会改。"

俞知乐被他水润润的下垂眼一望，心扑通扑通直跳，强撑着一口气干笑了几下打圆场道："听说没事的时候让身体不受衣物的拘束，吹吹自然风有助于身体健康，你这个新习惯挺好的，挺好。"没说完她就后悔了，这根本就是睁着眼睛说瞎话嘛。

余子涣听到她这不过脑子的瞎话，却回忆起了不少过去她哄骗他的事迹，嘴角忍不住悄悄扬起，但一想到她还是把自己当过去那个小朋友来哄，眼神中的亮光又不由得稍暗。她刚刚回来，恐怕一时还不能接受他已经是个成年男人的事实，不过没关系，他会慢慢让她认识到他的不同，让她接受他的新身份。只要她回来了，一切都有转机。

俞知乐找工作的事也一直在进行中，余子涣提议她可以继续写小说，并告诉她，她的编辑这些年曾多次表示希望收她的新稿子，但她却不是很有信心："我当年是占了先机，这么多年过去，读者的口味早就被养刁了，我的那套现在恐怕不吃香了。不过你是怎么知道我编辑的想法的？她找上门了？"

余子涣皱了下眉，随后不动声色地说："不是你把编辑的联系方式留给我的吗？我后来登录你的账号就看到编辑留的消息。"

俞知乐很是吃惊，未经思考便道："我什么时候给你留过这种东西？"

余子涣眼中不由得也掠过惊讶和疑惑，他带着俞知乐去书房，打开书桌上锁的抽屉，从里面取出一张保存完好但已有些泛黄的纸，上面除了列着应如何使用存款的各个项目和数字，还有就是余子涣所说的账号密码。

俞知乐这才反应过来，这不就是她意外回到2015年之前正在写的备忘录吗？

"这不是写给你的。"

余子涣快速眨了几下眼，但还是难以压制面上的欣喜，他的双眸好像在瞬间被点燃，亮如星辰："你是说，这张纸不是你特意留给我的？"

俞知乐拿过那张纸看了看，再次确认："对啊，这是写给我自己的备忘录，不过没写完我就回来了。"

余子涣垂下眼，忽然自顾自吃吃地笑开了。

俞知乐奇怪地扫他一眼："你吃错药啦？"

余子涣笑够了，抬起头直勾勾地看着她："对，我是吃错药了，而且错了很多年。"

俞知乐没听懂他想表达什么，脖子向后缩，斜眼瞥他一下，举起手中的纸问道："这还要吗？"

"要。"余子涣接过纸，又小心地放回抽屉里。

俞知乐见他这么珍惜的样子，抻长脖子探头张望，想看看抽屉里还有什么，结果发现了好多草稿纸，上面的字迹都很眼熟，内容更是眼熟，正是她以前写的小说手稿。

"都是些废纸，你还留着干吗？"

余子涣手快地锁上抽屉，挡住了俞知乐继续窥探的眼神，戏谑地说："万一你以后成为文学大家，这些纸可就不是废纸了。"

"哈哈哈哈哈……"俞知乐仰天长笑，笑完拍拍余子涣的肩，"你想太多了。"

"你没看网上的评论吗？这些年有很多读者都希望你继续写，不要这么没有信心。"

"真的？"俞知乐十分怀疑，未等余子涣回答，挥了挥手，"就算是真的我也不写了。那时候我就是想找点事做，拿到稿费都是意外收获。"

而最大的收获，则是因此给余子涣留下了一笔钱，让他不至于在她消失后太早断了生活来源，至于现在，俞知乐是没什么心思再去凑网络小说的热闹。

俞知乐投出去的简历也接到了些面试通知，但要么是不太靠谱的皮包公司，要么是过了初试在复试被刷下来。这天她又去一家外贸公司参加面试，结果在三个面试官里看到了一个熟面孔。她飞快地扫了一眼看起来比她上一次见到时成熟了很多的严远青，他戴了一副细边框眼镜，身上已没了学生气，多了几分儒雅，坐在最左边的位置，看神态和转动手中笔杆的动作似乎是有些心不在焉。

不过俞知乐当然是不敢表现出和他相识。

对曾经在八年前见过她的人来说，现在的她理应在三十岁左右，而不是一个刚毕业的大学生，要是和严远青相认了麻烦就大了。

"俞知乐小姐，请你说说为什么来应聘这个职位，你的优势是什么？"一个面试官发问。

严远青听到坐在中间的同事喊出这个名字，大梦初醒般地将视线落到对面的俞知乐身上，但他的关注点却不是她的回答，他皱眉盯着她瞧了半天，又低头去研究摆在面前的简历，末了，露出又是费解又觉得有趣的神情。

俞知乐目不斜视，只当和他素未谋面，专心回答另两个面试官的问题。在最近的一系列面试中她对各种常规问题已经有了充分的经验和准备，她答完后那两个面试官相互交换眼神，都点了点头，然后用目光征询严远青，严远青当然也没有表示出异议，于是几日后俞知乐顺利接到第二轮面试的通知。

去参加复试的前一天晚上，俞知乐有些焦虑，在客厅里来回转圈，余子涣坐在沙发上处理公务，也不嫌她来来回回让人眼晕。

"你说我不会又功亏一篑吧？"俞知乐绕得自己头晕眼花，往沙发上一歪，躺在余子涣腿边说。

如果没有前几次被淘汰的经历，俞知乐说不定还没有这么紧张，偏偏她总是在复试发挥失常，搞得她都有些神经过敏了。

余子涣停下手头的工作，低头安慰："不用这么紧张，你正常发挥肯定没问题。"

俞知乐眼睛向上翻了翻，有些不太好意思地说："其实这次我说不定可以走个后门，但是可能有点麻烦，而且总归是胜之不武。"

余子涣不明所以，用疑惑的眼神看她。

俞知乐坐正身子，神神秘秘地说："你猜这次面试我的人里有谁？"

她向来爱玩猜人的游戏，余子涣忍不住眉眼一弯，和以前一样配合地问："有谁？"

"有严远青。你说巧不巧？"

余子涣笑容未改，眼睛甚至眯得更厉害了，掩去了他略显深沉的神色："那是挺巧的。"

他也在考虑开后门，不过是开后门把俞知乐刷掉，然后安排到别的公司上班。

## 第九章 不想把你当姐姐

他的声音又像是最醇厚的烈酒，烧得俞知乐脸颊发烫，低下头不敢看他。

没过两天，俞知乐久违的"姨妈"拜访先期征兆——腰酸，终于再度现身。她一开始都没反应过来，还以为是最近太累，可是想想她也就是出去面试过几回，还没开始工作怎么就腰肌劳损了？接着突然惊觉，她这是好日子过太久，都忘了还有"姨妈"这个折磨人的小妖精这回事。

按她经历的时间线，上一次得到"姨妈"的临幸已经是两年又一个月之前，其实她也不确定这次会是什么情况，也有可能只是腰酸而已。不过为了保险起见，她还是决定去超市囤一批"姨妈巾"，万一"姨妈"闹完了脾气，心血来潮杀个回马枪，没有准备的她可得搞一出血染的风采。

俞知乐和余子涣提出晚饭后去超市采购，毫无意外地得到了身体力行的支持。俞知乐带着忠诚的大跟班，推着购物车在超市里逛了一圈又一圈，薯片、威化饼、烤鱼片、坚果等各类零食堆了一车，她还是没能鼓起勇气带余子涣一起去拿"姨妈巾"。

"你能不能……"俞知乐支支吾吾地对他说，"先别跟着我？"

余子涣不解地看着她，不过没有多问什么，点点头，然后听话地停在了零食区域。

俞知乐对他咧嘴一笑，小跑向摆着纸巾、卫生巾的货架，一边回头一边抬手向他比画着说："等我一下就好。"

俞知乐扫了一眼面前琳琅满目、五花八门的各种牌子，实在有些眼晕，太久没有买过这玩意儿，她一时竟然无从下手。终于在一堆花里胡哨的方块儿中找到了她用惯的方块儿，她将日用、夜用等不同型号各划拉了几包到怀里，然后抱着蔚为壮观的战利品回去找余子涣。

走回方才的货架边上，却没有看到余子涣的身影，俞知乐猜想是不是货架长得差不多，她走错地方了，抬头看了看货架上的东西，发现确实就是她让余子涣等着的位置。她四下扫了一圈，在对面卖熟食的柜台边看到了他。

他身边还站了两个人，一个中年女人和一个十三四岁的女孩。女孩低头玩着手机，而中年女人正和余子涣说话，但余子涣却不是很想搭理她的样子，时不时将视线落在柜台里的猪蹄、猪口条上，似乎那些熟食的吸引力比面前的两人大得多。

俞知乐猜测中年女人可能是和余子涣不太熟的熟人，她不知道该不该过去凑热闹，但是手上一堆"姨妈巾"再不找个地方放一下就要滚到地上四散在天涯了。她只好硬着头皮走过去，"哗"一下将它们一股脑扔进了购物车，然后不好意思地抬眼去看余子涣。

余子涣也被她拿回来的这一大堆卫生巾震惊了一下，不过很快脸色就恢复如常。

中年女人打量了一下两人的神态，温婉地笑着说："这是……"

余子涣瞥了俞知乐一眼，眼神一闪，眼底划过一丝不易察觉的亮光和笑意，但转头看向那中年女人时却又不动声色地答："我女朋友。"

俞知乐先是因为他这突然而又无比自然的介绍而心头猛然一跳，稳住神后心虽然还因为有些不该有的遐想而怦怦直跳，面上却十分配合，没有露出破绽，同时对这中年女人的身份有了新想法，或许是要给余子涣介绍对象的人？觉得他这是拿自己当挡箭牌使，这么一想，俞知乐的心彻底稳定下来，更不会出声拆穿他。

中年女人友好地向俞知乐笑了一下："你好，我是子涣的……"

"她是我爸现在的妻子，你叫她杨阿姨吧。"余子涣又打断了她，对俞知乐说。

俞知乐一愣，八年前她消失的时候余子涣的爸爸还毫无音信，她回来之后他也没提过，她还以为他爸爸仍处于失踪状态，没想到突然冒出一个杨阿姨，而且看上去和余子涣认识也不是一天两天的事了。

她调整了一下表情，礼貌地对杨晓珍笑道："阿姨好，我是小涣的女朋友俞知乐。"

杨晓珍笑着对她点了点头，拉了一下身边的女孩："晴晴，叫人啊。"然后向俞知乐介绍，"这是子涣的妹妹，心晴。"

余心晴脸色不善地瞥了俞知乐一眼，紧皱眉头不客气地对余子涣说："她是你女朋友？那小高姐怎么办？"

从余心晴语气中的不满来看，俞知乐大概是被青春期少女嫌弃了。她吊着嘴角，从鼻腔里挤出几声干笑，并不想和一个小孩吵嘴。

余子涣将俞知乐的手握在掌心，淡淡地扫了杨晓珍一眼。

杨晓珍赶紧又拉了余心晴一下，小声斥道："怎么说话呢？一点礼貌也没有。"

余心晴还想反驳，却被杨晓珍及时制止，于是她不服地翻了个白眼，噘起嘴不再说话。

"不好意思啊，小孩子不懂事，知乐你别和她计较。"杨晓珍赔着笑脸，看起来姿态很低，让人无法不体谅她作为母亲替孩子道歉的苦心。她顿了顿，和蔼地看了看余子涣和俞知乐两人，温柔地笑说，"看看你们多般配，小高也一定会为你们高兴的。对了，子涣介绍你们认识过了吗？小高是个好孩子，这些年一直陪在子涣身边，要是没有小高，子涣有时候连饭都会忘了吃呢，你见到她一定也会喜欢她的。"

俞知乐猜测她们说的"小高"有可能是高中时余子涣学业上的竞争对手高冰绮，听起来她不在的这些年，两人好像有了新发展？

不过她又哪里听不出杨晓珍话中的刻意挑拨，听着好像是为她和余子涣在一起高兴，但又不断暗示小高红颜知己的特殊地位，她要真是余子涣的女朋友，还不得疑窦丛生？也不知道这杨阿姨安的什么心。

俞知乐生出几分恶作剧的心思，跃跃欲试地给余子涣递了个眼神，然后顺着杨晓珍给出的暗示，装出一副很在意但偏要装大度的小女友姿态，横了他一眼后假意对杨晓珍表示亲近道："您要是不说，我还真不知道小涣身边有这么好的朋友。我下回见到小高，一定要好好感谢她这些年对小涣的照顾。"最后一句却是看着余子涣说的，颇有些口是心非、咬牙切齿的意味。

余子涣见她演得兴起，也配合地装作不太耐烦的样子微微侧头，实则是在压住嘴角的偷笑，不让杨晓珍和余心晴发现两人心照不宣的小把戏。转过脸时已配合地摆出有些懊恼又不愿意表现出来的神态，语气中又有些许对女友不相信他的烦躁："我和高冰绮只是高中同学而已。"

俞知乐没理余子涣的解释，而是对一直带着充满善意的微笑看着他们的杨晓珍报以一个感谢的笑容。

杨晓珍见挑拨的效果差不多了，又和两人不痛不痒地寒暄了几句，道别后带着余心晴继续逛超市。临别前，余心晴从俞知乐身边经过时又对她翻了个白眼，用正常音量嘀咕："真是哪儿都不如小高姐。"

俞知乐做戏做全套，直到他们彻底离开那两人的视线范围，才收起不满的神色，换上忍俊不禁的表情，拍着余子涣的胳膊连连发笑，打趣地看着他："小高是吧？你还不从实招来，否则我嫉妒得发狂，可要去找你红颜知己的麻烦了。"

"什么红颜知己？"余子涣做无辜状，"真的只是高中同学。你去骚扰她吧，我没意见。"

俞知乐夸张地咂啧嘴摇头，表示不信："真那么简单，你那个妹妹会为她抱不平？那个杨阿姨会特意提起？"

"好吧，我承认没有那么简单，她高考结束后向我表过白。"余子涣伸手起誓，"不过我保证，我对她一点意思都没有，表白也是当场拒绝了。"

"你也太不解风情了，当场拒绝一个女孩子的表白，你们居然还能继续做这么多年的朋友，也是佩服她的胸襟。"俞知乐有些唏嘘地感慨。

余子涣揽过她的肩膀，俯身在她耳边沉沉地道："我只解你一个人的风情。"

俞知乐脸一红，慌忙扫了一圈周围，见没人注意他们才咳了两声故作镇定道："你少开这种玩笑，拿我当挡箭牌我还没和你算账呢。"

余子涣直起身认真地说："来啊，找我算账吧，我等了好多年呢。"

俞知乐被他清澈的眼神一望，眨了半天眼，不知他这话是什么意思，一时语塞，于是施展转移话题神功："对了，那个杨阿姨到底怎么回事？她把你和高冰绮的关系说得那么暧昧不清，明摆着想看热闹。然后你那个妹妹，比起我显然更希望高冰绮做她嫂子，看样子是不会承认我这个嫂子。还有你爸爸……"

一口气说了一堆，其实俞知乐最想知道的还是最后一个问题，但是又不清楚余子涣现在对这件事是什么态度。八年前的他对失踪多年的父亲很漠然，不知道现在有没有好转一些，又或是恶化了，所以她问得十分小心。

余子涣的笑意和眼中温暖的神色都有些转淡，显然是想到了不太高兴的事，提起他爸的语气比十年前更加冷漠疏离："他当年逃去外地，做生意翻了身，不仅还清了赌债，还重新建立了家庭。前两年我在一个饭局上遇到他，他才想起还有我这么个儿子，见我也算是有出息，就张罗着要认我。"

"那你答应了？"

余子涣冷笑一声，接着反应过来怕吓着俞知乐，又露出温和的笑容，抬手将她披在肩上的头发绕在手指上玩，边绕边说："他现在的老婆怎么甘心平白多一个便宜儿子和她女儿抢家产，再加上他本就怀疑我不是他亲生的，一被撺掇，就让我先和他去做亲子鉴定。"

余子涣用玩俞知乐的头发来分散注意力，也是怕他再失态。但是俞知乐看到他这样好像在说别人的事，浑然不在意的模样，反而更觉得心疼。

怎么可能不在意？如果他父亲从来不曾出现倒也罢了，但看到从他出生就没有尽过一天义务的父亲，让他母亲受尽委屈的父亲，却心安理得地和另一个女人生儿育女，甚至没想过去寻找被他遗弃的儿子，怎么可能没有任何怨言？

而在终于想起余子涣的存在后，那个人居然还在纠结余子涣是不是他的亲生儿子。是又怎么样？不是又怎么样？提出这种要求，除了将余子涣推得更远，并没有其他意义。

"我当然不会去做什么鉴定，真以为每个人都图他那点遗产吗？"余子涣停下了手中的动作，想到杨晓珍母女俩，还是没忍住嘲讽的笑容，"那对母女你也不用在意，要不是杨晓珍嘴快，我都不想承认余心晴是我妹妹。"

俞知乐听完，深觉杨晓珍口蜜腹剑，表现得好像多善解人意、多贤妻良母似的，其实肚子里算盘打得啪啪响，明明不希望余子涣认祖归宗，表面上却滴水不漏，对他那么亲切，让余子涣爸爸没法怀疑她怂恿他做亲子鉴定的用心不轨，搞得倒像是不那么热络的余子涣不会做人、不领情。而挑拨余子涣和俞知乐大概也是出于不想让他多一个帮手哄他爸爸，希望他忙于处理感情问题，无暇顾及其他的心理。

"真是最毒妇人心！"俞知乐双手抱臂，抽筋般甩了甩身上冒起来的鸡皮疙瘩，愤愤地说。

余子涣被她义愤填膺的表情和搞笑的动作逗笑，好笑地说："你不也是妇人吗？"

俞知乐瞪他一眼，忽然做娇羞状，扭来扭去地说："讨厌，人家明明是小公主。"

余子涣被俞知乐做作的表演逗得直不起腰，笑了好半天，把俞知乐笑得无地自容，才严肃下来说："本来是觉得没必要和你提这些糟心的人，但既然遇上了，还是给你打个预防针，免得你这么傻，到时候以为她们是好人。"

俞知乐本来已经被他撸顺了毛，一听他说自己傻，眼睛又瞪圆了："你说谁傻？谁要谁还不一定呢，刚才是谁机智地顺着你的话演下去的？见过我这么反应灵敏、冰雪聪明的人吗？"

余子涣听着她不满的控诉，看着她圆鼓鼓的眼睛和脸颊，心头积压多年的阴霾好像在瞬间被洒落的阳光涤荡，又是轻松又有种沉甸甸的满足感。

俞知乐不依不饶地抓着他的手臂，非要他承认她聪慧过人。

"好，你是这个世界上最聪明的小公主，行了吧？"余子涣随着她的动作来回摆动，心里像是盛了一汪甜得化不开的蜜水，但又有些说不出的酸涩。她什么时候才能把他对她说的情话当真呢？什么时候才能相信他不是用她来当挡箭牌，而是真的想让她成为他的女朋友，才会借机向旁人宣示呢？


去参加最后一次面试的前一晚，俞知乐躺在床上看余子涣给她打印的一些公司面试题目，进行最后的临时抱佛脚。结果证明了天下的复习材料果然都是助眠的一把好手，没两分钟，俞知乐的上下眼皮就开始打架。

外面的水声不知何时停了，俞知乐再睁开眼时，看到余子涣站在卧室门口盯着她看，估计他洗完澡有一会儿了，已经换上了睡衣睡裤。

睡衣是穿旧的圆领棉 T 恤，大概是由于穿得久了洗的次数太多，显得松松垮垮，领口本就大了些，余子涣穿得又不是很正，向右偏了些，便露出一小片白花花的肌肤和精致瘦削的锁骨。他刚擦完头发，发丝不是很服帖，略显凌乱，嘴唇也因为刚洗完澡而格外红润，整个人看上去比实际年龄小了很多，和十几岁的时候有七八分相似。

俞知乐揉了揉眼睛，意识还不是很清醒，声音也黏黏糊糊的："有事吗？"

余子涣没有回话，脚步声也轻得几乎听不见，他慢慢向她走来，在床边坐下："可以和你一起睡吗？"

"啊？"俞知乐被吓精神了。

余子涣又接了一句："就像以前那样。"

俞知乐还是觉得有些不妥，可是看着他耷拉下的眉梢和隐隐含着水光的下垂眼，又实在说不出不行，便含含糊糊地答应了。

余子涣笑出两个小梨窝，掀开被子钻了进去，头朝床尾乖乖地躺倒："乐乐关下灯。"

俞知乐被他这么一笑，整颗心都亮了，更不会计较他已经长这么大还要跑到她床上来睡的问题。她伸手按下床头的开关，屋里立刻陷入一片黑暗。

两人安静地躺了一会儿，俞知乐突然反应过来："你不枕枕头不难受吗？"

余子涣低低地应了一声："床上有多余的枕头吗？"

床上本来有两个枕头，俞知乐一般睡一个抱一个，听余子涣这么问，便贡献出担任抱枕的那个，将它从身侧拎过来递给余子涣。

她拿着枕头在空中晃悠了一会儿，听到余子涣那头传来窸窸窣窣的声音，然后手中的枕头便被接了过去，但是却没有向床尾移动，而是降落在了她的脑袋边。

黑暗中余子涣转了个方向，脸冲着俞知乐的脸，躺到了她身边。

余子涣的脸近在眼前，他就这么直勾勾地看着她，认真而痴迷，却没有说话。俞知乐一时被他亮闪闪的双眼迷了心神，竟然没有立刻让他换回原来的方向。

余子涣伸手拽了一下枕头，微微抬头调整了一下姿势，离俞知乐更近了："这样就不难受了。"

俞知乐迟疑了一下，弯腰想往后缩，但未来得及动作又听余子涣开口："乐乐。"

"嗯？"

余子涣喊了她一声后停了一会儿才继续，他说得有些慢，更显出语气的意味深长："我现在年纪比你大了。"

俞知乐眨了两下眼睛，没有接话。

黑暗中余子涣的眼睛因为垂下眼帘而暗了暗，他确定位置后准确地握住了俞知乐放在被子外面的手。俞知乐的手相较他修长的大手显得小小肉肉的，余子涣忍不住用拇指轻而缓地在她柔软的手背上打转。

俞知乐被他温热的触碰搞得手痒，心更痒。其实最近余子涣的种种表现经常让她有种异样的感觉，比如他总是若有似无地暗示和撩拨她，又比如上回在超市不假思索地将她说成他的女朋友，但是她总告诉自己是她想多了，他只是太久没见到她，所以才会有过度亲昵的行为。

"我会宠着你的。"

俞知乐曾经开出的条件是不会喜欢比她小的男生，因为希望在恋爱的时候被人宠着。他一直都记得。


俞知乐听他说出这样的话，再装傻就说不过去了。她脑子里一片混乱，而余子涣的脸就在她面前不到十厘米的位置，眼睛适应黑暗后，隐约能看到他花瓣一样的嘴唇、直挺秀气的鼻子，还有纯真却又带着异样诱惑的眼神。在如此美貌的干扰下，俞知乐的脸和脑子都越来越热，她发出一声困兽般的呜咽。

随着"嗷"的一声，俞知乐蜷成一团，整个人缩进了被子里："不行不行，我不能看着你的脸，会影响我的判断。"

毫无防备被俞知乐从手中逃脱的余子涣有些愣怔，然后不禁看着被子里鼓起的人形失笑。

"我……我一直把你当弟弟。"俞知乐闷闷的声音从被子里传出来，显得有些低落。

"可是我不想把你当姐姐。"余子涣伸手去掀被子。

俞知乐紧紧抓着包裹自己的被子不放，不愿意从鸵鸟状态出来。她已经习惯了将余子涣当成弟弟，习惯了和他毫无顾忌地打闹，和他待在一起就像在家人身边一样让她心安，结果余子涣却说不想把她当成姐姐。

俞知乐不想改变，或者说她害怕改变。害怕两人的关系会因为成为恋人而慢慢变质，会和其他恋人一样因为鸡零狗碎的小事争吵，将过往所有的美好蚕食殆尽，也害怕拒绝余子涣后两人的关系彻底破裂，别说是家人，就怕连朋友都做不成，害怕到她根本不敢剖析她对余子涣到底是怎样一种感情。

两人的被子拉锯战还在进行，虽然余子涣没有用全力，但俞知乐还是很快落于下风，她不由得急了："你不要逼我，让我好好想想。"

这句由于被子里空气稀薄而带上鼻音的话，俞知乐自己都没察觉，简直可以称得上是撒娇。

余子涣立刻撒了手，心像是被一片羽毛轻飘飘搔过一样，担心她生气的慌张中带着些许酥软："对不起。"

"干吗道歉？"俞知乐的声音还是闷闷的，情绪有些低落，但没有生气。

"我不逼你。"余子涣也向下躺了一些，隔着被子将俞知乐圈在怀里，"我可以等。"

这晚俞知乐一直处于半梦半醒的状态，梦里的余子涣一会儿是孩子的模样，一眨眼却又变成了大人。长大的余子涣温柔地向她招手，她高兴地投向他的怀抱，然而回过身却看到少年余子涣哭得梨花带雨，心惊肉跳地抬头一看，发现抱着她的人不知何时变成了狰狞的鬼脸，一晚上她就这样来来回回被两个余子涣争抢。

由于睡得不踏实，第二天她很早就醒了。一睁开眼就是余子涣貌美的脸，她完全无意识地大脑放空，欣赏了一会儿，见他有要醒过来的迹象，赶紧又闭上眼装睡。

余子涣醒后没有马上起床，俞知乐不知道是不是她的错觉，她闭着眼都能感受到他炙热的目光。在她差点忍不住想睁眼确认时，余子涣忽然向她的脸靠了过来，他的鼻息喷在她脸上引起一阵瘙痒。

余子涣的鼻尖擦过她的鼻尖，两人的嘴唇差一点点就要碰上，唇边若有似无的热气让俞知乐紧张得根本无法思考，不知道应该继续装睡还是睁眼阻止他。

但是过了好一阵，余子涣也没有真正亲上去，转而在她额上落下一个温柔而清浅的吻，然后翻身下地，去外面准备早饭。

俞知乐长舒一口气，但在感到解脱的同时，却又有些难以言状的失望。她头疼地捂住眼睛，一边发出小声的怪叫一边在床上翻滚。


早饭的时候，余子涣没有任何异于以往的表现，俞知乐小口嚼着南瓜粥，借助飘起的白烟和举起碗的动作偷偷打量他。

"今天你面试结束，我们要不要出去庆祝一下？"余子涣像是没发现她的目光，笑眯眯地看着她。

俞知乐放下碗摆摆手："不用，我还不一定能被录取呢，没什么好庆祝的。"

"我有预感，你这次一定会被录取。"

俞知乐愣了一下，然后怀疑地看着他："你不会是帮我开后门了吧？"

"我又不认识那家公司的老板，怎么帮你开后门？"

"那你怎么……"

"我就是有这种预感。就这么定了，你面试完给我打电话，我去接你。"余子涣拿过椅背上挂着的西装外套，起身准备去上班，没有给她反驳的机会。

可能是因为有了更在意的事分散注意力，复试时的俞知乐反倒没有前几次那么紧张，看几个面试官的脸色，她觉得应该还是很有希望拿到她应聘的业务助理这个职位。

在电梯外面给余子涣打了个电话汇报完情况，俞知乐一身轻松地乘电梯到了底楼，电梯门一开，猝不及防和站在外面的严远青对视上了。

毕竟是她初试的面试官之一，装不认识也不好，万一以后成为同事岂不尴尬？俞知乐拘谨地向他打了个招呼，然后立刻移开视线，低头迈出电梯。

"你不是上回来面试的那个谁吗，俞知乐是吧？"严远青没有进电梯，而是很有兴致地和俞知乐搭话。

俞知乐本来都走出几步远了，但是对方指名道姓喊出她的名字，不可能充耳不闻，只好扯出一个笑脸转身对他点头。

"来复试？还顺利吗？"

"挺顺利的，谢谢关心。"

"你这个名字，挺有记忆点的。子非鱼，安知鱼之乐。"严远青三两步来到俞知乐身边，微微眯眼，浅笑着打量她，"不算烂大街，但也不算少见是吧？"

俞知乐只作听不懂他话中的试探，礼节性地配合着笑了两下后表示她还有事，先走一步。

"慢走，不送。"严远青笑嘻嘻地向她挥手道别，在她转身离开后突然又开口，"很期待和你成为同事。对了，你弟弟在外面等你。"

俞知乐已走到大厦门口正要下楼梯，听到最后一句话腿一软，差点崴了脚，稳住后也不敢回头去看严远青，就当没听见，正好又看见余子涣的车停在路边，于是加快脚步逃离严远青的视线范围。

余子涣看到她走过来后为她打开了副驾驶位的车门，笑着问道："怎么样？我的预感没错吧？"

俞知乐身子一矮，利索地蹿上车，关上门后还有些心惊胆战："嗯，挺顺利的。"

余子涣见她小脸煞白，顺着她的视线看了过去："怎么了？"

俞知乐没看到严远青，收回目光摇了摇头，过了几秒还是没忍住倾诉的欲望："你刚才有看到严远青吗？"

余子涣眼神一沉，但语气还是如常："看到了，他也看到我了，还和我打招呼了。"

俞知乐哀号："他可能认出我了。万一以后他问起来，我要怎么和他解释？告诉他我有一个同名同姓，和我长得一模一样，大我好几岁的姐姐吗？"

余子涣沉默了一会儿，轻描淡写地说："为什么要苦恼怎么和他解释？一个外人而已，他就是问你，你不说，他又能拿你怎么样？"

"嗯，有道理。"俞知乐若有所悟地点点头，然后她拉过安全带扣上，忽然反应过来，"不对啊，我才给你打了电话没两分钟，你怎么这么快就到了？"

"今天公司没什么事，所以就提前来等你。"

"那你没有等很久吧？"

"没有，就等了五分钟吧。"

俞知乐这才不至于太愧疚，她低头看了下时间发现才刚过四点："这么早我们还出去吃饭吗？不然回家吃算了。"

"我已经订好位置了，早点去没关系。"

俞知乐舔了舔唇，不好意思地笑了几声："那我就不客气啦。"

余子涣驱车来到一家烧烤店，停车的时候扫了一眼边上的车，脸色忽然一变，转头对俞知乐说："乐乐，你爱吃烧烤吗？要不还是去吃东北菜？"

"别啊，我爱吃烧烤的！"其实只要是好吃的，俞知乐基本来者不拒，况且她确实好长时间没吃过烧烤了，"再说你不是订了位置吗？都到这儿了就别换了。"

余子涣见她开始动手解安全带，便不再劝阻，停好车后带着她进了烧烤店。服务员领两人去他订好的隔间，一进去却见位置上已经坐了一个人。

聂洪一见他们来了，立刻兴高采烈地站起来招手："你助理说你刚过三点就离开公司了，怎么才到？我已经点好菜等半天了！来来来，快坐下，看看还要不要加点什么？"

俞知乐听他这么一说，抬头看了一眼方才骗她只等了五分钟的余子涣。余子涣也看了她一眼，但并没有表现出被揭穿的窘迫，然后无语地看着聂洪摇摇头，叹了一口气，向她介绍："这是我的老同学兼合伙人，聂洪。"

俞知乐从余子涣上高中时就久闻聂洪的大名，今天终于见到了活人，高兴地咧开嘴，上前主动自我介绍："你好你好，我是俞知乐。谢谢你这么多年对小涣的照顾啊。"

余子涣眉头大皱，这听起来怎么这么像家长见面会。

聂洪听到俞知乐的名字先是一愣，眼神不由自主地瞥向余子涣，然而余子涣并没有搭理他的意思。聂洪也是个心大的人，稍微调整了一下情绪后，就大言不惭地笑着对俞知乐说："不用谢，都是应该的。"

虽然不管是上学时还是工作后，都是他闯祸，余子涣照应他的时候更多。

余子涣实在看不过两个拥有金鱼般记忆的人类好像初次见面一样相互寒暄，开口道："其实你们两个见过一面，不记得了吗？"

两张同样写满茫然的脸齐刷刷看向余子涣，余子涣继续提示："前两个星期，我外婆的老房子。"

聂洪恍然大悟，激动地拍了拍俞知乐的肩："原来你就是那个女孩啊，哈哈，当时太暗了，我没看清，没认出你别见怪啊。"

俞知乐慢了一拍才想起来，因为对她来说不是两个星期前的事，而是两年多以前的事。聂洪就是当时敲门来问她是不是俞知乐，被她当作坏人的年轻男人。

"没事，我也没认出你不是。"

余子涣瞥见聂洪的手还搭在俞知乐的肩上，上前一步拂开他的手，然后自己揽过俞知乐，带她到位置上坐下。

聂洪贼兮兮地看着两人笑了笑，也在余子涣边上坐下，抻着脖子问俞知乐，眼神却促狭地瞟着余子涣："弟妹，子涣啥时候勾搭上你的？动作挺快啊。"

"我不是……"俞知乐下意识想澄清她不是余子涣女朋友，而边上的余子涣垂着眼看菜单，没反应，也没看她，似乎并不准备干涉她的回答，她犹豫了一瞬，没过脑子直接改了口，"什么叫勾搭？说得好像小涣是拐带良家妇女的坏人一样。"

这听起来倒像是承认了她是聂洪口中的"弟妹"。

余子涣翻阅菜单的动作未有一丝凝滞，但是眼尾、嘴角却悄无声息地带上了无法克制的笑意。

席间俞知乐被说话不着调的聂洪逗得连连发笑，两人颇有一见如故之感，然后看到岿然不动、不为聂洪搞笑功力所影响的余子涣，她小声问："你这么多年有成功逗笑过他吗？"

聂洪瞥了下余子涣的脸色，确认他现在处于心情很好的状态，才敢肆无忌惮地爆料："那是当然，不然我早就被打击得不和他做朋友了。当年在寝室里我讲段子的时候，他笑得比谁都欢。"

俞知乐眼睛一眯，做嫌弃状："什么段子？不是黄段子吧？"

余子涣咳了一声，聂洪立刻道："看我纯真的眼神和清纯的脸蛋，我像是会讲黄段子的人吗？子涣就更纯洁了，连午夜场都很少参与，这么多年死心塌地，心里就只有一个人……"

聂洪跑着火车的嘴戛然而止，自己怎么能在余子涣的现女友面前提他心中的白月光呢？而且现女友的名字还和白月光一样，这要是闹出来还能好？

　　他张着嘴，变化了好几个口型却没发出声音，求助地看向余子涣，余子涣却好整以暇地给俞知乐烤着鱿鱼，好像根本没注意到他这边的紧急状况。

　　"只有一个人，然后呢？"俞知乐等了半天没见聂洪接着说下文，忍不住主动发问。

　　"没有然后啦。"聂洪嘿嘿一笑，意图跳过这个话题，"来，快尝尝子涣的技术，他有厨师证，不能浪费了他的手艺。"

　　聂洪想夹余子涣烤的鱿鱼，但是被余子涣瞥了一眼后识趣地收回了筷子，眼睁睁看着余子涣将烤得喷香四溢的鱿鱼全都放进了俞知乐的碗里。他咬着筷子可怜巴巴地望着余子涣，余子涣抬眸扫他一眼，给他夹了一块烤好的牛舌。

　　聂洪"啊呜"一口将滚烫的牛舌塞进嘴里，一边口齿不清地号着烫，一边顽强地嚼着牛舌，坚决不把进了口的食物吐出来。

　　俞知乐吹了几下鱿鱼，边咬边问："怎么可能没有然后呢？小涣心里的人是谁啊？既然这么多年心里只有那个人，为什么没和她在一起呢？"

　　"我就是瞎扯淡呢，弟妹你别在意啊。"

　　俞知乐本来还没觉得有太大问题，只当是玩笑话，见他这样刻意隐瞒反倒上了心，看到他一个劲儿向余子涣使眼色，她也看向余子涣："到底是谁啊？"

　　余子涣脸色如常，泰然自若地瞟了聂洪一眼，聂洪连连向他抱拳讨饶。他也没说什么，转过脸笑着安抚俞知乐："都是过去的事了。我回去和你说。"

　　聂洪见余子涣没有怪他多嘴捅了娄子，连忙帮着接茬："对对对，都过去了，重要的是子涣现在心里的人是弟妹你。"

俞知乐见状也不好再不依不饶地问下去，但余子涣前一天才和她表白，今天就暴露了他一直对另一个人念念不忘，导致她心里非常别扭，又懊悔没有一开始就在聂洪面前和他撇清关系，又毫无缘由地满腔委屈和不满，其中还掺杂了些她自己都没察觉的嫉妒。

虽然俞知乐没表现出来，但有了心结，总归会影响情绪，后来聂洪使出浑身解数也没能让气氛回到最开始那样轻松热烈。

吃完饭离开前，聂洪拦住余子涣表示今天是他没注意分寸，下回他请他们两人吃海鲜赔罪。余子涣要是介意这点小事，早就被他气死了。

"请客就算了，你少凑点热闹就行。"

聂洪厚脸皮地笑笑："我那不是好奇嘛，你为你的小俞姐姐守身如玉这么多年，现在居然为了一个刚认识没多久的小姑娘破例，让助理给你们订位置约会，我怎么能不过来看看？"

"她就是俞知乐。"余子涣看了一眼先一步出去，在烧烤店门外等他们的俞知乐，不自觉地笑得温柔而满足。

"我知道啊。"

余子涣转头认真地看着不明所以的聂洪："我的意思是，她就是我找了八年的那个俞知乐。"

聂洪反应了一会儿，怀疑自己听错了或是余子涣说错了，难以置信地瞪大眼睛："怎么可能？八年前她不就二十多岁吗？"

余子涣拍拍他的肩，迈开步子向俞知乐走去："就是有这么神奇的事，以后有机会再和你解释。"

上车后，俞知乐还能看到发蒙的聂洪站在烧烤店门口，她本来想问问余子涣刚才和他说了什么，让他这样一副百思不得其解的模样，但忽然又想起自己正在闹别扭，不能这么轻易地搭理余子涣，便忍住好奇，一声不吭地坐着。

结果一直到回了家，开门进了屋，余子涣都没有主动和她解释。

一路上俞知乐闷头瞎想，越想越难过，站在门外不想进去："你既然心里有别人，干吗还和我说些让我误会的话，害我像傻子一样纠结那么久。"

余子涣回过头，装作诧异地看着她，装了一会儿看到她气鼓鼓的样子，居然笑了："你在吃醋？"

俞知乐被他笑得恼火，手一伸说："你把我行李给我，我回自己租的地方住。"

余子涣低头看了看她的手，毫不犹豫地握住，顺势将她拉进了自己怀里。

俞知乐挣了一下没挣脱开，余子涣抱紧她的同时在她耳边低低地说："我心里的人一直都是你。"

俞知乐僵了一下，但还是不太相信，以为他在哄自己，继续在他怀里乱动。

余子涣当然不会松手，箍着她一用力，将她抱进了屋抵在墙边："我没有骗你，聂洪说的那个人就是你。"

俞知乐整个人被罩在余子涣的阴影之下，她一眨不眨地盯着他清透明亮的双眼看了半天，其实已经有些信了，但还是感觉有些委屈："那你不早说？害我一个人瞎想，还笑我。"

"我不是在笑你。"余子涣说着嘴角却又忍不住翘了起来。

俞知乐伸手扯住他的脸："还说不是，现在还在笑呢。"

余子涣抬手捏住她的手放在自己脸边蹭了蹭，然后在她掌心印下一个轻柔的吻："我是高兴。如果你完全不在意，我才会笑不出来，说明你对我根本没有别的心思，但是现在你有，所以我非常高兴。"

他的眼睛好像布满星星一般在发光，他的声音又像是最醇厚的烈酒，烧得俞知乐脸颊发烫，低下头不敢看他。

"我才没有。"

"那没事吃自己的醋，好不好玩？"余子涣凑到她耳边轻笑了一声，小声说。

他温热的气息扑在俞知乐耳根处引起一阵发痒，她不由得缩了一下。余子涣却立即得寸进尺地贴了过去，在她耳边吹热气，她痒得半边身子都软了，腰又被他揽着，只能无力地一边笑一边徒劳地闪躲。

余子涣闹够了，抱着俞知乐，将脸埋在她的脖颈处吃吃地笑了起来，笑完后又有些感慨："这八年来我天天做梦都想见你，现在你终于回到我身边了，以后都不要离开我好不好？"

俞知乐没有立即回答，欲言又止地看了看余子涣。

余子涣看出她的迟疑，捧住她的脸，额头贴着额头，用充满蛊惑力的磁性嗓音道："既然你也喜欢我，我们为什么不能在一起？你在犹豫什么？"

俞知乐垂眼不去看他，有些低沉地小声说："我怕我们在一起之后，有些事反而会变得复杂。我可能并没有你想的那么好，而你成为我男朋友之后，我也会提高对你的要求，我们相处起来未必会像先前那么开心。还不如……"还不如维持原状。

但话都说到这个份上，又怎么可能当成什么都没发生？俞知乐确实对长大之后的余子涣动了心，却更怕因处理不好这段关系而失去他，所以才会不自觉地低落。

"原来你在担心这个。"余子涣抬高她的脸，让她无法不看他，"我知道你记性不好，爱看热闹，受不了气，说话不过脑子，也见过你刚起床时蓬头垢面的样子，见过你为了我和别人吵架时强撑出来的彪悍，见过你最不顾形象的大笑，见过你想家时满脸的鼻涕眼泪。"

听到余子涣一条条列她的缺点，俞知乐心里的惆怅一点点消失，她气呼呼地拧起眉头想反驳，余子涣却抬起拇指按住她的嘴唇，继续道："但是所有的这些都只是让你在我心里更加鲜活可爱，让我更喜欢你。我从很早很早以前就喜欢你了，所以你不用担心我们在一起之后会有变化。我也会竭尽全力满足你对男朋友的要求，只要你给我一个机会，我会证明我说的都是真的。"

余子涣说完，眉心向上皱，眉梢微微耷拉下来，用水灵灵的眼睛祈求般地注视着俞知乐，显得格外小心和招人疼。俞知乐心底的防线在他的表白之下本就一退三千里，被这样的眼神一看，更是溃不成军。

"那，我们就试试？"她不太确定地说。

余子涣的眉眼顿时舒展开，笑得满心满眼都是柔情蜜意。俞知乐向来对他的笑没有招架能力，于是也不由自主地对着他眯眼笑了起来。

余子涣看着她有些傻气的笑脸，忍不住用拇指温柔地抚过她的脸颊、嘴角，最后停留在她的唇上，他的眸色一沉，眼中现出几分迷离，笑意也有些凝滞。

他低下头，微微垂眼，缓缓向她的唇边靠近。

俞知乐一紧张，脑子一抽，下意识地伸手用食指、中指和无名指抵住了他的嘴，然后看到他睁大眼，稍显错愕的神色，她突然不敢看他，手足无措地说："是……不是……太快了点？"

余子涣脸上最初的讶异之色褪去，笑意又回到眼中，忽然伸出舌尖舔了一下俞知乐的手指，看到她触电一般收回手，羞得脸颊绯红，瞪着他说不出话来的模样，心情很好地哈哈大笑。

俞知乐被调戏后恼羞成怒地推了他一下，没推动，余子涣于是又将她捞到怀中，压低声音说："我从高中等到现在，一点都不快。"

俞知乐的脸更红了，几秒后反应过来的她有些惊讶地抬头，她本以为余子涣是在她消失之后，有可能是上了大学后才意识到喜欢她。

"你那么早就喜欢我了？"

"对啊，所以你是不是应该给我点补偿？"余子涣又凑了过来。

俞知乐恍然大悟，她之前就猜余子涣上高中后开了窍，是因为他有了意中人，还问过他是谁，万万没想到就是她自己。

俞知乐的腰被余子涣揽着，她上身向后仰，笑着闪躲他落在她头发、脸颊上雨点般的吻。闹了一阵，她气喘吁吁地抵住余子涣，故作痛心疾首地说："你高中的时候那么纯洁，我碰你一下你都躲，现在怎么这么不矜持？你被带坏了，姐姐我的心很痛啊！"

"心痛？"余子涣无辜地看着她，手却不老实地探了上来，"那我给你揉揉？"

俞知乐大惊，挡掉他的爪子，后退一步双手护胸，有些结巴："你，你这都是跟谁学的？"

余子涣仍然满脸无辜，泛着水光的眼睛让他看起来好像受了不小的委屈。俞知乐被他看得迟疑了一瞬，结果下一秒就又落入了他怀中。他轻轻咬了下俞知乐的耳朵，声音又轻又柔，但说出来的话却没个正经："我和聂洪他们学再多也是纸上谈兵，还需要你陪我多多练习才是。"

俞知乐被他在耳边又啃又亲搞得浑身软绵绵，好半天才找回理智："我算是发现了，合着你早就找到对付我的招数了是吧？"

余子涣停下动作，用澄澈如小溪般的双眸看着她，好像又是疑惑又是迷茫。

俞知乐眯眼看着他说："就是这种无辜可怜又委屈的眼神，你还装。"

被拆穿小心思的余子涣也不害臊，眉眼弯弯地对俞知乐一笑，两颗小梨窝甜得她肝颤。她甩甩头，告诉自己要冷静，义正词严地说："没错，还有这样的笑。"

"你不喜欢吗？"余子涣微微歪了下头，好像有些受伤。

俞知乐还没来得及回答，他忽然变了脸，眸色一沉，冷着一张脸猛地抱住她的腰向上一提，抬到和他齐高的位置抵在墙边。

余子涣的脸几乎要贴在她的脸上，浑身散发着强硬的危险气息，似笑非笑的眼神极具侵略性地一寸一寸地在她脸上逡巡："还是说你喜欢这样？"

俞知乐被他突如其来的变化吓蒙了，余子涣看到她呆呆的样子，忍不住趁其不备，在她唇上飞快地啄了一下。

俞知乐这才回过神，唰地用手捂住嘴，露出两只圆圆的大眼睛惊疑未定地看着得逞后笑弯了眼的余子涣。

"你……"俞知乐一开口差点哭出来，"你太坏了，干吗吓我？"

她不是没见过余子涣凶悍的一面，但那都是针对别人。她现在算是知道为什么余阳兰会被十几岁的余子涣吓得连连后退，因为上一秒还是小绵羊，下一秒就化身大灰狼的反差实在让人无力招架。

余子涣好笑地摸了摸她的头，给被吓着的她顺毛。

"不知道的还以为你要吃人了呢。"俞知乐抬头瞄他一眼，不满地嘟囔。

"你怎么知道我想吃人？"余子涣停了手上的动作，弯腰在她耳边坏笑着说，"你猜我想吃谁？我等了很久了。"

俞知乐听懂他话中的意思，老脸一红，撇开脸装傻，清清嗓子岔开话题道："你老说你等很久，那你念高中的时候我问你喜欢谁，你怎么不告诉我呢？"

余子涣直起身子，没有立即回答，眼神有些放空，回忆起很多年前俞知乐在老房子里缠着他问有没有喜欢的人时的场景，不自觉地带上了有些感慨却十分温暖的笑容："因为那个时候，我没有能力照顾你，而且就算我说了，你会答应吗？反倒会给你造成负担吧。所以我就想，等我再长大一些，至少等我成年之后，但是没想到……"

没想到就算两人那么避嫌，最后还是在余阳兰的搅局下陷入恶意的流言，更没想到俞知乐会就此消失。

虽然现在证明是个误会，但八年前的那个周五，当十五岁的余子涣回到家中遍寻不见俞知乐的踪影，却在茶几上发现了那张疑似交代她离开后事宜的字条。他一开始不愿意相信她会主动抛弃他，但一整个周末过去，俞知乐却一直没有出现，于是支撑他所有信念和勇气的一切在确定她离开的那一刻分崩离析。

俞知乐说她无法选择穿越的时机，却在离开前给他写下了留言，那要么是她其实能够自如穿越，要么是她并没有离开那个时间点，而是离开了那个地点。不管是前者还是后者，都说明俞知乐主动放弃了他，可能是因为流言，也可能是因为厌倦了照顾他。

如果他也可以穿越，现在的余子涣真想告诉八年前钻了牛角尖的自己，事实根本没有他想的那么复杂，他只要耐心地等下去，就会发现俞知乐不仅没有抛下他，而且在未来也会喜欢上他。但有时候现在的余子涣又觉得就算他能回到过去见到十五岁的自己，也不会告诉十五岁的自己事实，因为也许就是他这些年来无望的努力和希冀，唤回了在时间中迷路的俞知乐。如果过去的八年里他过得太舒坦，或许现在老天不会如此厚待他。

余子涣没有接着刚才的话往下说，话锋一转，语气轻松起来："现在这样很好。我现在有了足够的能力保护你，而且年纪上也更容易让你接受。"

俞知乐听出他先前话中隐隐的伤感，想到她不在他身边这些年他不知道吃过多少苦，却能云淡风轻地说出现在很好，从不和她抱怨她没能守住约定的消失。她心头酸涩，既感动又心疼，主动伸手揽住他的脖子，踮脚亲了他的脸颊一下。

余子涣难掩喜色，正要抱住她回亲，她却敏捷地一退三尺远，一边蹦跶一边装傻念叨着吃太饱要下楼散步。

余子涣无奈地盯了会儿她的背影，迈开步子跟了上去。来日方长，小白兔已经进了狼窝，他也不急于一时。

第十章

旧人与新同事

这是你第一次说喜欢我。我也好喜欢，好喜欢你，从很久以前就这么喜欢你了。

在接到录取通知的那天早上，俞知乐双喜临门，暌违两年的"姨妈"终于大驾光临。她一边感叹幸好有所准备，一边思考起"姨妈"与穿越之间的联系。

她刚回来时就认为她回到 2005 年后每过一年相当于在 2015 年时的一天，但后来又觉得这样的推测不一定成立，不过现在有了印证，让她确信在穿越回去的那段时间她不是内分泌失调，只是作为一个来自未来、逆时间流的人，时间在她身上的流逝速度和其他人不一样。而一旦回归正常的时间线，她身上的时间流速便恢复了，因此"姨妈"也如期拜访。

虽然还是不太懂具体原理，但是俞知乐至少确定不是她的健康出了问题。

晚上听到余子涣开门的声音，俞知乐欢快地蹦出来迎接，一头扎进他怀中，两眼放光地仰头看他，满脸写着快问她为什么这么高兴。

"发生什么好事了？"

"我下周一开始就要去上班啦！"俞知乐先眉飞色舞地宣布了第一个好消息，然后有些不好意思地接着说，"另外有亲戚来拜访我了。"

"我就说你能拿到那份工作吧。"余子涣想到她将和严远青成为同事，心里还是有些在意，但并没有表现出来，而是很快转移了话题，"亲戚？你老家来人了？怎么不留下一起吃饭呢？"

俞知乐看到他一本正经地以为有人来看她，没憋住笑了出来："不是真的亲戚，是那个……"

余子涣恍然大悟，但时隔多年再和俞知乐提起这个话题，他已没有了十几岁时的羞涩，而是立刻关心地伸手去摸她的小腹："怎么样？肚子疼吗？要喝热水吗？快坐下，站着不累吗？"

俞知乐被他一系列的嘘寒问暖绕晕了头，稀里糊涂地就被带到沙发上坐下，手里也被塞上了一杯冒着热气的开水。她因为平时作息规律，饮食健康又不贪凉，月经期间别说痛经，连不舒服的时候都很少，但在这期间多喝点热水总是好的，所以也没有拒绝，捧着热水喝了一口，然后夸奖道："女生这时候应该注意什么，你很懂嘛。"

"你以前不是月经不调吗，所以我有关注这方面的知识。以后我多做些滋阴补血的好吃的，像山药乌鸡汤、银耳红枣羹之类，好好给你调理一下，就不会不规律和难受了。"余子涣摸了摸俞知乐的头，说得极为认真和诚恳，眼里还满是对她"月经不调"的担忧和心疼。

俞知乐被他说得馋虫都上来了，直冒口水，但还是诚实地坦白了她

163

之前所谓的"月经不调"其实是个误会，她的气血真的像那个老中医说的那样，足着呢。

"不好意思啊，害你误会这么多年，白费了你的努力。"

"怎么会呢？你没事我高兴还来不及。"

"那你刚才说的那些，还能做给我吃吗？"俞知乐拉住余子涣的衣角拽了拽。

看到她想要保持矜持但又难敌吃货本能的扭捏模样，余子涣忍俊不禁地点点头："当然。"

周一去上班时，和俞知乐一起报到的还有一个刚毕业的女生，也是做业务助理。在人事带她们前去办公室前，俞知乐见那女生有些拘谨，便主动搭话："你好，我叫俞知乐，很高兴和你成为同事。"

那女生大约也在犹豫要不要主动和俞知乐说话，见她先开了口明显松了口气，笑着说："你好，我叫郑芷兰。"

郑芷兰长得娇娇小小，软萌的气质和巴掌大的清纯脸蛋又特别合她的身形，往俞知乐身边一站，活生生让俞知乐觉得自己是一座铁塔。虽然将自己衬成了女壮士，但看脸决定喜恶的俞知乐对刚认识的郑芷兰还是挺有好感。

两人被带到业务员所在的办公室，只听电话声此起彼伏，大家要么忙着接电话，要么埋头在电脑前忙碌，基本没有闲工夫关注两个新人的到来。人事部的人将她们介绍给来接手的严远青后，也匆匆离开了。

严远青简单说明了一下情况，俞知乐和郑芷兰两人中有一个将去业务部副经理手下，另一个则做他的助理。

"虽然跟着赵经理能接触到更大的单子，但我也不赖。怎么样？你们谁愿意跟我？"严远青的笑容清浅却带着一丝玩世不恭，和他身上沉淀下来的儒雅气质有些许违和，但反倒给他增添了几分独特的魅力。

严远青说这话时有意无意地多扫了俞知乐两眼，像是在暗示她毛遂自荐，俞知乐倒是无所谓在谁手底下打杂，于是转头去看郑芷兰，想让郑芷兰先选。

郑芷兰抬头看了看俞知乐，又去看严远青。严远青迎着她的视线露齿一笑，于是她迅速移开目光，正要开口，从她们身后走来一个职业装打扮的中年女人，经过几人身边时对严远青说："新来的助理？"

严远青点头答是，赵经理用审视的眼神如刀子一般剜了俞知乐和郑芷兰几眼，保养得极好的面容上露出几分挑剔的意味，一瞧就是事业有成、脾气欠佳的女强人。她在几人身边只停了几秒，便又踩着高跟，抬头挺胸地走向自己的办公室："你先带她们上手，别什么都不知道就来给我添麻烦。"

严远青笑容未有任何改变，态度很好地应下，然后回过头对俞知乐、郑芷兰二人说："赵经理其实人不错，你们别被她吓着。不过看来你们暂时都要跟着我了。"


刚来公司，很多地方都不熟悉，一上午很快就在忙碌中过去，直到严远青到俞知乐的位置上提醒她可以去吃饭了，她才发现已到十二点，周围的同事基本走得七七八八，都结伴去吃午饭了。

"中午一起吃吧，正好我带你们熟悉一下附近的环境。"严远青是站在俞知乐身后说的，但是也没忘了另一边的郑芷兰。

郑芷兰一直竖着耳朵注意他们这边的情况，听到严远青对她们一视同仁，高兴还来不及，当然不会拒绝。

于是在严远青的带领下，几人逛了一圈写字楼附近的广场，最后选择了吃拉面。

席间严远青常常抛话题给两个新人，显然也是有想和她们尽快混熟，方便日后工作的意图。俞知乐没有表现得特别积极，因为毕竟以前和他认识，倒是郑芷兰打开话匣子后说个不停，和严远青一来一往聊得很是热闹。

吃完饭严远青不声不响将三人的饭钱都付了，让本来做好 AA 制准备的俞知乐有些傻眼，她正想将钱还给严远青，却被坐在同一边的郑芷兰按住了手，然后便听郑芷兰甜甜地笑着对严远青表示感谢。

被抢了先机的俞知乐心里略不舒服，可是要再坚持还钱给严远青，又好像故意在给郑芷兰下不来台，只得作罢。

下午找着机会，她婉转地向郑芷兰表示了中午让严远青请客是不是不太好，结果郑芷兰却反过来觉得她奇怪："前辈的好意我们不接受才不好吧？"

俞知乐被郑芷兰理所当然的眼神看得不知说什么好，便含含糊糊地应了两声，但心里却想既然两人观念不同，以后还是不要再和郑芷兰讨论这种问题了，她还是按自己觉得舒服的方式来处理比较好。

下班的时候郑芷兰主动来问俞知乐住在哪儿、怎么回家，一问之下发现两人还算顺路，郑芷兰便提出以后一起坐地铁回去，俞知乐想着有个伴总归是好的，当即答应，结果到楼下却发现余子涣等在了大门口。

看到俞知乐出来，余子涣迈步迎了上去。俞知乐又惊又喜，但碍于郑芷兰在边上没做出太亲密的举动，只是上前搀住了他的手臂。

"你怎么来了？"

"你第一天上班，我当然要来接你啊。"

"你不会又翘班了吧？"俞知乐虽然很高兴，但考虑到他的前科，还是十分忧心他会因为她耽误工作。

"放心，上次是不确定你面试什么时候结束，这次知道你下班的时间，我掐好点过来的。"

俞知乐听他这么说才安下心，然后想起应该向余子涣介绍一下郑芷兰："这是我的同事……"

郑芷兰从余子涣出现起就默不作声地站在边上，但目光却一直黏在他身上，在昏黄的光线下显得有些过分明亮。听到俞知乐终于提起她，她笑盈盈地抢白道："你好，我是郑芷兰。"

余子涣冷淡地向她点点头，无视了她伸出来的手和殷勤的笑容。

郑芷兰有些尴尬地收回手撩了撩耳边的碎发，转脸看着俞知乐说："这是你哥哥吗？还是你男朋友？"后一句话问得心不甘情不愿，简直像是从牙缝中挤出来的。

俞知乐方才被那么一打断，本就有些不快，哪里又听不出郑芷兰对余子涣的觊觎。知道郑芷兰希望她说余子涣是她哥哥，俞知乐偏偏做出一副没心没肺、不知提防的傻大姐模样，说："他是我男朋友，是不是特别帅？"

郑芷兰的笑容僵了僵，俞知乐趁热打铁，做出一副歉意的模样说："哎呀，不好意思啊，我男朋友来接我，我就不和你一起坐地铁了。"

这又断了郑芷兰提出蹭车的可能，当然如果她真的脸皮厚到非要让余子涣将她送回家，俞知乐也没有办法。不过毕竟只是认识一天的交情，郑芷兰最终没有说出要蹭车，和他们道别后，悻悻地独自走向地铁站。

俞知乐见郑芷兰走远了，叹了口气："唉，本来还觉得她挺可爱的。"

"那你还把话说那么绝，让她一个人去坐地铁。"

"其实她如果表现得没那么明显，让她蹭一下车回家也没什么，但谁让她就差把'想抢别人男朋友'几个字写在脸上了？怎么，你心疼啊？"

余子涣"嗯"了一声，俞知乐立刻横眉竖眼地瞪着他，他忍着笑捏住她的小脸，亲了一下她嘟起的嘴唇，又忍不住舔了一下，然后在俞知乐挣脱开像小狗一样甩着头的时候哈哈笑道："我是心疼，不过是心疼你吃醋。"

俞知乐确信郑芷兰是和她杠上了。

如果说在见到余子涣之前，虽然不排除以后在工作上会有利益冲突，但郑芷兰还是真心实意地抱有和同样是新人、条件也和她差不多的俞知乐交好的打算，在发现俞知乐男朋友的外貌、经济条件出乎意料的好后，她绝对是把俞知乐当成了对手，或者说踏板，有事没事就把话题扯到余子涣身上，想从俞知乐这儿打听些他的情况。

不光是关于余子涣，郑芷兰在工作和人际关系上也暗戳戳地给俞知乐使绊子。明面上办公室里的人都以为两个新人关系还不错，但只有俞知乐知道郑芷兰常常装作无意向她传达有误差的信息，出了岔子再泪眼汪汪地求她原谅。头一回，俞知乐还能当郑芷兰是无心，第二次之后郑芷兰再给她传送什么消息，她只当是耳旁风。

在决定谁去赵经理手下前，郑芷兰多次向俞知乐表达"赵经理好厉害，要是能让她带就好了，一定能学到很多东西"，表现出一副憧憬却又担心不能胜任的模样。

结果等两人都对工作上手后，严远青又来问意愿时，郑芷兰的说辞又完全变了。俞知乐因为早就对郑芷兰说一套做一套、两面三刀的本性有所认识，全程冷漠脸旁观郑芷兰半是撒娇半是表忠心地说愿意留在严远青手下。

严远青平时和郑芷兰似乎关系还不错，会一起吃个中饭，空闲时间聊聊天什么的，但听到她想跟他后还是露出了一丝迟疑，用带着些期望的眼神去望俞知乐。

如果两个人都说想跟他，他就能找个借口选他想要的手下了。

但是俞知乐是真觉得郑芷兰说赵经理的话有道理，跟着她可能会常常被骂，但做得好了上升空间却比跟着严远青大，严远青固然好说话，可有时候其实并不是很负责。所以，俞知乐坦然地表示，她愿意去做赵经理的助理。

严远青点点头，当时没显出失望，可下午在茶水间单独碰上俞知乐，却将她拦下问："你没必要躲着我吧？"

"我没有躲着你啊。"俞知乐不明白他何出此言，刚来上班时她是担心过严远青会问她以前的事，但后来相处下来发现他就是把她当成普通的新同事来对待，慢慢也就忘了这回事，平时相处也很自然。

严远青轻笑一声，不是很相信的样子："那你为什么主动要求去赵经理手下？不怕她为难你吗？"

"小郑说她想跟你，那总归有人要跟赵经理，我主动请缨不是给你省事了吗？"

严远青无言以对地笑着点点头，放俞知乐从他身侧过去。俞知乐还没走出茶水间，他忽然又说："余子涣现在是你男朋友？"

俞知乐停下脚步，想到余子涣就不自觉露出笑眯眯的神情："是啊。"说完才反应过来，承认认识余子涣，其实等同于承认她就是他八年前认识的那个俞知乐。

严远青笑得狡黠，回过脸玩味地盯着俞知乐瞧："我就说余子涣喜欢你，你以前还不信，现在怎么说？"

俞知乐愣了几秒，本想装傻糊弄过去，但又觉得再自欺欺人地当严远青没看穿实在说不过去，倒不如趁此机会和他说明白。

"好吧，我承认你那时候说得没错，但我当时真的只把小涣当弟弟，他也没明显表现出喜欢我，所以我不相信你也很正常。"

"他还表现得不明显？"严远青像是听到了什么好笑的事情，"你知道你失踪后，他差点急疯了吗？知道我是最后一个见到你的人，他看着我的那个眼神，我现在回想起来都觉得胆寒。"

八年前俞知乐失踪，王大爷和严远青劝余子涣去警局立案，但余子涣不知为何坚持不肯，虽然向他们坦白了他和俞知乐确实没有血缘关系，但不愿意透露她的来历，执意独自寻找线索。后来通过向那几天见到俞知乐的人逐一问询，确认她在失踪前最后一个见到的人是严远青。

那个时候余子涣已经度过了最初几天将愤怒和悲伤外放的疯狂阶段，来找严远青时表现得很冷静，冷静到死气沉沉的阴郁。

"你之前说看到她一个人蹲在角落里哭，所以就去安慰了她几句？"

得到严远青点头确认后，余子涣看着他的眼神越发幽深难言。严远青没有感受到余子涣明显的敌意，但那样探究和沉思的目光却让他背后发毛。

余子涣的神态实在太不像一个不到十六岁的少年，和他之前在俞知乐身边呈现出的状态完全不同，是能让二十出头的严远青下意识认为这是个能和自己势均力敌的大人的存在，而不是之前那个守礼乖巧又隐隐带着疏远之意的孩子。

"那她有没有和你说过坚持不下去之类的话？或是举止中透露出

对……对周围人、对目前生活状态的厌倦？"

　　严远青记得他帮俞知乐讨伐完附近的长舌妇后，她的情绪有了明显的好转，并没有受打击过大、无法坚持的样子。但听余子涣的意思，却好像不是这么认为的。余子涣真正想问的，大概也不是俞知乐对周围人有没有感到厌倦，而是有没有因为流言的压力，产生放弃他的念头。

　　心念一转，严远青也说不清他出于什么心态，没有直接说出当时的情况，而是状似抱歉且不解地说："这我不太记得了，但是有一件事，我一直有些在意，不知道是不是因为我多嘴了，导致她……"

　　坚冰一般包裹余子涣的冷静表面产生了裂痕，他猛地抓住严远青的手臂，因为紧张而不自觉地用了很大力气，一字一句地说："你和她说了什么？"

　　严远青低头瞥了一眼被余子涣攥着的手臂，他意识到自己的失态，迅速松了手。严远青暗道装得再成熟，到底也只是个孩子。和余子涣较劲的念头淡了些，他抬起头，没有再伪装关心或是抱歉，嘴角有一抹极浅的、洞悉一切的笑："我告诉她，我相信她不是恋童癖，但是你对她有没有别的心思，就说不好了。"

　　余子涣本就不甚红润的脸上仅有的血色一点点褪去，他眼中如炬的光芒像遭到大风袭击的烛火般明明灭灭，就那么直愣愣地盯着严远青。

　　严远青停了几秒，看够了他的反应又说："我知道你们最近很受流言的困扰，但是她也有了解真相的权利不是吗？虽然结果不一定是你想要的。"

　　俞知乐本就十分恼火余阳兰谣传她包养余子涣，在这时候让她知道原来谣言并不是百分之百的谣言，余子涣对她的心思并不像她想的那么单纯，她会怎么想？会为了不让谣言坐实而躲得远远的，也不是什么难以理解的事。

然而出乎严远青预料，余子涣在他补完刀之后居然没有彻底被击垮，而是看着他笑了，笑得天真单纯却凝固了严远青的笑容，甚至让他有种不寒而栗的感觉。

"谢谢你告诉我这些。"余子涣向他微微躬身道谢，转身离开。

"你还是去报警吧，如果她不是出走而是遇到了什么意外，光靠你一个人是不行的，你这样只会耽误时间。"冲余子涣的背影说出这句话时，严远青是真心在为他们两人着想。

但余子涣头都不曾回过一下。

在俞知乐出现之前，严远青交往过不少女孩；在俞知乐失踪之后，他也没有断过女朋友，交往的时候也是真心喜欢她们，但并不妨碍他时不时想起只见过几面就销声匿迹的俞知乐。

他将这份执念归咎于她毫无征兆的失踪。就像是看到一本有些兴趣的小说，刚看了个开头，满以为就算不喜欢后面的情节，是否选择看下去的权利也在他手里，结果猝不及防地发现后面的内容全都被撕掉了。本来只是有些兴趣，因为没有按常理发展下去，反而变得无法不在意。

她的离开到底是出于自愿还是因为意外？如果是出于自愿，现在的她会生活在哪座城市？如果是因为意外，现在的她还活着吗？

如果她没有失踪，他能抢得赢余子涣吗？不知道。

所有的答案都是未知，因为在那个傍晚，在昏暗的楼道里目送俞知乐上楼后，严远青再也没有见过她。她就像是从来没在这个小区出现过，彻彻底底人间蒸发了，让所有关于她的一切只剩下一个越来越淡的问号，渐渐被除了余子涣以外的所有人遗忘。

这么多年过去，严远青已经分不清他到底是对俞知乐这个人感兴趣，还是单纯想搞清楚她为什么会突然失踪。但他没有主动去找过俞知乐，偶尔从外公那里得知余子涣从来没有放弃寻找，但根本没有任何进展，他也只会觉得对方太傻。为了一个可能再也不会出现的人，让自己的生活永远停留在过去，实在太傻。

但或许老天就是偏爱傻子。

当俞知乐奇迹般地再次出现，和八年前看起来没有任何不同，甚至连陪在她身边的人都依然是余子涣，严远青的执念却没有因为纠缠他多年的困惑终于有可能得到解答而消失，他比过去几年中任何时候都更频繁地想起俞知乐。想她当年是因为什么离开，想她这些年经历了什么，为什么岁月没有在她身上留下任何印记，想她为什么能接受八年前声称只当作弟弟的余子涣？

可是严远青终究没有余子涣那么傻，不可能不管不顾地让生活的重心只绕着俞知乐。所以余子涣能得到俞知乐，他只能作为无关紧要的同事在茶水间找借口和她叙旧。


俞知乐听严远青说起她失踪后余子涣的失态，想象了一下少年时的余子涣躲在房间里痛哭怒吼后强迫自己冷静下来的样子，和守着不能对任何人说的秘密，凭着微弱的期望独自寻找她的孤独。不是一天两天，一年两年的问题，是整整八年，其中要经历多少挫折和失望，想想都让人绝望，不知道余子涣是凭着怎样的意念坚持下来。

俞知乐的鼻子有些发酸，她微微低头，偏过脸平复了一下心情，然后笑着对严远青说："谢谢你告诉我这些。"

严远青的笑容在听她说出这句话后稍显僵硬，没有了一贯的闲适自在，他的视线掩饰性地向边上移了移，调整好表情后语气轻松，像是在开玩笑一样问道："所以，现在你能告诉我你的秘密了吗？"她和余子涣共同的秘密，有关她这八年来成谜的去向和未曾改变的容貌，让身为局外人的他能明显感到隔阂却思之若狂的秘密。

俞知乐看着他慢慢眨了眨眼，突然慧黠的神采从她眼底涌现，一点一点点燃了她透亮的眸，让她的笑显得机灵又得意："你都说了是秘密，怎么能随便说出来呢？"

严远青愣了几秒后自嘲地笑了笑，没有再追问。也对，比起八年来从未放弃的余子涣，他一个外人，又有什么资格窥视她身上的秘密，只要知道她回来了，而且过得不错，也许就够了。

两人一同离开茶水间，在出去的一瞬间，俞知乐感到有人飞快地从拐角处跑开，她一个箭步上前，看到了郑芷兰匆忙的背影。

大概她也是想来倒水，但是听到俞知乐和严远青在说话，便躲在门口偷听，又或者她就是发现俞知乐和严远青都不在，刻意寻找后进行偷听。

俞知乐对郑芷兰的厌恶更深一层，幸好刚才严远青只说到余子涣当年找不到她急疯了，没说其他要紧的事，她也没有坦白穿越之事，否则被郑芷兰听到，就算郑芷兰不起什么风浪也让她觉得恶心得不行。


余子涣一般没有特别要紧的公务，都会过来接俞知乐下班。这天也不例外，他按俞知乐的吩咐比她下班的时间稍晚几分钟到达写字楼楼下，找位子停好车后耐心等了一会儿，看到陆陆续续有下班的白领从楼里出来，正专注地透过车窗寻找俞知乐的身影，忽然有人走过来挡住了他的视线，敲了敲车窗。

余子涣皱眉抬眼，看到了一个有些面熟的女人，即使他记忆力超群，但只见过一面，还是用了几秒的时间才回忆起这是俞知乐常说的那个爱耍心机的同事。

虽然俞知乐总是想办法不和郑芷兰在一个时间下班，不是早几分钟就是晚几分钟，还让余子涣不要在正点来接她，就是想避开牛皮糖一样的郑芷兰，但谁知道还是被她钻着了空子。

郑芷兰站在车边对余子涣比手画脚地说着什么，见余子涣没有反应，向他做了一个降下车窗的动作，然后笑意盈盈地看着他。

余子涣懒得理她，低头看了一下手机上的时间，已经超过俞知乐平时下班时间十几分钟，但是又没有收到她说要加班的信息，大概是临时被工作拖住了，一会儿应该就会下来。

郑芷兰见余子涣根本没有开窗搭理她的打算，思索了一下掏出手机打起了字，然后将手机屏幕贴在车窗上给余子涣看。

"知乐和严哥在加班，让我来告诉你不用等她了。"

余子涣迅速读完这行字，将车窗降了下来，冷冷地说："严哥？严远青？"

郑芷兰终于敲开车窗，喜不自胜，成功铲下撬墙脚的第一铲，离她攻克余子涣的目标还会远吗？

"是啊，你也知道严哥吗？他是我们的上司，平时很照顾下属的，难怪知乐会和你提起他。"郑芷兰先是纯真地笑着，好像很高兴能遇到严远青这么个好说话的上司，随后像是想到了一些让她难过的事，表情变得沮丧起来，"但是可能是我太笨手笨脚了，他更喜欢知乐，有什么重要的工作都会先交给她，还常常和她聊天，今天我还听到他们在茶水间有说有笑呢。"

"是吗？"余子涣听出郑芷兰发现他对严远青有些介意后的窃喜，就算他不问，她应该也会想办法告诉他俞知乐和严远青在茶水间说了什么，换句话说，这就是她今天找他的主要目的。

他也确实好奇，便装作没看穿她的想法，问道："他们都说了什么？"

郑芷兰露出几分明显的迟疑，欲盖弥彰地摆摆手说："他们也没说什么，我只是路过，也没太听清。"不过看到余子涣稍微流露出要关车窗的意思，她又赶紧道，"其实知乐可能已经和你说过，她和严哥以前就认识，而且……"

见余子涣停下关窗的动作，郑芷兰欲言又止地看着他："这事你可能不想让我在大街上说给所有人听，可以让我上车吗？"

余子涣二话不说，伸手按关窗键，郑芷兰急了，在车窗缓缓上升的过程中嘴巴说个不停，生怕不能在车窗彻底关上之前让她的话灌进余子涣的耳朵。

"知乐以前和严哥是男女朋友，但是因为严哥说你喜欢她，她不相信，闹了矛盾才分的手，知乐还说只把你当弟弟，觉得你喜欢她表现得不够明显，然后还听到她和严哥说到什么秘密……"

车窗彻底合上，将车水马龙的喧哗和郑芷兰居心叵测、歪曲事实的聒噪一同隔绝在外。

余子涣目视前方，没有反应。

隔着窗户看不真切他的表情，也不知道他听进去多少，郑芷兰不由得懊恼。都是俞知乐一直不让她接触余子涣，害得她操之过急，应该先和他们搞好关系再说出俞知乐的秘密，才能一击必杀，让他们生出间隙，她才能乘虚而入。

郑芷兰正暗自后悔，却听到车窗降下来的声音，她怀着希望抬起头，面前是余子涣的俊脸，即使在光线很差的马路边上，这张脸还是和她第一次见到时一样光彩夺目，瞬间让周遭的一切为之失色，完全是她想象中的白马王子。然而人生中的王子第一次登场，她却眼睁睁看着他带走了她身旁的女配。明明她哪里都不比俞知乐差，只因为她后遇到余子涣，所以就只能拱手相让吗？郑芷兰才不信这个邪。

余子涣对着郑芷兰笑了，郑芷兰沉醉在他弯弯的笑眼和浅浅的梨窝中，也痴痴地笑了，但是余子涣说的话却让她有些听不懂。

"曾经也有一个人像你这么做过，不过他的演技比你好多了，他说的话真的困扰了我很多年。"余子涣干净的笑像是淬了毒，明知道他没有在说什么好话，郑芷兰却还是没办法停止对他笑。

余子涣看着她顿了顿，笑意不减，说出来的话却刹那间见血封喉，让郑芷兰脸上的笑和血色齐齐褪去。

"你知道吗？你是我在这世上见过的最愚蠢、最恶毒、最不要脸的女人，麻烦以后不要再来脏我的眼，谢谢。"余子涣说完，脸上的笑意倏地消失，眼中似浮着薄冰，显得异常冷漠。他扭头关上了车窗，将外面脸色煞白、木桩一样站着不动的郑芷兰当成了空气。

窗外隐约传来俞知乐喊郑芷兰"小郑"的声音，余子涣这才再度将视线转过去。只见俞知乐向这边走来，而郑芷兰听到她的声音一句话都没回，捂着脸匆匆跑开了。


俞知乐看到郑芷兰站在余子涣的车前觉得一定没什么好事，隔着老远便开始和她打招呼，哪想到居然被无视了。估计是郑芷兰在余子涣那儿吃了瘪，所以不想被别人看到她出洋相的样子。

俞知乐只装作不知情，抬手做喇叭状，对郑芷兰的背影喊道："你跑什么呀？哦，我想起来了，你有急事是吧？有急事也别这么赶啊，安全第一啊！"

结果郑芷兰听到她的喊话跑得更快了。

俞知乐转过身，对车里看着她笑的余子涣做了个鬼脸，然后走到另一边坐到了副驾驶位上。

"今天怎么这么晚？"余子涣看看时间，发现比俞知乐平时下班晚了快半小时。

俞知乐无语地指了一下前方："还不是因为那个郑芷兰，她今天走得特别痛快，结果下了楼突然发信息说有一个文件必须今天发给客户，但是她给忘了，又说她家里有急事，拜托我帮她弄一下，结果我一看，那文件她刚起草了一个开头。要不是我手脚麻利，还不定几点才能下来呢。"

说到这里，俞知乐看到余子涣认真倾听的模样，有些不好意思地收起自吹自擂的得意，对他讨好地笑了笑："我一急就忘了给你发信息，你是不是等了好久？"

余子涣的笑眼中满是宠溺和暖意，和面对郑芷兰时的冷漠相比判若两人。他对俞知乐摇摇头说："没有等很久，我本来就晚到了几分钟。"

"别骗我了。"俞知乐皱皱鼻子表示不信，"郑芷兰可是踩着点下的班，你那时候就到了吧？不然她怎么会遇上你？她肯定是看到你之后想和你搭话，才给我发信息拖延我下班。"

"我真不是准点到的，你搞错了因果关系。"

郑芷兰不是碰巧遇到余子涣才给俞知乐发的信息，而是先发的信息，然后刻意在楼下等候余子涣出现。根本没有什么偶遇，而是她在偷听到俞知乐和严远青的对话后，特意设计了一个挑拨两人的计划。

听余子涣解释了郑芷兰的行为和用意，俞知乐略显吃惊，她半张着嘴，摇头说："我本来以为她也就是爱耍小心眼，女生嘛，爱耍些小心机也能理解。可是她今天这种行为已经不是小心机的范畴了吧？她这是明晃晃挖人墙脚、损人利己，哦，不对，她根本没在你这儿讨着好，只能叫偷鸡不成蚀把米。"

"你以后对她要多加小心，虽然现在你说她只是在工作上给你使绊子，还没有造成实际损害，但她既然能做出今天这种事，在别的事情上害你也不稀奇。"

俞知乐严肃认真地点点头，其实余子涣不说她也不会对郑芷兰掉以轻心。想也知道没在余子涣这儿讨着好，郑芷兰不一定会对他怎么样，但肯定会加倍嫉恨她。

"对了，她都和你说了些什么？"俞知乐想到郑芷兰和余子涣说了那么久的话，还是有些好奇他们谈话的内容。

余子涣分出开车的精力扫了她一眼，用半是开玩笑半是当真的语气说："我想想，就是提到你的严哥对你很照顾，爱把重要的工作交给你。另外，还说严远青是你的前任，因为和你说我喜欢你，你们才分的手，而你一直把我当弟弟，嫌弃我对你的喜欢表现得不明显。其实也没说什么，是吧？"

"啊？"俞知乐听到这段颠倒是非黑白、严重歪曲事实的话白眼都要翻到后脑勺去了，正想要和余子涣解释一下她和严远青之间对话的真相，又听他淡淡地说："啊，还有一件事，关于你和严远青两个人的秘密，她没来得及说。"

余子涣说着忽然一个急刹车，停在了路边，回过头，目光沉沉地落在俞知乐身上，脸上的笑容很淡，让人捉摸不透他的想法。

俞知乐还沉浸在对他急刹车的震惊中，愣愣地扭头去看余子涣，眼神无辜而仓皇。

余子涣的眼睫随着眨动轻颤了一下，他浅浅的笑意淡得几乎快看不见，视线微微下落，没有和俞知乐对视，但却看得她发慌。她正想说些什么来缓和骤然僵硬起来的气氛，却听"咔"的一声，被解开安全带猛地扑上来的余子涣堵住了嘴。

余子涣的吻通常是温和轻柔而缠绵的，带着对俞知乐的疼惜和深情，这次却不同以往，极具侵略性，单刀直入地启开俞知乐的唇齿，掠夺她口腔中的空气和甘甜。他的右手穿过俞知乐的黑发牢牢扣住她的后脑勺，左手顺着她纤细的脖子抚上她的脸，结束这个热烈的深吻后，他捧着她的脸，用人畜无害的眼神和笑容看着她，用温柔而富有魅惑力的气音说："你有什么秘密是严远青知道而我不知道的？"

俞知乐被吻得晕头转向，浑身无力，听到余子涣的问话睁开双眼，眼神迷离地看着他，红润的唇瓣微张，露出两颗小小的洁白贝齿。于是不等她回答，余子涣眸色一暗，撕去伪装再度吻了上去。

终于克制住冲动后余子涣用额头抵着俞知乐的前额，微微喘着粗气，不敢再看除了她眼睛以外的地方，轻声道："嗯？"

俞知乐的后脖颈被余子涣托着，脸颊也被他捧在手里，理智渐渐回笼，缓慢地回想了一下问题是什么，不由得感到冤枉。哪来的什么秘密？郑芷兰只听个一知半解，还真敢往上捅词儿。

"根本没有什么秘密，最多是我和你之间的秘密。当时严远青想知道我这些年到底去哪儿了，你不是说他一个外人，我就是咬死不松口，他也不能怎么样，所以就什么也没说。"

余子涣盯着她看了半晌，似乎是相信了，但忽然又说："那你现在，还是只把我当弟弟？"

俞知乐脸一红，垂下眼帘不去看直勾勾地盯着她的余子涣："我要还把你当弟弟，还能和你做这种事吗？"

余子涣的嘴角无法抑制地翘了起来，却追着俞知乐的目光低头凑了过去，明知故问道："哪种事？"

俞知乐听出他在装傻，羞恼地瞪了他一眼，不肯回答。

余子涣笑得十分开心，嘴上却继续逗她："你不说，看来我对你的喜欢确实表达得不够明显，有些事必须要身体力行你才能感受到。"

见他越说越难以入耳，为了阻止话题向不和谐的方向跑偏，俞知乐赶紧道："都说了我讲的是八年前的事，你上回不也说了，为了不让我有负担，所以没怎么表现出来吗？"

"所以我现在才更要好好表现，补偿补偿你，免得你又觉得我不够喜欢你。"

余子涣作势又要来扑俞知乐，不过这回却呵起她腰间的痒，被安全带固定住的俞知乐无处闪躲，只能在座位上扭动着反击。两人又笑又闹了好一阵，到家时已过七点半。

俞知乐想着这么晚再做饭太折腾了，又有些馋麻辣烫，便想叫外卖，但余子涣却以不健康和不卫生拒绝了她的要求。

"我好久没吃麻辣烫了，就让我吃这一回好不好？"俞知乐抱着余子涣的手臂不放，仰头用哀求的眼神望着他，活像一只乞食的小狗。

余子涣看她一眼，终究还是心软，神情间便有些松动。俞知乐见有戏，于是更卖力地抱着他摇晃。

"叫我声哥哥。"

俞知乐停下动作，满脸茫然。

"你叫我声哥哥。"余子涣低头浅浅一笑，"我就给你订麻辣烫。"

为了吃的这点要求算什么，听懂他意思的俞知乐立刻毫无节操地叫开了："哥哥，小涣哥哥，好哥哥，我就吃这一回好不好？"

这一迭声又娇又软的"哥哥"听得余子涣身心舒畅，大手一挥，订了一份加了五份鱼丸、五份蛋饺，金针菇、香菇、娃娃菜等各色蔬菜各两份，以及数不清的培根、里脊、午餐肉等食材的巨型麻辣烫。


两人一边看电视一边等，门铃一响余子涣便起身准备去拿外卖，差不多是同时，家里的电话也响了，坐在座机边上的俞知乐便顺手接起："喂，你好。"

电话那头的男声听到俞知乐的声音后明显愣了一下，不过很快道："哦，你就是子涣的女朋友吧。你们已经同居了？"

男声和余子涣的声音有几分相似，所以俞知乐猜测可能是他爸爸余阳林，不自觉地有些紧张，还没想好要回答什么，又听对方不客气地说："现在的女孩子啊……"后面的话没直接说出来，但听语气肯定不是什么表扬人的好话。

"你们都进展到这个程度了，也不知道来见见家长吗？"

俞知乐捏着听筒，想反驳却碍于对方是余子涣的父亲而不能发作。

"子涣呢？你告诉他这周末带你一起……"

没留神手里的听筒被余子涣拿走，他接过去"喂"了一声，他的神色始终没有什么变化，看不出余阳林和他说了什么。

听了大约五秒，余子涣一言未发，平淡冷漠地直接挂了电话，将麻辣烫往茶几上一放，对俞知乐笑着说："快趁热吃。"

余子涣的反应就好像刚才根本没接过电话，俞知乐差点要怀疑那个电话是她的幻觉。想到余子涣拿走听筒前他爸爸说的周末安排，她还是没办法和他一样当成什么都没发生，吃了一会儿麻辣烫后忍不住问：

"他……和你说了什么？"

"什么？"余子涣停下从她筷子下抢食的行为，抬头用疑惑的眼神看她，看起来似乎真的没听懂俞知乐的话。

"就是刚才那个电话，那是你爸爸打来的吧？"

"嗯，是我爸打来的。"余子涣若无其事地埋头捞了一筷子娃娃菜，左手在下方护着不让辣油滴到其他地方，右手将筷子送到俞知乐嘴边，"啊——张嘴，多吃点蔬菜，不要光吃肉。"

俞知乐听话地将娃娃菜咬进嘴里，又辣又烫的触感让她说起话来有些口齿不清："他前面和我说让你周末带我一起去什么地方来着，我没听清，你就接过去了，他没和你说去哪里吗？"

"说了。"余子涣回过头将筷子搁到碗上，垂着眼不看俞知乐，语气也有些冷下来，"你想去见他？"

"当然不想见。"余阳林莫名的优越感简直要从电话听筒里喷涌而出，俞知乐本来对他就没有好感，被他这么一讽刺更不可能想见他。但说完又有些后悔似乎回答得太快太绝对了，小心地补了一句，"但他毕竟是你爸，所以……"

余子涣听出俞知乐因为他爸和他的关系而有所顾虑，不敢随意置喙，抬手摸了摸她的头道："我记得你说过，有没有血缘和是不是亲人没有必然联系，我虽然叫那个人爸，但只是一个称呼而已，对以前的我和现在的我都没有什么特别的含义，只是懒得想别的词儿来指代他罢了，而且在可见的未来，我也不认为我会改变这个想法。所以以后你如果对他有什么不满，不用考虑他和我有血缘关系这一点，尽管当他是个没有礼貌的陌生人来对待就好了。"

"真的？"俞知乐还是有些不敢相信。他可以无视对自己不负责任的父亲，但别人未必可以随便说他父亲坏话，就算他嘴上说不在意，心里难保没有疙瘩。

"当然。"

"那你真的一点都不在意他？"

余子涣没有立即回答，如果是其他人问起，他大概会顺着答"完全不在意"，但因为是俞知乐问的，他思考了一下后答道："虽然我很不想承认，但说完全不在意也不太准确。可也不是你所想的那种表面不愿意原谅，心底其实还对他有不切实际的期望，期望他可以弥补这些年的错误，然后我可以和他修复父子关系，不是这样的在意，而是无论如何也不能，更不想原谅他。"

余子涣的语气很冷，眼神更冷，不是一般提及余阳林时刻意表现出来的冷漠，而是透着钻心刺骨的恨和深入骨髓、坚冰般的寒意："他明明就很在意我妈失节，如果不是他逞英雄装大度，将我妈娶到手又不珍惜，我妈现在可能还活得好好的，我外婆也不至于积劳成疾。他根本没有承担起一个男人应该承担的责任，他一走这么多年，对我们一家造成的伤害根本不可逆，我又凭什么因为他自以为是的大发慈悲而原谅他？他想要认我，我就要配合他演一出父子情深？怎么可能。我恨不得让他也尝尝家破人亡的滋味。"

他说的时候一直没有正视俞知乐，说完才缓缓回过头，看着她的目光中有试探和轻微的惊惶，似乎是担心他这番过于坦诚的剖白会吓到她。

俞知乐确实有些被他话中强烈的恨意和偏执吓到，但更多的还是心疼。她看着他因为情绪激动而泛红的眼圈和眼中隐忍的水光，伸手抚上他的脸颊，柔声细语道："没关系，不想原谅他就不原谅。"

余子涣有些难以置信地望着她，漂亮的眼睛里水光更盛，亮得吓人：

"你能接受我的想法？你不觉得我可怕？"

俞知乐愣了愣，然后笑眯眯地说："我怎么会觉得你可怕……"话没说完，她就被余子涣用力抱进怀里。

余子涣紧紧抱着她好半天没有说话，俞知乐也没有再开口，就静静地在他怀里听他的心跳。


余子涣的手抚上她的头发，一下一下轻柔缓和地从头顶摸到发尾，像是在把玩价值连城却脆弱易碎的稀世珍宝，满怀占有欲却带着非同一般的小心。他在俞知乐头顶落下一个深沉而温热的吻，声音轻柔，听上去却又很危险："就算你不能接受，我也会想办法让你留在我身边。"

"我不会的。"俞知乐的头埋在他怀中，看不到表情，语气听起来很是轻松，然而却有不可忽视的坚定，"我永远不会觉得小涣可怕。"

她抬起头，笑眼弯弯地看着余子涣说："不管你怎么想怎么做，我都会站在你这边。你也不用为了照顾我的想法而伪装自己，我真的好喜欢你，完全可以接受最真实的你，不会因为这种事退缩的。"

余子涣神情愣怔，定定地看了她半晌，忽然展颜一笑，那一瞬俞知乐好像听到了花开的声音，又好像春日明媚而温柔的阳光悄悄地洒进她的心里，整颗心都亮堂起来。

"这是你第一次说喜欢我。我也好喜欢，好喜欢你，从很久以前就这么喜欢你了。"余子涣附在俞知乐耳边说。

## 第十一章
# 我就在这儿

不给你吃点亏，怕你不长记性，以后把我忘了。

　　之后俞知乐去上班，郑芷兰见到她倒是没表现出来什么异常，就是不太爱找她闲聊和吃饭了。俞知乐也乐得轻松，省得老是要三思而后开口。

　　去赵经理身边做助理比跟着严远青时确实辛苦很多，但俞知乐学到了更多，就是偶尔被暴躁的赵经理抓着错处，挨一顿臭骂后还是难免心情不佳。

　　俞知乐已经很谨慎地对待工作，但这次因为客户的疏漏，单子出了岔子，赵经理还是骂了她。中午到了饭点她没什么心情应对同事，独自找了个餐厅吃饭。

　　俞知乐一个人一边吃意面一边玩手机，忽然视线的余光注意到有人在她对面坐下，她抬眼一看，原来是严远青。

严远青叫来服务员，随便点了一份套餐后笑呵呵地对俞知乐说："怎么一个人？"

俞知乐看了一眼他四周，反问："你不也一个人？"

"又被骂了，心情不好？"

俞知乐烦他明知故问，没有回答。

"赵经理就是这样的，你别放在心上啊。"严远青没有因为她的沉默而放弃搭话，"是不是有些后悔当时没有选择我？我可不会随便骂女孩子。"

"你到底想说什么？我现在心情不好，真的不是很想讲话。"

严远青无奈地笑了笑，不再绕圈子："你是不是哪里得罪了小郑？"

俞知乐不解地看着他。虽然其实她知道她哪里得罪了郑芷兰，不就是，郑芷兰挖墙脚不成，反被余子涣羞辱，她就成为被迁怒的对象。

"她现在致力于在老同事之间传播你的坏话，现在你在公司里的口碑有点糟糕，你还在试用期，人际关系就搞成这样，很不利于以后的工作。"

郑芷兰将俞知乐塑造成了一个被富二代包养的小三，严远青顾忌俞知乐的感受没有明说。想想也是好笑，时过境迁，他们俩又被谣传是包养关系，只不过金主和被包养的人身份互换了一下。

严远青苦口婆心说了一堆，无非是想劝俞知乐多花些心思在人际关系上，免得日后在公司里被孤立，日子不好过。

俞知乐心累地叹了口气，感激地对严远青说："谢谢你，我以后会注意的。"

她倒不是多在意和那些同事之间的关系，纯粹是不想任由郑芷兰诋毁自己，如果没有这档子事，她只要面上和他们过得去就行，可是既然郑芷兰非要和她玩阴的，她也不会怕，而且会比她更高明。

郑芷兰说她目中无人，她就和每一个同事亲切地打招呼，没事便分些小零食和水果给大家；说她自以为是，她在向任何人请教时都表现出十足的诚意和虚心，看到谁有困难也会尽量搭把手；而关于她抢别人男朋友、被富二代包养的流言，她挑中公司里最爱聊八卦的同事，某次午饭时装作苦恼地向同事倾诉了一下男朋友的白手起家以及他们过去共同经历的苦难，虽然男朋友现在天天都来接她，但是晚上又要回公司加班到很晚，她怀疑他在劈腿。

公司里的同事基本上都见过天天来接俞知乐的男朋友，但都不知道具体是什么情况，俞知乐这么一说，什么富二代、小三都不成立，而且她以倾诉苦恼的方式说出来，可信度大大提高。于是那同事忙安慰她要相信她男朋友，但接着却撺掇她给余子涣的手机装定位软件，说即使怀疑他，也要有证据才能在分手时占据有利的一方。

这话本就是编出来骗人的，俞知乐并没有注意同事到底说了些什么，她要的是对方帮她把她的遭遇在公司里传开。过了没两天，就有好几个同事主动来和俞知乐讨论"劈腿的男朋友"这个话题，先前的流言自然不攻自破。

而俞知乐反击郑芷兰的计划中最重要的一点是，她从不搬弄是非、不在背后说别人的坏话，仅针对她自身进行改善，虽然时间长了有老好人之嫌，但相比伪白莲郑芷兰肯定更讨人喜欢。公司里的老同事也不傻，相处久了孰优孰劣自有分晓，郑芷兰自己根基都不稳就玩孤立别人这种把戏，一个不小心便反噬了，成为公司里有名的是非精。

周末难得可以睡懒觉，不到七点俞知乐就因为生物钟的缘故醒了一回，抓起床头的手机一看时间，手还没收回床上，精神放松的她又昏睡过去。这一觉睡得又香又甜，俞知乐再次睁开眼时看到余子涣正坐在床边对她笑，她扭动身子伸了个懒腰，笑眯眯地对他说："早啊。"

余子涣伸出食指轻轻刮了下她的鼻梁，说："还早呢，都快十点了。"

俞知乐一看床头，没发现手机，应该是之前被她迷迷糊糊丢到了床上，她伸手乱摸一阵，摸出被子下的手机按亮一看，果然没几分钟就要十点了。她揉着眼睛坐了起来："你怎么不叫我啊？"

两人现在还是分房睡，一般谁先起来谁准备早饭并负责叫醒另一个人，而这个"谁"通常情况下是余子涣。

"你最近工作那么辛苦，想让你多睡一会儿。"余子涣站起身，给俞知乐下床腾地方，"早饭已经做好了，快起来吃吧。"

俞知乐仰脸歪着头对他眨眨眼，向他张开双臂。

余子涣失笑，上前握住她的手臂一带，将她从床上拉起来。俞知乐顺势扑进他怀里，没有穿拖鞋，光脚踩上他的双脚，双臂环住他的腰，考拉一样挂在他身上，他无奈，伺候着她洗漱完毕。

"以前怎么没发现你这么懒。"余子涣嘴上嫌弃地这么说，心里却甘之如饴，任劳任怨地挪动双腿，让俞知乐踩在他的脚面上走向餐厅。

俞知乐将下巴搁在他胸口，笑得见牙不见眼："我一直都这么懒啊。"

"我印象中你可是非常勤劳，为了不让你丢下我一个人去上班，我很长一段时间的早晨都处于和睡魔做斗争的状态。"余子涣看着俞知乐没皮没脸的笑容，心里不由得觉得好笑，忍不住反驳。

因为没穿拖鞋不被允许光脚下地的俞知乐被余子涣抱到了椅子上，她端起桌上的牛奶喝了一口，慢吞吞地说："我那时候是生活所迫，觉得必须要好好照顾你，所以才那么勤快，我本性其实很懒。你看，现在才被你惯了多久，就懒得连床都不想起了。你害得我原形毕露，你要负责啊。"

"好，我负责。"余子涣手肘撑着桌子，手背托着脸颊，看着大快朵颐的俞知乐笑得幸福又满足，"一辈子够不够？"

"这是你说的，可不许反悔。"

"我从来没反悔过。"

余子涣知道她可能不记得很多年前他们有过类似的对话，那时候的他说要考上最好的高中、最好的大学，以后要养她，她便答不许他反悔，然而却没有当真。不过没关系，他记得就够了，他也做到了。

下午俞知乐本来想和余子涣去看电影，结果他公司突然来电话，说出了些紧急状况需要他处理，无奈只能将看电影的计划搁置。

"我很快就回来，你等我一下，我们晚上去看行吗？"临出门前，余子涣一边穿外套一边向来送他的俞知乐保证。

"电影什么时候看都行，你的工作比较重要，别为了赶时间随便应付。"俞知乐等他穿戴整齐，将手中帮他提着的公文包递了上去。

余子涣拿过公文包，却站在门口没动作。

俞知乐奇怪地看他一眼，只见他抻着脖子，微微侧过一边脸颊，两眼满是期待地看着她。

余子涣等了半天见俞知乐没有反应，只得伸出食指点点自己的脸颊进一步暗示，嘴角也忍不住翘了起来。

俞知乐哪还不明白他什么意思，踮脚向他凑了过去，就在要亲上他脸颊的那一刻，余子涣飞快地将头转正，不偏不倚地吻了她软软的嘴唇一下，然后极力装作若无其事，但难掩得逞的笑意，低头迅速按下把手，开门离去。

俞知乐愣了两秒，好笑地摇摇头，又把余子涣随手带上的门打开，几步上前，钩住看到她出来有些惊讶的余子涣的脖子，使劲亲了他好几下，然后在他想有进一步动作前，一蹦一跳地撤退回屋，随后又探出一个小脑袋，向他挥挥手道别。

余子涣的傻笑就这么一直挂在嘴角，直到他到公司被聂洪问起为什么这么高兴才有所收敛。这次他被叫回公司主要是因为他们新研发的机器在投入使用时出现故障，虽然问题不严重，但必须在大批量生产上市前解决。

关于这个项目的计划书、设计图等文件余子涣原本以为都带到了公司，结果发现因为走得太急，有一份早期文件被忘在了家里，偏偏这份文件的内容可能涉及机器故障的起因，他让其他工作人员先继续研讨，他自己则给俞知乐打了个电话。

"乐乐，你去书房帮我找一份文件行吗，应该在书桌第二个上了锁的抽屉里，钥匙在书架最上面一格，一会儿聂洪去拿。"

俞知乐当即应下，一边接着电话一边就来到书房，在余子涣的指示下很快找到了他说的那份文件，将标题念给他听又描述了一下里面的内容，确认没错后，两人便挂了电话。

余子涣之所以派聂洪来取文件，一是因为他走不开，二是聂洪为了体现一下作为合伙人之一的价值，虽然并不懂技术也一起跑过去凑热闹，结果自然是净添乱了。于是作为在场唯一一个闲人，聂洪便被余子涣派去跑腿了，从某种意义上来说，他也算是得偿所愿，体现了一把价值。

在家里等待聂洪的俞知乐颇为焦灼，她拿着手中的文件在书房里转了两圈，目光却始终无法离开书桌上锁的第一个抽屉。

第二个抽屉她刚才打开看过，都是余子涣工作上的东西，而第一个她以前见余子涣打开过，当时他从里面取出了她写的备忘录，她还看到了一堆她写的小说手稿，除此之外那个抽屉里应该还有别的东西，可是她没看全。

虽然当时好奇过余子涣为什么要把那些废纸都锁起来，也挺想知道除了废纸里面还有什么，但后来时间长了，她就忘了这个抽屉的事了。

结果今天余子涣让她帮忙拿下面那个抽屉里的东西，又把她的好奇勾了上来。

是看呢？还是看呢？还是看呢？

抽屉的钥匙都在一起，余子涣既然毫无顾忌地让她拿到一整串钥匙，应该也不会在意她打开其他抽屉看一眼吧？而且平时不管她想做什么，他都无条件支持，她只是开个抽屉应该也没问题吧？

但是从小到大形成的道德观让俞知乐还是不能心无芥蒂地在未经允许的情况下随便翻看别人上锁的东西，即使主人给了她解锁的钥匙，但没有说她可以开，她就过不去自己心里那关。最终，俞知乐的理智战胜了好奇，不过她和心魔斗争结束后精疲力竭的模样还是将上门来拿文件的聂洪吓了一跳。

"弟妹，你是不是不舒服？看上去很累的样子啊。"聂洪见俞知乐蔫蔫的，忍不住关心道。

俞知乐连忙摆手，振作精神对他笑道："没有没有，我就是一个人有些无聊。"

聂洪长长地"哦"了一声，咧嘴一笑说："那你要不要跟我一起去公司玩儿？"

如果带上俞知乐，这样就不止聂洪一个闲人，多出来的这个闲人还是余子涣的心头肉，看余子涣还嫌不嫌弃他凑热闹。

"算了，我就不去添乱了。"

聂洪听到俞知乐的回答有些失望地点点头，接过文件正要离开，忽然又返回来说："上回吃烧烤的时候不好意思啊，我不知道你就是子涣心心念念这么多年的人，害得你还误会他了。"

虽然事后余子涣夸他助攻得很好，但聂洪总还是要向俞知乐表示一下歉意。

"没关系，其实我还得谢谢你呢，如果你当时不那么说，我还不知道小涣早就把我放在了心里。"

聂洪听她这么说就放心了，一放松就又开始满嘴跑火车："那是，他当年喜欢你在我们寝室，不，在我们班，甚至年级里都是有名的，寝室里几个走得近的兄弟都知道你又漂亮又温柔，做的饭也特别好吃，我们那时候老是吵着要见你，回回都被他臭着脸拒绝。这小子的占有欲那叫一个强，让我们看看又不能给他抢走。"

俞知乐先听他夸自己"又漂亮又温柔"有些不好意思却又忍不住想笑，再往后听却意识到余子涣大概是把她的来历和聂洪说了，其实她原本以为余子涣会想个别的说辞，毕竟穿越这种事如果不是亲眼所见、亲身经历很难相信。

"小涣和你说了我……"俞知乐欲言又止，她不知道余子涣说了多少，怕万一口径对不上就麻烦了。

聂洪赶紧正色，四下扫了一圈，神神秘秘地挡着嘴说："对，他都告诉我了，别担心，他只告诉了我一个人，我不会和别人说，不会暴露你的行踪的。"

俞知乐莫名其妙地看了看聂洪向她使了个"你懂的"的眼色后离开的背影。什么不会暴露她的行踪？有谁在找她吗？她根本没听懂聂洪在说什么。

晚上余子涣十点多才回到家，俞知乐向他提起聂洪奇怪的说辞，他在沙发上坐下叹了口气，表现得很无语。

"我之前告诉他你就是我找了八年的俞知乐，因为他大概是我除了你以外唯一信任的人，我想告诉他你的真实来历也没关系，于是先和他说好绝对不能告诉别人，然后就说了你穿越的事，可是他根本不相信。"

"不相信怎么还……然后呢？"

"然后我想他爱信不信，也懒得解释，就又随口说你其实是个逃亡的外星人，失踪的这八年是被母星的人抓回去了，最近又逃出来找我，因为外星和地球有时差，所以你还是和八年前一样。"

"结果他信了？"

"嗯。"

俞知乐瞠目结舌地看了余子涣一会儿，看到他无可奈何的模样，终于忍不住哈哈大笑。

俞知乐笑完相信她是外星人的聂洪，又想起了聂洪来取文件前困扰了她好一会儿的神秘抽屉。她正要问余子涣能不能让她看看里面到底还有什么，他的手机却又响了。

余子涣看了一眼来电显示上"高冰绮"三个字，并没有立刻去接，而是先去看俞知乐的反应。

俞知乐示意他赶紧接，他才滑了一下屏幕，也没有回避，直接当着她的面接了这个电话。高冰绮打来原本是想问余子涣为什么没去余阳林生日宴，上回余阳林打来要说的便是这事，只是被毫不留情地挂掉电话后便不肯再邀请，还等着余子涣去认错。但她一提这事儿，余子涣原本还算客气的语气立时冷淡下来，她忙又转移话题，力邀他带上传说中的新女友和老同学们聚一聚。

定下在余子涣生日时聚会的约定后，他挂了电话，迎上俞知乐眯着眼打量他的目光："都听到了？有什么想问的吗？"

"她经常这么晚给你打电话啊？"余子涣如此坦荡地当着她的面接电话，说明他心里没鬼，但她还是尽职尽责地表演起女朋友这个角色常有的善妒表现。

"是啊，她常常打电话问我有没有按时吃饭，有没有熬夜加班，比你关心我多了。"余子涣看出她并没有真生气，于是配合着演出一个没心没肺的男朋友，将女性朋友的关心当成理所当然。

"她这么好，你怎么不和她在一起？"俞知乐已经有些绷不住要笑出来，勉强板着脸说。

余子涣低头压了压笑意，终于还是忍不住将俞知乐带入怀中抱着："因为她不是你，这世上除了你以外，我谁都不要。"

俞知乐被他从身后钩住脖子，顺势向后一倒，靠在他胸口，伸手抓住他杵在她眼前的小臂和大手玩了起来："说得这么好听，谁知道以后会不会后悔我没有高冰绮对你那么关怀入微。"

余子涣见她似是有些当了真，笑了一下道："好了，实话告诉你，她很久没那么多管闲事了。她不是老打着朋友的旗号，我有一回就故意装傻问她，为什么聂洪他们没有得到她的 Morningcall，没有收到叮嘱他们吃饭、睡觉的信息，朋友之间应该一视同仁啊。她是个聪明人，那次之后她就知道分寸了。这回情况特殊，她才……"

余子涣感受到俞知乐将脸抵在他小臂上偷笑的振动，明白他的解释多余了。

她才刚出戏。

俞知乐仰起脸微侧着脑袋去看他，眨巴着一双水灵灵的大眼睛观察他有没有生气。余子涣沉了一会儿脸，在她要从他怀里起来的时候忽然笑着使力，不让她离开，捏住她的脸蛋亲了上去。

俞知乐一边笑一边躲："别，我洗完澡刚涂了润唇膏，你都给我蹭掉了。"

余子涣停住动作，盯着她水润的嘴唇看了一会儿，问："你唇膏什么味道的？"

"薄荷……"俞知乐以为他就此打住，谁想刚开了个口，就被他乘虚而入。

余子涣吻得格外投入，唇舌交缠间将俞知乐的唇膏基本舔舐殆尽。两人的姿势也在他的引导下从坐在沙发上变成了俞知乐躺在沙发上，而他悬在她身上。

"嗯，确实是薄荷味儿的，凉凉的。"余子涣一手撑在俞知乐脸旁，一手摸了摸自己的嘴唇。

"你还说呢，全被你吃掉了，我一会儿还要再……"

俞知乐的话再次被堵在了嘴里，随着余子涣的动作慢慢地忘了她要说什么。

余子涣的吻如雨点般落在她的脸颊、耳后和脖子上，他停了一下，凑到她耳边轻声唤道："乐乐。"

"嗯？"俞知乐发出的声音把她自己都吓了一跳，细如蚊蚋却又带着甜甜腻腻、黏黏糊糊的鼻音，就像是她那需要使尽全力才能从泥沼中挣脱而出的理智。

"乐乐。"余子涣又亲了她脖子好几下后绕回耳后，再次沉沉地唤。

"给我好不好？"他的声音略显低哑，似是在极力压抑着什么。

俞知乐睁开眼，看到余子涣黑亮如闪烁着星辰的双眸就在上方，她能感觉到自己的脸颊在发烧，慌忙移开视线后闭上眼飞快地点了点头。

她听到余子涣笑了一下，然后是更猛烈细碎的吻落了下来。一时的冲动过后，余子涣的理智稍微回来一些，他艰难地停下动作，抱着俞知乐在她耳边蹭了蹭，轻轻喘着粗气问道："你确定吗？"

俞知乐抬手环住他的腰，其实她心里也有些害怕，但还是咬牙点了点头。

余子涣这回不再犹豫，起身将俞知乐公主抱了起来，三步并作两步进了卧室……

早上俞知乐是在余子涣的注视下醒过来的，他撑着头痴痴地望着她，看到她睁开眼也没有变化眼神或是表情。

俞知乐被他看得脸一红，身子一缩想躲进被子里，却被余子涣一把捞住拖了上来。

"你不是在发呆吗？怎么反应这么快？"俞知乐在他怀里小声嘀咕。

余子涣紧紧抱着她没说话，呼吸声在她耳边均匀绵长，她几乎以为他睡着了，谁知道他突然发傻一般吃吃地笑了起来："乐乐，我的乐乐。"

俞知乐被他笑起来时振动的胸腔弄得也想发笑，稍微动了一下，然后就被抱得更紧了。

"你不会后悔吧？"余子涣笑完，有些不放心地问。

俞知乐想着他便宜都占完了，还问她后不后悔是几个意思。她也不能表现得太小家子气，于是嘴硬道："为什么要后悔？你硬件条件好，技术也好，怎么算我都不吃亏……啊——你干吗咬我？"

余子涣在俞知乐说话时突然咬住了她白嫩的肩头，在她喊出声后还不松口，颇有不留下牙印不罢休的架势。

俞知乐被突如其来的疼痛惹得差点掉眼泪，有些羞恼地瞪着余子涣。

余子涣不顾她的阻挡，又去亲刚才被他咬过的地方，一边亲一边声音低沉而缓慢地说："不给你吃点亏，怕你不长记性，以后把我忘了。"

第十二章
生日宴和生日礼物

因为失去了光源，没有了伪装的必要。

　　再有不到一个星期就是余子涣的生日，但俞知乐还是没想好要送他什么礼物。现在的他和以前不一样，那时候俞知乐一是把他当弟弟，二是他缺很多东西，所以很容易就能决定要送的生日礼物。而现在俞知乐对余子涣的感情不一样了，他又成了个小土豪，选礼物的难度直线上升，像以前送的电子词典和手机根本拿不出手，余子涣自己能买一麻袋，她也觉得缺少纪念意义。

　　好几次俞知乐都差点忍不住直接问余子涣想要什么，但又觉得这样实在太缺乏诚意，把到嘴边的话又全憋了回去。

　　余子涣的生日迫在眉睫，俞知乐想着他平时上班总穿西装，送领带给他配西装总归是没错的，就先选了一条领带，同时也没有放弃寻找更合适、更有纪念意义的礼物。

上班的时候她一得闲就思考这个问题，吃午饭的时候更是全程处于神游状态，察觉到她异常的严远青找到机会状似无意地问起，俞知乐便简单说了一下，他见她没有深入对话的打算，识趣地转身走开，突然又回过头说："我觉得他应该很怀念你们在老房子的日子，可以试试从这方面着手。"

俞知乐若有所思地向他道了声谢，脑子里有了个大概的想法。当天她便付诸行动，但因为不能让余子涣发现，每天能准备的时间很少，只有他洗澡或是加班时候能利用，她连午休时间都用来准备这份礼物，到余子涣生日当天还没全部弄完，只能暂且放到一边，先和他一起去赴聂洪、高冰绮等人替他组织的生日宴。

俞知乐之前挑的领带提前送给了余子涣，想让他生日当天戴起来，结果被他当成宝贝藏了起来，她翻了半天才找出来，不由分说地套到他脖子上。

"你是松鼠吗？东西不用，囤在那儿算怎么回事？"

余子涣抻着脖子让她系领带，几次想缩回去都被她遏制住，他惋惜地盯着那条领带，小声抗议："等会儿吃饭他们闹起来弄脏了怎么办？"

"脏了就洗啊。"

"我舍不得……"余子涣欲言又止，"你给我洗啊？"

"嗯，我洗。"

余子涣偷偷一乐，不再反抗，老实地任由俞知乐摆弄。

两人赶到聂洪订的酒店包间时，发现余子涣的老同学们都到得差不多了，正热热闹闹地聊着天。两人一进去，第一个迎上来的居然不是聂洪，而是一个嗓音高亢的男人，虽然他的声音和少年时不太一样，但俞知乐还是从他熟悉的上扬语调辨别出了他是谁。

林天元热络地问候完，余子涣揽着俞知乐，低头介绍道："这是林天元，我高中的寝室长。"

俞知乐心中欢呼一声，她果然猜对了。

余子涣高中和她打电话时，她没少听林天元叮嘱众人打扫卫生、按时睡觉，就连聂洪的声音给她的印象都没这么深。

她也像是见到了老熟人，情不自禁地对林天元咧嘴一笑，倒是把对方吓得愣了一下。

俞知乐在余子涣的带领下认了一圈人，高冰绮和她想象中不太一样，本以为会是个女强人，结果其实是个清秀可人的小美女，一点也没有咄咄逼人的强势。

余子涣这些老同学之间的关系十分融洽，连带着对俞知乐也很友好，只除了一个和高冰绮看起来关系很好、名叫姜漫漫的女孩表现出了些许微妙的敌意。

大家有说有笑，轮流向余子涣这个寿星花样敬酒，他笑着接受了各种祝福，正准备坐下，又听林天元说："子涣你怎么也得敬小高一杯吧，你那时候家里出了变故，整个像变了个人似的，阴沉得我们都不敢和你说话，活动也不参加了，天天一个人闷头学习，要不是小高，你能像今天这么开朗吗？"

高冰绮连忙道："这可不是我一个人的功劳，是大家一起帮助子涣走出阴影。"但说完望着余子涣的目光中却有些说不清道不明的期待。

余子涣听完两人的话，淡淡地笑了一下，并没有和高冰绮有眼神互动，举起酒杯真诚地说："没错，我要谢谢各位同学在我最受打击的时候没有被我的不合群吓跑，特别是我的室友们，谢谢大家。"

俞知乐是在余子涣的高一接近尾声时消失的，在此之前，班上的同学都以为他的家境和其他人没有太大差别，他也没有流露出任何异常，积极参加集体活动，会和相熟的同学打闹玩笑，就和任何一个普通高中男生一样。

但是在高一第二学期末发生的事，却让所有人恍然觉得，在过去将近一年的时间里，他们谁都没有真正认识过余子涣。

余子涣在期末考试前一周回了家，之后没有任何征兆和理由，突然就不再回学校，连期末考试都没参加。聂洪、林天元等和他交好的男生打不通他的手机，而除了手机以外他们没有他的其他联系方式，也不知道余子涣家的住址。班主任去余子涣家没人应门，几经周折才联系上余子涣的监护人。

班主任从余阳兰那里得知的信息不堪入耳，她并没有全信，也没有向班上的同学详细说明，只简单介绍了余子涣家里的情况，并说他家又出了变故，希望同学们能和老师一起帮助余子涣振作起来。

直到那时候大家才知道他家的境况竟然如此糟糕：爸爸欠债外逃，妈妈英年早逝，外婆也因病离世，而作为监护人的姑姑根本不管他，连他不去学校也完全不知情。这样凄苦的身世是一中很多从小在蜜罐里长大的天之骄子所无法想象的，甚至没办法把这些事和他们所认识的那个余子涣联系起来。

他们认识的余子涣会苦恼老师布置的题目太难，也会为取得优异的成绩而雀跃，会和同学一起认真参与学校的各种活动，也会和他们一起调皮捣蛋后蔫蔫地接受训话，还会不加掩饰地向室友炫耀他喜欢的姐姐有多好，多像一个人生之路从来被阳光普照、不曾操心生计、不识人间疾苦的孩子，就和班上其他人一样。

聂洪和林天元作为班级代表在暑假时去了余子涣家，在见到他之前，聂洪想象了很多糟糕的景象，比如余子涣在家不吃不喝，瘦成人干，又或是自暴自弃地和社会青年混在一起。但是见到余子涣后，他发现他实在想得太多了。余子涣还是那个余子涣，没有瘦得脱形或是胖得脱形，也没有去染发文身、抽烟喝酒，将自己折腾得面目全非。

即使外貌上没有变化，但有些东西还是不一样了。

眼前这个低沉阴郁到让人不敢大声说话的人，哪里还有一个多月前和他们在寝室里打闹的余子涣的影子？

"我们俩代表同学们来表示一下慰问。"聂洪平时和余子涣关系最好，此时即使心头发怵，也硬着头皮履行起朋友的职责，拍了拍余子涣的肩膀故作轻松地说，"你最近可还好？没去考试可赚大发了，这次数学和物理最后的大题简直变态。"

"大家都很关心你最近的情况，考试的事不用担心，老师说会给你机会补考。"林天元也回过神，帮腔道。

余子涣从开门到将他们带进屋都没有说过话，对他们的话也没什么反应，就像一个精致却没有生气的人偶。他向他们做了一个让他们在沙发上坐下的动作，聂洪不假思索地坐下了，林天元看到他这边的位置上半搭着一件女式薄外套，怕坐到上面就想移开外套，谁知道还没碰到那外套，就听余子涣突然出声："别碰！"

吓得林天元一哆嗦，愣愣地保持着半屈膝伸手的姿势不敢动弹。

余子涣却不是嫌弃林天元，他自己也没有上前拿开那件外套，而是指挥林天元向聂洪那边移动，在不碰到外套的情况下坐了下来。

聂洪和林天元两个男生挤在一块儿大眼瞪小眼，搞不清余子涣到底是受了什么刺激才变得这么神经质。

"这外套是怎么回事啊？为什么不能碰？"聂洪熬不住好奇，开口问道。

余子涣给两人倒了水放在茶几上，站在他们对面，眼神中有着偏执的坚持："我想尽量保持原状，所以希望你们不要乱动这里的东西，可以吗？"

聂洪和林天元虽然不明白原因，但被他执着的眼神吓到，连连点头应下。

余子涣也点点头，恢复到一言不发的状态。

聂洪清清嗓子，和林天元交换了一下眼神，壮起胆子道："能问问你到底是因为什么突然不去学校了吗？同学们都很关心你，但又不知道你家出了什么事，也不知道怎样才能帮到你。"

"当然如果你实在不想说，我们也能理解。"林天元又赶紧补充了一句。

余子涣还是那副安静到死气沉沉的模样，好像眼皮和嘴角都有千斤重，压得他整个人都没了生气。他抬眼看了看聂洪两人，像是想对他们笑一下，却实在扯不动嘴角，表情显出些怪异的不协调："小俞姐姐不要我了。"

聂洪和林天元都知道他口中的"小俞姐姐"是谁，从高中军训开始，他几乎每天晚上都要和她打电话。他们几人正是情窦初开的年纪，平时在寝室没少拿这事打趣余子涣，但都以为小俞姐姐是余子涣邻居家的女儿，万万没想到余子涣这回说是家里出了变故，却是和俞知乐有关。

"你，失恋了？"聂洪这话说得有些不太确定，他并不觉得单纯的失恋会对余子涣造成如此大的打击，或者说他想象中的变故根本就不应该是失恋这种事。

余子涣摇摇头，自嘲地说："从没开始过，哪有恋可失。"

"你们没有……那以前怎么天天……"

"她不是出什么事了吧？"

余子涣听到林天元满是小心的欲言又止和聂洪紧张的问话，明白他们听了他的话误以为俞知乐出了意外，甚至是死了，所以他才一下这么消沉。他根本不知道该怎么和他们解释，也没有心思解释，于是只说俞知乐失踪了，他之前就是因为在找她所以没有回学校。

聂洪还没反应过来，林天元却从屋里的陈设窥出些端倪，包括方才余子涣不让他动沙发上的外套，以及希望保持原状的话，都指向一个结论。

"你们之前一直住在一起？"林天元不太敢相信，不得不问出来以期得到余子涣的否认。

然而余子涣在他们两人惊讶的眼神中坦然地点了点头。

"你们……她是你亲姐？不对啊，你喜欢她，她不是你亲姐，但你们住在一起？"林天元语无伦次地念叨了一番，然后怔怔地盯着余子涣，等着他的解释和回答。

聂洪已经呈呆愣状态，看看余子涣，又看看没比他好到哪儿去的林天元，干脆不说话，安心等回答。

"我们在一起住了两年，她和我没有血缘关系，我也确实喜欢她，很喜欢她。"余子涣缓慢而坚定地说，他顿了一下，压抑住自己的伤感，"但她只把我当成家人，当成弟弟。所以我从来没对她说过我喜欢她，就是怕她会因为别人说她照顾我是另有所图而离开。"

林天元有些为刚才揣测余子涣和俞知乐的同居关系而愧疚，正想表示歉意，余子涣又继续说："可即使是这样，她还是知道了。"

"所以她走了？"聂洪试想探地问道。

"嗯。"余子涣沉重地点了一下头，不再说话。

聂洪和林天元面面相觑，都用眼神暗示对方先开口安慰，最后聂洪深吸了一口气说："你也不要太难过了，可能她冷静一下，过段时间就回来了呢？回来之后，说不定就接受你了呢？凡事要乐观嘛。"

过段时间是多长时间？余子涣根本不敢去想。他知道俞知乐的老家在哪儿，也知道四年后她会来 S 市念大学，却不知道认识他的那个俞知乐是不是还在现在这个时间点，更不知道他还有没有机会见到可能已经迷失在时间洪流中的俞知乐。

但是这些都不可能告诉聂洪、林天元二人，不可能告诉任何人。他所能做的唯有独自守护这个关于时间的秘密，在他有限的生命里去追寻和等候，也许在别人眼里他这样的行为很傻，但是他愿意。

暑假后回到学校的余子涣还是像聂洪他们看到的一样阴郁，或者说之前那些阳光其实都是他的伪装，现在这样的晦暗才是真正的余子涣，才符合他的经历。

因为失去了光源，没有了伪装的必要。

但他这样不再热心于集体活动和社交的消沉，反倒引起了原本只把他当成竞争对手的高冰绮的关注。过去两人的较量是暗地里的，从没有抬到明面上，平时连话都很少说。但高冰绮是在余子涣性格大变后班上第一个主动和他说话的女生，她将高一第二学期的期末成绩单展示给他看，说："你补考的卷子和我们不一样，所以这次算我们平手。下回考试你别再缺席，我们要公平地较量。"

向来骄矜自傲的少女愿意说出平手这样的话已是很大的退让，余子涣却好像听不懂她的话一样，冷淡的视线从成绩单移到高冰绮的脸上，并没有说好还是不好。他漂亮的眼睛里没有多余的感情和热度，却不经意地撞进了对面少女的心里，猝然而唐突，没有任何道理可循，却成为日后她心中压抑多年的秘密。

人的一生能有几个八年？对余子涣的妈妈来说，只有三个；对他的外婆来说，是差一点到八个；对于余子涣、聂洪和高冰绮等人，八年光阴，已足够将他们从青涩懵懂的少年打磨成独当一面的青年。

这八年间在等待的人也不光是余子涣，聂洪、高冰绮、林天元这些对内情或多或少有了解的人也在等，等余子涣死心，等他放弃追寻那个可能早就忘了他又或是客死他乡的"小俞姐姐"，等他愿意重新开始，愿意再度接纳其他女人出现在他的生命中。

终于所有人的等待都有了结果，却不是以所有人期待的面目到来。

余子涣将杯中酒一饮而尽，在桌上众人各异的眼神和表情中他又倒了一杯酒，这次敬的是俞知乐，他没有像感谢同学一样祝词，只是简单地碰了一下她的杯子，但满眼的宠溺和幸福却作不了假，晃得旁人眼睛生疼。

俞知乐抿嘴一笑，也没说什么，举杯喝了一口酒。

知道实情的聂洪又是感慨又是艳羡地看着两人秀恩爱，对旁边的林天元说："真是好啊，真般配啊。"

林天元瞥了一眼黯然神伤的高冰绮，无奈地叹了口气，小声嘀咕："哪里般配了？"

众人吃饱喝足后又玩闹了好一段时间，在酒店门口分别后，俞知乐想起来她还有一样礼物没送给余子涣，掏出手机看了下时间后惊慌失措地说："怎么这么晚了？还有不到一个小时就要十二点了，你的生日就要过去了。不行，我们得赶紧回家！"

余子涣虽然不明白她为什么着急，但十分配合地下了出租车后一路小跑回到家。

到家后，俞知乐神神秘秘地取出一个大盒子，还让他闭眼不许偷看，做好准备之后让他睁眼，有些遗憾地说："还有一些细节没做好，但至少要让你在生日当天看上一眼，剩下的以后再补好了。"

余子涣睁开眼，看到了一个插上了电源，亮着小灯的 DIY 小屋模型。

一进门是厨房，左手边还摆了一张小桌子和两张椅子，往里是客厅，放着小小的沙发和茶几，连高处的壁橱都在差不多的位置粘了一个，客厅旁边是卧室，不大的空间里放了双人床、书桌和衣柜后几乎没有多余的地方放其他东西。

所有的摆设都十分熟悉，每一样东西都承载着回忆，这是他们一起住了两年的老房子，不过是迷你版的。

"我已经尽量还原了，不过和老房子还是有点不一样……"俞知乐话没说完，就被余子涣一把搂进怀中。

他抱着她没有说话，只是来回蹭着她的头发，过了好一会儿才道："原来你最近偷偷在做的是这个。谢谢你，我很喜欢，非常非常喜欢。"

因为之前发现似乎只有在老房子俞知乐才有穿越的可能，所以她搬走后就没再回去过，以后大概也不会轻易回去。这次她便想趁着对老房子的记忆还比较清晰，通过模型亲手还原她和余子涣一同生活了两年的点点滴滴，给余子涣，也是给自己留一个纪念。

"我知道你一直没有动老房子的东西，是想留住我们在一起的回忆对不对？"这个问题俞知乐刚回来时问过余子涣，当时没想到他对她的感情这么深，而且是强烈的男女之情，所以只当他是搬走之后懒得改动。现在她理解了余子涣的真实想法，这份礼物就更有意义了。

"现在有了这个模型，以后就算老房子有了变动也不用担心啦。"

余子涣点点头表示赞同。在俞知乐消失后，他一直认为只要不做改变，她就一定会再次出现，于是近乎迷信地维持着老房子的布局，维持着自己的生活习惯，怕的是改变越多，他和她之间的联系越容易被时间切断。

但现在她回来了，他不再害怕改变，也愿意和她一起改变，让他们的生活越来越好，创造更多新的回忆。

"既然已经给你看了，后面的家具你就帮我一起做吧！"俞知乐双手交握在胸前，眼睛亮闪闪地看着余子涣。她这一个星期赶工做模型，又是锯小木板，又是粘合家具，十个手指头酸痛不已。

"这不是我的生日礼物吗？你见过有人自己给自己做生日礼物的吗？一点诚意都没有。"余子涣佯作不情愿，抱臂打量着俞知乐。

"就差一点点了。"俞知乐眯着眼，伸出食指和拇指比画着很小的缝隙，见他还是不为所动，她使出撒手锏，上前抱住他的手臂摇晃，"小涣哥哥，你也不想看到人家的手指头都肿得和胡萝卜一样吧？"

余子涣憋着笑瞄了她一眼，在她又是一迭声"好哥哥"的呼唤下终于破功，嘴角完全控制不住地上翘，低头去看还差一点才能竣工的模型。

"材料呢？"

"你等着，我去拿！"

"你这个衣柜做得好丑，都不对称。"

"哪这么多意见？换了你做的说不定更丑呢。"

余子涣看她一眼，潇洒地拿起了工具。

"好吧，你做得确实对称，但我做得更有艺术气息，懂吗？"

结果两人头挨着头在茶几前做了一晚上迷你家具，将俞知乐赶工出来的歪瓜裂枣们翻修了一遍。幸好是周末，第二天不用上班，后来也不知道是什么时候，俞知乐就断片儿了，一头昏睡在沙发上。

她醒过来时发现自己在床上，应该是余子涣将她抱回了卧室。她趿拉着拖鞋走出来，没看到余子涣，看到了摆在茶几上已经完工的模型。经过动手能力比她高不少的余子涣的改造，现在这个模型几乎就是等比例缩小的老房子。俞知乐欣赏了一会儿两人的成果，摸摸小桌子，再碰碰小床和小书桌，根本看不够。

身后的卫生间传来开门的声音，洗完澡围着浴巾的余子涣走了出来。

他眼下淡淡的青色是熬夜留下的痕迹，但经过热水的洗涤整个人透着股鲜嫩的活力，没显出疲惫之态。他看到撅在茶几前看模型的俞知乐，笑了笑，一边擦头一边走了过来。他在俞知乐身后蹲下，将脑袋搁在她肩上，展臂将她拥进怀中。

"现在和老房子是不是一模一样？"他的声音低而有磁性，说话时的热气就喷在俞知乐耳边，让她感觉又痒又麻。

她下意识缩了一下，回头想和他说话，却看到了他胸口白嫩的皮肤，而浴巾也因为他蹲下的姿势而起不到什么遮挡作用，全身的血唰地都涌上脸和脑子，根本想不起来要说什么。

"你……你怎么不穿衣服……"俞知乐的声音越来越小，想挪开视线，但实际根本做不到，无意识地盯着余子涣看个不停。

余子涣状似无辜地低头看了下自己："洗澡当然不穿衣服啊。"但是抬起头时促狭的笑容却暴露了他的真实想法，"再说你又不是没看过。"

俞知乐对他又白又嫩、吹弹可破的皮肤一直又爱又恨，爱的当然是不管观感还是手感都极佳，恨的是她作为女人皮肤居然还不如一个男人好。此时，俞知乐再次忍不住上手，痴汉得她自己都不忍直视。

"你不仅看了，还摸了，还有什么不好意思的？"余子涣任由她上下其手，一把将她公主抱了起来。

俞知乐听他这么一说，看到他脸上得逞的笑意，恍然大悟道："你故意引诱我？"

"现在才发现吗？"余子涣对她露齿一笑，看起来一如既往的无害又无辜。

第十三章
## 跳梁小丑

反正不管别人的立场是什么，她就
是站在余子涣这边说话，白的是白
的，黑的也是白的。

上班后某天严远青问起余子涣生日的事，俞知乐很高兴地感谢他那天给她的启发。

严远青得知她送的是小屋模型，笑道："我其实是想让你带他故地重游，没想到你居然做了这个，比我的想法更有纪念意义。"

"原来你是这个意思。"俞知乐有些吃惊，"不过你这个想法也很不错啊，还比我的礼物省力多了。"

"那你们抽空可以回老房子看看啊，顺便还能探望一下我外公，他常常念叨你们呢。"

俞知乐愣了一下，不知该如何解释她不能回老房子。于情于理，她都应该去看看十年前对她和余子涣多加照顾的王大爷，但按余子涣所说，那栋房子的磁场和她的体质互相作用，会导致她来回在时间流中穿梭，所以她能不回去最好别回去。万一再出点意外，她说不定又要消失好几年。

"我也想回去看王爷爷，但是……"

看俞知乐十分为难的样子，严远青立即给她台阶下："没关系，我就是说说而已，我也知道你们现在都挺忙。"

"能把王爷爷接出来玩儿吗？就是……可以不在老房子见面吗？"

"老房子有什么问题吗？"

俞知乐不知该如何说明她忌惮那栋房子的原因，只好笑了笑糊弄过去。严远青被她的话问得有些困惑，但见她不愿意详说，也没有继续追问。

中午俞知乐原本和几个同事约好一起吃饭，下楼却遇上了不请自来的杨晓珍，她们目前还没有过直接冲突，俞知乐无奈只好接受和她一起吃午饭的邀约，免不了要虚与委蛇一番。

杨晓珍还是和上回见面时一样温婉和蔼，但明里暗里说的话却总是不怀好意，不仅把余子涣父子间矛盾的主要过错推到余子涣身上，甚至颠倒黑白地将余子涣妈妈不幸的遭遇含糊其辞成她背着余阳林出轨。

俞知乐一直默默微笑着听她瞎掰，听到这儿却再忍不住心中对她的厌恶。

"你以前也是这么给高冰绮洗脑的？"

俞知乐还在笑，但杨晓珍却明白了她的嘲讽之意，很是受伤地说："怎么能这么说呢？我……"

"告诉你一个秘密。"俞知乐向杨晓珍勾勾手指，示意她凑过来，笑得娇俏而狡黠，用气音说，"我全都知道。"

抻长脖子听俞知乐说话的杨晓珍大惊，但又不敢肯定俞知乐说的是她想的那个意思，于是装傻道："子涣都和你说过？"

俞知乐笑着摇摇头，杨晓珍还没来得及松口气，她又开口："他没和我说过，但我就是知道。不光知道他妈妈的事根本不是你说的那样，还知道他这么多年不找女朋友是在找一个名字和我一样的女人。所以下回想挑拨我和小涣，想拿我当刀子使，最好再高明一些。"

俞知乐说完也不管杨晓珍作何反应，拿起自己的东西便离开。余子涣来接她下班时，她就将杨晓珍来找她的事说了，但没告诉他杨晓珍具体歪曲了哪些事实。

"她当我什么都不知道呢，一个劲儿颠倒黑白。最后我说我其实全都知道，她的表情真是太搞笑了。"俞知乐回忆起她离开前，杨晓珍得知原来被她当成猴耍，又羞又恼却自矜形象不敢当众发作的扭曲神情，万分后悔没有当场掏出手机拍下来给余子涣看。

"早知道应该拍下来给你看，不过我要是这么干，她大概真要气炸了，哈哈哈哈……"

余子涣听了她的描述虽然也在笑，但没有她笑得那么开怀，只是露出了浅浅的笑意，眼中却有些阴沉而复杂的光，带着些试探的意味问道："杨晓珍这么做，你不生气吗？"

俞知乐收了收笑开的表情，想到杨晓珍说余子涣妈妈那些事和她险恶的用心，说实话是挺生气，但又怕如实告诉他杨晓珍污蔑他妈妈会让他伤心，于是避重就轻道："当然生气，所以才没忍住告诉她我其实什么都知道，就是想让她认识到自己有多可笑。要是从宅斗的角度和专业精神来说，我就不应该告诉她我掌握了这么多信息，把我们的优势都暴露了，就应该让她自以为可以操纵所有人，然后暗地里想办法铲除她。"

余子涣这下是真被俞知乐这番关于宅斗的技术性分析逗笑了，看着她的眼神温暖而宠溺："你说我的运气怎么这么好呢？"

俞知乐还以为他会对她的分析发表点评，没想到他居然岔开了话题，不解地抬眼去看他："怎么突然说到运气的问题了？是说我这样做碰巧做对了？"

余子涣摇摇头："肯定是不告诉她我们的优势更好。"

"那你还说运气好。"

余子涣伸手摸了摸她的头发，笑得非常愉悦："有你在我身边，我的运气当然好了。"

曾经两人都一无所有时，俞知乐说要成为余子涣的后盾，让他和其他孩子一样在有困难时永远有一个可以寻求帮助的方向。而现在，他们成了彼此的后盾，不管好与坏，善与恶，只要他们在一起，所有的人和事都不是问题。

俞知乐瞥了他一眼，转开视线没有接话，但脸上偷着乐的神情表明她对他说的话十分受用。

余子涣打量了她一会儿，忽然道："你前面说要铲除杨晓珍，是有什么打算吗？"

俞知乐连忙摆手表示没什么打算，还觉得挺好笑地说："现在都什么年代了，怎么可能真的玩宅斗？"

余子涣听她这么说，却没有笑，看神色还有些认真，俞知乐自己笑了一会儿，见他这副模样终于笑不出来了，瞪大眼睛说："你不是真想做什么违法乱纪的事吧？杀人是犯法的，即使杀的是个毒妇也是犯法的。"

余子涣没绷住笑了出来，捧着她的脸捏了捏："看把你紧张的，我怎么可能做这种事？"

"我虽然不会做违法乱纪的事，但如果，我做了一些比较过分的事，你会不会对我很失望？"余子涣收起了轻松的神态和语气，捧着俞知乐的脸，水盈盈的眼睛一眨不眨地盯着她。

俞知乐和他对视间看到他眼中的认真，了悟了他的意图："你是想……报复他们？"

余子涣不只是想，他其实已经着手一段时间了。但面对俞知乐的问题，他迟疑了一下，没有明说他已经在生意上给余阳林下了套，而是似是而非地点了点头，看起来似乎还没有付出行动。

俞知乐的眼睛清透明亮，不仅仅是外在的清澈，她的眼神里从没有太过复杂阴暗的情绪，有时候干净得让余子涣会为他算计别人的想法感到羞愧，即使她说过不在意他的心机，但他还是很担心有一天她会不能接受他深沉的心机和极端的做法。

俞知乐看着他眯眼一笑，完全没有余子涣害怕的厌恶之色出现，甚至连劝阻他的意思都没有，配上脸上甜甜的笑显得美好又邪恶："只要你不犯法，你做什么我都支持。"

像杨晓珍那样连余子涣妈妈的悲惨境遇都能造谣的人，她完全赞同余子涣想要报复的念头，如果她有能力，一样会想办法让他们吃些苦头。

"你尽管放手去做，如果有我能帮忙的地方也一定要告诉我，我还怕你做得不够过分，不能让他们受到足够的惩罚呢。"

余子涣听到她这番话愣了好几秒，然后有些难以置信地紧紧抱住俞知乐，高兴地微微压抑得到认同后的激动："好，我会让他们付出应有的代价。"

不过余子涣虽然这么和俞知乐说，但这天之后她却没有觉察出他开展日常之外的新活动，时间长了也就有些忘记这回事，觉得他要是能放下仇恨也不错。其实就是不管余子涣怎么选择，她大概都会觉得好，完全的对人不对事，一点没发现自己毫无原则和节操。

另一方面俞知乐的工作也越来越顺风顺水，她的能力逐渐得到赵经理的肯定，挨骂的次数越来越少，独自应对客户的机会也在增多，试用期过后的转正应该没有问题。

和俞知乐相比，郑芷兰的境况算不上理想。她现在在公司和俞知乐基本没有工作以外的交流，其他同事有时候会和她闲聊几句，但背后对她的风评却不太好。对此，郑芷兰或多或少也有所察觉，一定程度上影响到了她工作时的心情，再加上在严远青手下得不到什么锻炼，因此就连原本和俞知乐差不多的工作评价也相去甚远。

俞知乐一直记得余子涣叮嘱她提防郑芷兰的话，特别是她越来越顺，郑芷兰却三天两头在工作上出错，甚至从人事部传出郑芷兰试用期过后无法转正的消息后，她更是不敢放松警惕，对电脑和办公桌上重要的东西都严防死守，不动声色地化解了郑芷兰好几次暗中动的手脚，但最终还是敌不过对方从赵经理那儿下手。

这天赵经理从外面见完客户回来，当着众人的面劈头盖脸就骂了俞知乐一顿，原因是她带去见客户的资料出了很大差错。俞知乐被骂得莫名其妙，忍住委屈一问才知道那资料是早上郑芷兰趁她不在，借她的名义交给赵经理的。

俞知乐矢口否认委托过郑芷兰代交资料，却遭到了眼泪汪汪的郑芷兰的反驳。相较她泪水涟涟的可怜之态，过分冷静的俞知乐显然处于了劣势，她深吸了一口气，却做不到像郑芷兰一样说落泪就落泪，脑子里还在想着如何证明自己的清白，却听赵经理板着脸说："小俞，我本来觉得你是个可塑之才，但现在我恐怕要重新考虑一下你试用期的工作评价了。"

听到赵经理这么和俞知乐说，郑芷兰几乎要压不住嘴角得意的笑。

这一天剩下的时间俞知乐都在想办法联系客户，不放弃任何挽救他们和公司的合作关系，但收效甚微。

晚上见到来接她的余子涣，俞知乐强撑了一天的坚强外壳终于土崩瓦解，跳上车一头扎进他怀中，眼泪很快就濡湿了他的衬衫。

余子涣轻轻抱着她的脑袋，小心地顺着她的头发安抚了几下，又亲了一下她的头顶，放轻声音，在她耳边沉沉地低语："别急，慢慢说，发生了什么事？"

俞知乐在他怀里发泄了一会儿情绪，稍微平静了一些，在余子涣低沉而富有磁性的嗓音的引导下不知不觉说出了实情，然后又吸着鼻子道："还是我没用，被冤枉了也没办法证明自己的清白。"

余子涣见她如此自责，抬起她的脸道："不要再说自己没用了，对赵经理来说，这件事是谁的错并不重要，她需要的只是有人替她承担没有仔细检查文件的责任。其实就像你说的，最坏的结果也就是换份工作而已，不要因此就对自己的能力进行否定，你之前不是一直做得很好吗？我的乐乐是最棒的。"

俞知乐被他劝慰后心情不由自主地转好，可还是有些不甘心："那我就什么都不管了？直接开始找下一份工作？"

余子涣的眼中有阴暗凶悍之色一闪而过，但看向俞知乐时却收敛了神色间的负面情绪，语气低沉轻缓，摸了摸她的头，笑得坦然而让人安心："别担心，都交给我。"

第二天调整好心态的俞知乐照常去上班，赵经理对她的态度还是很差，她倒也没有刚开始那么在意了，对郑芷兰嗑瑟的嘴脸也基本能无视。

严远青大概是接到了风声，午休时找到俞知乐，对无法帮到她表示了抱歉。

俞知乐听到他说后天试用期结束，人事部便会下通知的消息，比她自己想象中更平静地接受了这个结果。哪知道等到了试用期结束那天，郑芷兰和俞知乐都接到了人事部的通知，然而拿到转正通知的是俞知乐，拿到辞退通知的却是郑芷兰。

别说郑芷兰，就连严远青都没有预料到这个结果，他迟疑地看了看一脸崩溃的郑芷兰，再看了看平静的外表下实则在发蒙的俞知乐，竟不知道应该先去和谁搭话。

赵经理的态度也突然来了个一百八十度大转弯，当众向俞知乐表示之前冤枉了她，说已经查明那份出错的文件和俞知乐没有任何关系，都是郑芷兰陷害她，所以现在以故意损害公司利益为由将郑芷兰辞退。

郑芷兰难以置信地盯着手中的通知，好半天才回过神，有些反应过来现在这超出她意料的局面究竟是拜谁所赐。俞知乐是斗不过她，可是俞知乐有个有钱的男朋友啊！

郑芷兰恨得牙根直痒，指着她便骂了起来。

俞知乐没做亏心事，底气自然足，而郑芷兰本就理亏，说又说不过俞知乐，又气又急之下居然当众哭了出来，但是公司大部分同事本来就对她没什么好感，对她装可怜博同情的招数无动于衷，看完热闹就散了。

这天做完赵经理临时交代下来的活儿后，比正常下班时间稍微晚了几分钟，俞知乐迫不及待地拿上包冲下楼，却在即将冲出大楼的时候看到了站在路边说话的余子涣和严远青。

严远青看起来有些激动，余子涣则一如既往地保持着对外人的冷淡态度。俞知乐走近一些，正好听到严远青略带质问地说："小郑固然有错，但是让她没法在这行待下去，你不觉得过分了一些吗？"

"她犯的错是故意损害公司利益，任何一个老板都不会原谅，和我没有关系，是你们老板自己决定不给她好评价。"余子涣目光泠泠，平静地开口，并没有因为严远青的质疑而流露出悔意。

严远青是从赵经理那里得知郑芷兰以后很难在他们这行找到工作，他的第一反应是余子涣要对郑芷兰赶尽杀绝。毕竟也是给他打了三个月下手的小姑娘，又是孤身一人在 S 市打拼，严远青终究不忍心看到她落得如此凄惨的下场。

不过隐藏在严远青心底更深处，连他自己都未觉察的，更重要的原因却是他对余子涣的偏见——从小就心机深沉，不达目的誓不罢休，长大之后自然心狠手辣。

严远青还想再和余子涣辩驳几句，希望他给郑芷兰留条活路，却见余子涣视线一转，向另一个方向笑了，他顺着看了过去，见是俞知乐，不知为何又将到嘴边的话咽了回去。

俞知乐笑盈盈地上前挎住余子涣，抬头对他咧嘴一笑，有些傻气却透着说不出的温柔和美好，而包裹余子涣的淡漠之色也在瞬间融化，取而代之的是满心满眼的甜蜜，两人无比自然、旁若无人地相视而笑，好像将全世界的纷杂烦扰都抛到了脑后，眼里和心里有且只有对方。

这一刻严远青比以往任何时候都更清楚地认识到，俞知乐和余子涣之间的纽带无比牢固，根本没有给第三个人介入的空间和可能。

"你们在聊什么呢？怎么我一过来就都不说话了？"俞知乐半倚在余子涣身上，先用问询的眼神看了看他，然后转过脸看向严远青。

余子涣闻言也转向严远青，眼神中有些难以捉摸的戏谑和调侃之意，并没有抢先回答俞知乐的问题，而是给严远青留了足够的时间。

俞知乐听到他们的对话中提到郑芷兰，却不明白严远青为什么说余子涣过分，难道郑芷兰无缘无故陷害她就不过分了吗？所以确实有些明知故问的意思。

严远青看了看将辩白的机会让给他的余子涣，硬着头皮向俞知乐表达了希望他们不要对郑芷兰赶尽杀绝的想法。

"赶尽杀绝？"俞知乐有些疑惑地去看余子涣，只看到他眼中一片坦荡，联想了一下之前听到的内容，她坚定地转头对严远青说，"我想你一定是误会了。"

严远青在她对余子涣不假思索、无条件的信任面前错愕了，他明白他说什么都不会改变俞知乐的想法，只有扯出一丝惨淡的笑容，摇摇头，无言以对。


"你不怕严远青说的是真的？"回家的路上，余子涣一边开车一边问俞知乐，语气并不是很轻松，"可能根本就没有误会，我就是要对郑芷兰下狠手，要毁了她在这行翻盘重来的机会，你不怕吗？"

俞知乐听他不像在开玩笑，先是有点惊讶和心虚，因为刚刚才信誓旦旦地向严远青保证余子涣没有做这种事，但几秒后又反应过来，向严远青保证过又怎么样？

"为什么要怕？就算你做了也是替我出气，我要是怕你，不成白眼狼了？"

俞知乐全然体现了狗腿的精神，反正不管别人的立场是什么，她就是站在余子涣这边说话，白的是白的，黑的也是白的。

## 第十四章 最后一个忧虑

我之前坚持喝牛奶是为了一个人。
现在我已经没有理由自虐了。

　　一天夜里，俞知乐睡得不太安稳，一睁眼，对上黑暗中一双晶亮如宝石的眸子。

　　俞知乐的睡意被吓了个干净，但声音还带着些刚从睡梦中挣扎而出的鼻音："小涣？你醒着吗？"

　　"嗯。"余子涣的声音听起来倒是很清明干脆，并没有呢喃之感。

　　"你怎么不睡啊？"

　　"睡不着。"

　　俞知乐本来想说都是因为他前半夜太亢奋了，现在睡不着知道苦了吧？但看他的眼神似乎他的失眠有更深层的原因，于是向他怀里拱了拱，抬手搭上他的后背，轻轻拍着哄道："乖，和我说说，为什么睡不着？"

　　余子涣将她揽紧，脑袋搁在她的颈窝处，眼神略有些放空，声音低低的没什么活力："我现在过得太幸福了，总担心我是在做梦，怕万一梦醒了，又只剩我一个人。"

俞知乐拍着他背脊的手停下了，贴紧他让他感受自己的心跳："听到了吗？我是真实存在的，我不是你的梦。不要怕，我不会消失的。"

两人紧紧贴在一起，不仅有俞知乐的心跳，还有余子涣自己的心跳，两人胸腔内有力的跳动让余子涣的不真实感慢慢消散，他如释重负地舒了一口气，整个人放松不少，但心头还悬着最后一个忧虑。

"你是从什么时候喜欢上我的？"

这个问题萦绕在余子涣心中有一段时间了，照道理说俞知乐表现得越喜欢他，他应该越高兴才是，但在高兴的同时，又暗藏着难以置信的不安。他坎坷的童年和备受煎熬的少年时期让他总觉得自己渴求的事物是无法轻易获得和长久存续的，如果俞知乐没有那么快回应他，可能他会觉得更正常。现在这样太顺利的进展和亲密无间的相处，反而让他既幸福又不安，甚至担心起俞知乐并没有表现出来的那么喜欢他，不拒绝他只是于心不忍。

他一直将这个问题埋在心底，怕的也是无法承受问出来的答案，反正只要俞知乐在他身边，就足够了。然而此时夜深人静，不知是鬼迷心窍，还是彼此相伴的心跳呼吸给了他勇气，余子涣终于决定不再自我折磨，想听听她的答案。

俞知乐被他突然这么一问，一时也想不到怎么回答，于是认真思索了一会儿，从她认识余子涣开始回忆，一直到这些日子的相处，想着想着，她不自觉地露出甜甜的笑容。

但黑暗中余子涣并没有看清她的神情，长时间没有等到她的回答，再开口时声音有些不易察觉的颤抖和艰涩："你更喜欢现在的我？还是十年前的我？"

在俞知乐听来这好像是余子涣在和十年前少年时的自己争风吃醋，她不由得笑出了声，道："我都喜欢啊，不管是十年前的你，还是现在的你，都是我最喜欢的小涣。"

余子涣却一下绷紧了神经，这样的回答怎么听都像是在说十年前的他和现在的他在俞知乐眼里没有什么分别，而这正是他所恐惧的地方。

"你……十年前就喜欢上我了吗？"如果这个问题的答案是肯定的，余子涣的心里还能好受一些，至少说明俞知乐接受他不完全是因为同情。

"那要看你说的是哪种喜欢了，如果是男女之情的那种喜欢，我又不是恋童癖，怎么可能喜欢十年前的你？"俞知乐感到抱着她的余子涣越来越僵硬，有些奇怪地停了下来，以为他想说些什么，却没听他出声，于是接着道，"我虽然说一样喜欢现在的你和十年前的你，但这是两种不一样的喜欢。"

余子涣听到这儿，明白原来他想岔了，俞知乐将少年的他和现在的他分得还是很清楚的，吊起来的心终于开始缓缓回落。

"对十年前的你，我是当成弟弟一样的喜欢，这你应该早就知道，而对现在的你，我是……"俞知乐有些害羞，不想继续往下说，想让他意会一下。

但是余子涣却不愿意放过听她表白的机会，压低声音哄着她，引导道："对现在的我，你是什么？"

俞知乐将头一低，又想往被子里缩，不过却被余子涣半路截和，捞了上来。

"哎呀，你又不是不知道，干吗非要让我说出来？"俞知乐被余子涣钳着腰，只能和他脸贴脸地对视。

"我想听你说，听完我就睡觉。"

他长长的睫毛几乎要扫到她脸上，不过黑暗中他闪着点点光亮的双眸却完全吸引了她的注意力，甚至让她忘记了脸上痒痒的感觉，只一个劲地盯着他看。

俞知乐拿他这样恳求的语气和眼神没办法，轻轻吸了口气，还是将她刚才想好的答案说了出来："我对现在的你是当成成年男人的那种喜欢。其实刚回来的时候看到你突然从一个瘦弱的小孩子长成了大人，确实不太适应，总还想把你当弟弟来对待，但后来……"

后来余子涣连哄带骗地让她再次和他住在同一屋檐下，也说不好是从什么时候开始，俞知乐发现她已经没法把他当成当年那个孤苦无依的小男孩了。她实实在在地动心了，和对少年时的余子涣掺杂着同情、怜爱和惋惜的感情不同，他变成了能让她无所顾忌地依靠、撒娇，能让她脸红心跳、期待和他一起变得更好的恋人。

"后来你没事就来撩我，你又这么好看，我怎么把持得住？"俞知乐话锋一转，理直气壮地指责起余子涣将她带坏的行为，随后突然有些怀疑他的意图，"等等，你现在不是想反悔吧？大半夜问这种问题。我之前是说过试试看我们做男女朋友合不合得来，也担心过我们的关系会不会因此变质，但是现在试下来我觉得很好，所以你可别想反悔。"

余子涣笑得分外开心，眼睛更是亮如黑夜中唯一的明星。他笑出一口白牙，难得显出几分傻气，但仍然是个漂亮的小傻子。

"我不后悔，一辈子都不会后悔。"

俞知乐点点头表示知道了，先前被赶走的睡意卷土重来，她打了个哈欠，慢慢闭上眼，道："安心了就快睡吧。"

余子涣也点点头，向她凑近，找了个舒服的姿势也闭上了眼。

俞知乐的绝技是大脑放空后最快三十秒即可入眠，在她眼前一片白光，即将去和周公碰面前，耳边忽然一阵温热的瘙痒，同时传来余子涣温柔如丝绒的声音："乐乐，我爱你。"

半梦半醒间俞知乐的嘴角自然地上扬，含混不清地应道："我也是。"

这晚之后，两人的关系得到了进一步的确认和升华，俞知乐觉得领证这件事大概已经可以提上日程，她以为余子涣应该也是这么想的，但迟迟等不到他提出，于是只能厚着脸皮向他委婉地表达了一下这个意思。

"今年过年，你和我一起回老家吧？"晚上看电视时，俞知乐尽量自然地向一旁一边处理公务一边陪她看电视的余子涣说。

"这是当然，我早就想陪你回老家，拜访一下你爸妈，认识一下你家的亲戚。"余子涣没有停下在键盘上飞舞的手指，完全没有犹豫地进行回应，俞知乐都怀疑他有没有分出神来思考她说的话。

"你知道这是什么意思吧？"

余子涣听出她话中的忐忑和疑问，有些好笑地停下工作，反问道："什么意思？"

"就是……"俞知乐以为他真的没明白，着急地想说就是她这个俊俏郎君要带他这个丑媳妇回去见公婆啦。

"我知道是什么意思。"余子涣见状赶紧收起装出来的茫然，浅笑着打量她。

"又逗我……你没意见？"俞知乐见他一副老神在在的模样，忍不住问道。

"为什么要有意见？"

"你和我回去了，那我们就算定下来了是不是……"

余子涣突然伸手捏住了俞知乐的嘴，认真地说："别说出来，这种事应该由我来说。"

俞知乐其实也很期待求婚，但余子涣一直没有表现出来求婚的意向，她就以为他大概不是很在意这种形式化的东西，便不打算强求，反正他们已经水到渠成，虽然这话由女生说有些不太矜持，但她也不介意由她提出。

不过现在看来，大概是她着急了一些，她不由得有些不好意思："我不是催你……"

"我知道，我其实也早就想……但是有一件事我想先解决，可以再等我一段时间吗？不会太久，过年前就会有结果。"

俞知乐又害羞又开心地抿嘴笑着点了点头，不想表现得太猴急，但顿了几秒，还是没忍住问道："能告诉我是什么事吗？"

"到时候你就知道了。"余子涣将她拉进怀里坐着，神情有些低落又有些放松。

对他们来说不是坏事，但对余阳林那些人来说却不是。但也只有做完这件事，余子涣才可以心无旁骛地开始新生活，他不想让其他事干扰他和俞知乐的婚礼，更不想将过往的不愉快带到他和俞知乐的婚后。

"说到过年回老家，你爸妈会不会不喜欢我？我是不是应该先准备起来？"余子涣对此还是有些忐忑，担心不能让丈母娘和老丈人满意。

"准备什么？"以为这个话题已经翻篇的俞知乐坐在余子涣腿上又看起了电视，十分自在闲适的模样，全然没将要带余子涣回老家当成一件有难度的事，还觉得他这么问有些奇怪。

"比如你爸妈理想中的女婿是什么样的，我有什么需要注意的地方，我应该给他们带些什么礼物，能不能提我们已经同居……有很多需要准备的地方，你先别看电视了。"余子涣将俞知乐朝向电视的小脸扳过来面对他，看起来十分严肃紧张。

俞知乐从电视剧的剧情中分出神，回过头见他这副如临大敌的状态，没忍住笑了出来，用哄小孩的语气笑嘻嘻地说："我的小涣是这个世界上最好的人，我爸妈怎么会不满意呢？"

"我是认真的。"余子涣用力拢了一下她的腰。

"我也是认真的啊。"她环住余子涣的脖子，带笑的眉眼又柔和又郑重，"只要是我喜欢的，我爸妈就喜欢，所以不用担心，他们一定会喜欢你的。不对，他们会爱死你的。"

进入十二月份，天气越来越阴冷，即使顶着明晃晃的大太阳还是不能让人有多温暖的感觉，起床对俞知乐来说是一项越来越艰巨的任务，每天早上要兼职人形抱枕和闹钟的余子涣又亲又哄才能把她从暖烘烘的被窝里挖出来。

梳洗妥当的俞知乐裹着厚棉衣坐在餐桌旁，眯着眼幸福地喝着冒热烟儿的小米粥。

"这周末有空吗？"余子涣宠溺地看了一会儿她噘着嘴喝粥的模样，突然想起聂洪对他的嘱托。

俞知乐的公司最近不是很忙，于是答道："有啊，怎么了？"

"这周末聂洪生日，他想请我们一起去泡温泉。"

聂洪说二十五岁生日是整数，必须要好好热闹一下，于是决定发挥一把富二代的"壕"属性，请上十来个相熟的朋友一起去外地泡温泉。

虽然余子涣忍不住腹诽聂洪把生日当借口，其实他年年都能找到各种名目理由聚集一群人外出游玩。

去年是"一年一次的圣诞节，我们不如去滑雪吧"。

前年是"我爹给我添了两个弟弟，大家都来看看吧"。

再往前余子涣都懒得回忆，总之就算不是聂洪的生日，也会有别的由头。

余子涣前些年忙于生意，另外没有找到俞知乐也没心思玩乐，但今年不一样，聂洪认为余子涣再没有理由当逃兵，再三叮嘱他不仅自己要出席，还要带上他苦寻多年，终于重回身边的"外星人媳妇"。

余子涣想着这些天俞知乐被冷得够呛，去温暖的地方泡泡温泉确实是个疗养的好机会，于是没有像过去几年那样一口回绝，而是先来征求她的意见。

于是两人敲定加入为聂洪庆生的行列，一起去的除了上回余子涣生日时出席的部分高中同学，还有聂洪和余子涣的大学同学，另外还有一些平时和聂洪玩得好的姑娘小伙。其中有俞知乐原本就认识的余子涣的几个高中室友，另外高冰绮和姜漫漫也来了，从俞知乐后来熟悉起来的、和聂洪认识了好几年的小姑娘袁圆那里听说，高冰绮、姜漫漫两人之前很少参加这种聚会。

袁圆是个身材高挑纤瘦的女生，和她圆圆的名字形成了鲜明对比，她目前读大三，但看起来比俞知乐还成熟，不过性格没有她的长相那么成熟，娇憨明媚又带点天真，却没有矫揉造作的感觉，怪不得能和聂洪玩得好。

"乐乐姐，你和高冰绮她们熟吗？"

就冲着袁圆这声"乐乐姐"，俞知乐就对她好感度上升。

这是第一个按她的意愿来称呼她的人，还加了"姐"，比小时候的余子涣听话多了。

况且俞知乐对长得好看的人通常没什么下限，再看袁圆时的目光不由自主地格外和蔼。

"我和她们也就见过一回，谈不上熟。"

袁圆听俞知乐这么说似乎放下心，有些不太好意思地笑笑："我和她们也不熟，虽然聂洪向她们介绍过我，让我和她们一块儿玩，但我总觉得她们不太好接近，不像你这么亲切。"

俞知乐看到高冰绮和姜漫漫坐在角落里独成一派，她们倒也不是针对袁圆，而是不太愿和在场其他所有女生交流，当然也包括俞知乐，大概是觉得和她们不是一个圈子的人。

一伙人周五晚上到达宾馆，其中比较疯的一小群人放下行李后就准备去附近找地方喝酒玩乐。第二天早上能起得来去宾馆自带的餐厅吃早饭的人屈指可数，但很不巧的是又遇上了高冰绮和姜漫漫。

俞知乐和余子涣一进餐厅，高冰绮就向他们招手并邀请他们一起过去坐。余子涣的意思是如果俞知乐不愿意和她们坐一桌，他可以去回绝，但俞知乐觉得没有必要逃避，高冰绮既然跟来了，肯定是会抓住一切机会制造和余子涣相处的机会，伸头一刀缩头也是一刀，还不如尽早断绝她的念头。

高冰绮没话找话地和余子涣聊了几句，忽然看到他没有拿饮料，于是顺手将她的牛奶递了过去："我记得你每天早上都要喝牛奶，今天怎么忘了拿？先喝这杯吧。"

这举动有些过分亲密了，而且当着余子涣女朋友的面说这种话，怎么听都像是在彰显她对余子涣有多么了解，不像高冰绮一贯谨守朋友本分的做法，不知道是受到姜漫漫的怂恿，还是因为这次旅行是高冰绮孤注一掷的最后尝试。

俞知乐略有些惊讶地看了看高冰绮，倒不是想指责她逾矩，但这一眼却让高冰绮有些泄气，又有些心虚地笑着补充："我没喝过。"

俞知乐又去看无动于衷、根本没有接高冰绮手中牛奶打算的余子涣，替他解释："小涣不太爱喝牛奶，你别介意，不是嫌弃你。"

高冰绮和姜漫漫都露出了诧异的表情，高冰绮的第一反应是去看余子涣，像是希望他来为她辩解，而姜漫漫却像是终于盼着了俞知乐出丑，听笑话一样笑道："不是吧？我们这些高中同学都知道余子涣每天早上都要喝牛奶，你作为他女朋友却不知道？"

俞知乐一听也乐了，她转过脸好笑地看着余子涣，像是发现了新大陆一般："你这习惯坚持了很多年？不错嘛，怪不得长到这么高。我没骗你吧？"

她记得最初让豆芽菜一样的余子涣喝牛奶是一件很困难的事，她为了让他长个儿，连蒙带哄才让余子涣坚持每天早上一杯牛奶，就算是这样，他每天也是灌药一样一口闷，完全看不出喜欢牛奶的样子。

姜漫漫万万没想到，她刚才那番故意挑衅的话居然没起到一点作用，俞知乐不仅没有表现出对不了解余子涣的愧疚或羞恼，而是完全不在意她的挑拨，还说出了让她和高冰绮都一头雾水的话。

但余子涣却立即明白了俞知乐在说什么，两个人犹如接头的特工，说着旁人根本听不懂的暗语："谢成龙可是没再长过，你确定没骗我？"

俞知乐吐吐舌头说："我们说的不是一回事，谢成龙不长个儿是他的问题，你长高了不就证明我没骗人？"

余子涣摇着头表示拿她这副不讲道理的模样没办法，但嘴角的笑容却暴露了他实际甘之如饴的事实。

"子涣，你原来不爱喝牛奶吗？那怎么以前每天一定要……是不是知乐不爱喝，所以你也不喝了？"

"我挺爱喝牛奶的，是他不爱喝，所以我们的早餐桌上很少有牛奶。"俞知乐说起来还有些怨念，同时轻描淡写地击碎了高冰绮的试探。

余子涣含笑看了俞知乐一眼，转过脸面对高冰绮时却又恢复到了守礼却疏离的状态，笑意浅而淡漠："乐乐说的是实话，我确实不爱喝牛奶，而且是闻到那味儿就想吐的程度。我知道你们一定奇怪为什么我这么讨厌牛奶却还坚持喝了那么多年，完全是自虐对不对？"

听上去余子涣好像在说玩笑话，然而事实上他就是在自虐。喝牛奶也是俞知乐在他生活中留下的印记之一，所以就算再讨厌牛奶的味道，他也不愿意改变这个习惯，唯恐削弱他和俞知乐之间的联系。

"我之前坚持喝牛奶是为了一个人。"余子涣说到这儿看向了俞知乐，虽然没有明说，但他温柔的眼神和笑容让人一目了然，"现在我已经没有理由自虐了。"

中午大家一起烧烤、下午泡温泉玩水、晚上给聂洪开庆生派对，俞知乐玩得挺尽兴，但也留意到高冰绮始终不在状态，却没再往余子涣身边凑。她觉得高冰绮应该不至于经过早上那一轮打击就放弃余子涣，后面大概还有别的大招等着他们。

晚上吃完饭，大家又一起去唱歌，聂洪平时做麦霸总被人吐槽，但今天他是寿星，有特权，把着话筒唱了一首又一首也没人来抢，充分过了把瘾。余子涣则被一群男生拉着玩骰子兼聊足球、网球，俞知乐看了一会儿觉得没意思，和袁圆聊起了天。两人灌了一肚子饮料，便结伴去了趟卫生间。

从卫生间出来，俞知乐听到走廊另一头的拐角处传来姜漫漫因为激动而有些尖厉的声音。

"你说好这次不成功就放弃，我才陪你来的，结果你现在又退缩，难道我们要白跑一趟吗？"

俞知乐没听到回音，不过就算听不到那个人的声音，俞知乐也能猜到和姜漫漫对话的人是高冰绮，果然姜漫漫听完回答后的下一句就揭晓了她的身份。

"你怎么变成了现在这样？我认识的高冰绮才不是你这样优柔寡断、委曲求全的人！好，你不愿意做恶人，不愿意说余子涣的坏话是不是？我去说。"

"不要……"姜漫漫撂下这句话就往包厢走，高冰绮赶紧去追她，结果两人一转弯，便看到了站在走廊上的俞知乐。

即使是刚放下狠话的姜漫漫，也因为没有心理准备就撞见她要找的人而愣住了。高冰绮更是满脸尴尬，俞知乐相对来说还算自然，还对她们笑了一下，不过也不知道该说什么来打破僵局。

这时袁圆也从卫生间里出来，看到她们三人对峙的场景一时搞不清发生了什么，不过还是义无反顾地站到了俞知乐身边，至少不让她在人数上落下风。

姜漫漫回过神，耐人寻味地看了俞知乐一眼，对高冰绮说："你不说，我可要帮你挑明了。"

高冰绮深呼吸了一下，终于下定决心，眼神坚定地向姜漫漫笑了笑，道："坏人不能都让你做了。"然后她转过脸对俞知乐说，"我有些事想单独和你聊聊，介意吗？"

俞知乐看了一眼自觉离开的姜漫漫，于是用眼神暗示袁圆也一起回包厢。袁圆小脸一皱，向她摇了摇头，不想把俞知乐单独留下来，担心高冰绮会为难她。

"我很快就回去，别担心。"俞知乐再三表示她一个人不会有问题，袁圆才不情不愿地往回蹭。

"你想说什么？"没有了其他人的旁观，俞知乐开门见山地问。

"我要说的事和子涣有关。"

其实方才俞知乐已经听到了，而且还知道应该不是什么好话。她停住脚步，冷淡地看着高冰绮，面上没什么波澜。

高冰绮被俞知乐的神情刺激到，紧紧盯着俞知乐，狠下心咬牙道："你应该不知道吧？他以前被一个老女人包养过。"

久违的被流言蜚语包围、被误信谣言的人当面指指点点的困窘难堪之感再次袭上心头，虽然现在的俞知乐自认已经不在意当年那段被人恶意污蔑的往事，但还是习惯性地产生了几秒心慌意乱的大脑空白期。

俞知乐愣神的表现却被高冰绮理解成了听到这件事的震惊，她的心情也十分复杂，一方面并不想揭开余子涣的伤疤，另一方面如果告诉俞知乐这件事能让俞知乐自动退出，她又觉得值得一试。

高冰绮一边观察俞知乐的神情一边接着道："这件事知道的人不多，我们班大多数人虽然都清楚子涣这些年在找一个叫俞知乐的女人……"

她顿了一下，像是在善意提醒俞知乐，但语气中又难掩优越感："忘了告诉你，上回大家照顾你的感受，都没有和你说起子涣之所以会和你在一起，应该也是因为你的名字和那个女人一样。"

俞知乐这时已经从过往的阴影中回过神，撇开当年受人攻击又百口莫辩的委屈，她听到高冰绮这番话只觉得好笑，就像之前杨晓珍在她面前歪曲余子涣妈妈一样，不同的大概只是杨晓珍是明知事实却故意抹黑，而高冰绮很可能是真的相信了余子涣当年是被"包养"。

"所以呢？"

俞知乐又恢复到了冷静而漠然的态度，高冰绮不相信她真的能不在意余子涣将她当成替身，且少年时被一个大他很多岁的女人包养的事实，以为俞知乐只是不想在自己面前露怯，只是在逞强而已。

于是高冰绮从最初顾及余子涣的面子而小心措辞转变成为刺激俞知乐、撕开她的伪装而不管不顾的状态，话中赌气的成分显著增加："所以你还不明白吗？你只是一个替代品而已，如果你不叫俞知乐，他根本不可能和你在一起。"

"我早就知道他一直在找俞知乐，但是我无所谓啊。"在装傻气人方面，俞知乐绝对是一把好手，她嘴角一扬，笑得格外明媚，显得尤为欠打，"所以很抱歉，你特意跑来告诉我这些，除了说明你连做一个替代品的资格都没有以外，不会起到任何作用。"

高冰绮被她一针见血地指出痛处，脸上的血色顿时褪得一干二净，脸色惨白地瞪着俞知乐，一句话也吐不出来。她最不甘心的正是余子涣宁愿找一个和他认识了没几天的女孩当女友，也不愿意回头看一看陪在他身边长达八年的自己。为什么他就是不能接受自己？她为了他收敛自己的脾气，为了他和他难缠的亲戚们周旋，为了能留在他身边，甚至不敢表现出非分之想，只敢以朋友的身份关心他。高冰绮以为就算她走不进余子涣的心里，其他女人也不行，所以她愿意等，也相信总有一天她能感化余子涣。

但是俞知乐的出现却击碎了高冰绮给自己营造的幻想，也让她失去了一直以来的耐心。她的自以为终于醒悟，默默守候是没有用的，她再等下去只会将余子涣拱手让给俞知乐这样坐享其成的第三者。

高冰绮苍白着一张脸勉力露出微笑，仍在做垂死挣扎："你不要逞强了，你怎么可能不在意他把你当成替代品？就算你以为时间能帮你慢慢取代那个老女人在他心里的地位，但是你能不在意他被包养过？他们在一起同居了整整两年，她消失之后子涣记挂她到现在，这难道不会成为你心里的一根刺？"

"那你呢？你能不在意吗？"

"我能。"高冰绮斩钉截铁地回答，"我如果不能接纳他的全部，也不会陪在他身边八年。所以我劝你不要再逞强，你和他在一起无非是冲着他的长相或是钱财，你不了解他的阴暗面，不了解他这些年的执着，你和他并不合适。"

俞知乐在高冰绮的大言不惭之下没忍住被气笑了，真的很想直接告诉她，自己就是她口中那个包养了余子涣两年的老女人。

"我和他不合适？你就合适？你也说了，你陪在他身边八年，他都对你无动于衷，还不能说明问题吗？而且，明明最在意他黑历史的人就是你吧！"俞知乐毫不客气地指出高冰绮不断强调反而暴露出的问题所在，云淡风轻的笑容中带着些残忍的意味，"因为你在意，所以你以为我也应该在意，以为告诉我这些能让我和小涣分手。但是不好意思，这是你心头的刺，不是我的。"

"你……"高冰绮不想承认被俞知乐说中心事，刚开了个口，忽然瞪圆眼睛看向她身后。

俞知乐也听到有脚步声向她们这边过来，顺着高冰绮的目光一看，看到了一脸淡定的余子涣和略显慌张的袁圆。

袁圆加快步子走到俞知乐身边，小声说："我怕她为难你，所以回去就把余哥叫过来了。"

俞知乐感激地对袁圆笑了一下，虽然她自己也可以应付高冰绮，但是袁圆这份生怕她吃亏的心还是很让她感动。

俞知乐和袁圆先一步回到包厢，众人仍在兴头上，除了姜漫漫和林天元甚至没人多看走进来的她们一眼。这两人在余子涣也回来后，终于沉不住气前后离开包厢。

俞知乐看到他们走了出去，抬眼对上好像什么事都没发生的余子涣，好奇道："你又和高冰绮说了什么？她怎么没一起回来？"

余子涣揽着她肩膀的那只手十分自然地抬起来顺了顺她的头发，答道："我就是把当年拒绝她的话又说了一遍，这次她应该能死心了。"

这些年高冰绮只在高考后向他表过白，之后便谨守朋友的身份。她既不再提，他也不能不顾多年同学情面拒人千里之外，就一直把她当成普通朋友相处。这次高冰绮向俞知乐所说的话让她无法再假装对他没有别的心思，他也终于能够直接拒绝她，让她不要再抱着缥缈的希望误人误己。

不开心的事都结束了，以后我们每天都要开开心心的。

这回两天两夜的庆生活动让聂洪很是尽兴，俞知乐也觉得颇有收获，不仅解决了高冰绮的问题，她还交到了袁圆这个朋友，回 S 市后她们还不时在微信上聊聊天。

而在俞知乐以为她和余子涣的生活和过去没什么不一样，时间波澜不惊地流淌时，余子涣有一天晚上回来后却异常兴奋地将她拉进了书房。

"我成功了。"他握着俞知乐的双手，闪闪发光的眼睛好似世上最珍贵的宝石，带动得他整张脸都亮了起来，虽然他极力想要让语气显得和平时一样淡定，却还是隐隐透出了他的兴奋和喜悦，"我们结婚吧！"

"哎？"俞知乐一惊，本来等着他说他做成功了什么，没想到下一句居然是这个，"是不是有点突然……"

她还没说完，余子涣忽然松开她的手，回过身拿下书架上的钥匙，手忙脚乱地打开了之前俞知乐好奇过的上锁的第一个抽屉，他都不用看，直接伸手进去，准确地取出了一样东西，然后冲到俞知乐面前单膝跪下。

他手上托着一个蓝丝绒的小盒子，里面是一枚钻戒，圆形钻石周围环绕着点点碎钻，配合铂金组成的形状看起来就像是一个熠熠生辉的小太阳。

俞知乐在被他突如其来的求婚宣言惊到后，再一次被余子涣变魔术一样取出钻戒的速度惊呆了。

"我曾经答应过你，在你消失后不去找你，我食言了，这八年里我从来没有放弃过找你，而且也做好了再等八年，甚至是八十年的准备，因为等待和寻找你的日子虽然难熬，但放弃和你重逢，哪怕只是想到这个念头也会让我痛不欲生，所以就算重新来过，我依然会做同样的选择。我独自在黑暗中待了太久，是你赐予我阳光，我不想，也不能放弃你。我会一辈子对你好，不让你受委屈，没有任何人、任何事可以阻挡我，就算是时间也不能。"余子涣因为激动语速很快，声音也有些抖，但听得出他的决心，他是真的做好了遇佛杀佛遇神杀神的准备，不管是阻碍他们在一起，还是让俞知乐受委屈的人或事，他都有竭尽全力扫除的决心。但是说到最后一句时又放缓了速度，眼中水光激滟，看着俞知乐的眼神像是看见了世间最美好的一切，饱含柔情却又带着无限的小心，"嫁给我好吗？"

俞知乐被闪花了眼，都不知道钻戒和余子涣的眼睛哪个更闪亮一些，她又惊又喜地捂着嘴，眼圈不自觉地泛了红，好一会儿才找回声音，不停点着头道："愿意，我当然愿意！"

余子涣闻言难掩喜色，咧着嘴笑得像个小孩，颤抖着手将钻戒套到俞知乐的手指上。

俞知乐抬头看看傻笑的他，心头百感交集，抬手环住他的腰，靠在他胸口，听着他心跳的声音，缓缓道："你既然一个人在黑暗里待怕了，以后就不要什么事都往心里藏了。你说我是你的阳光，但我更想成为你的避风港，可能不是一个特别牢固的避风港，但我会努力成为你坚强的后盾。你说要一辈子对我好，我也不舍得让你一个人强撑，不管未来会怎样，我们都一起面对，互为后盾好不好？"

余子涣没有立即接话，但越来越快的心跳却出卖了他激动的情绪。

伴随着耳边怦怦的心跳声，俞知乐听到他哑着嗓子道："好。"然后她便觉身子一轻，余子涣难以压制心中狂喜，边笑边抱着她转了好几圈。

两人闹够了，余子涣将俞知乐放下地，她抬起手，将戒指凑得离灯光更近一些，钻石的光芒随着她转动手掌而不断变化闪烁的方向，如同透过云层洒下的阳光，直让人移不开目光。

"你什么时候把钻戒准备好的？一点风声都没透给我，保密工作做得很好嘛。"俞知乐欣赏完戒指，终于想起来询问余子涣。

余子涣拉过她的手托在掌心，看了看她纤细的手指上尺寸正好的钻戒，满意地点了点头，说："我的目测能力还是不错的吧？这戒指我很早就准备好了，也不是刻意向你保密。"

"很早是多早？"

余子涣回忆了一下，答道："这么想想也不算太早，大概是四年前，我用自己赚的第一笔钱买了给你的求婚戒指。"

世博会之后余子涣没有了确定俞知乐会在未来出现的地点，一度让他倍感绝望，他需要一个支撑他精神的支柱，于是定制了这个太阳形状的戒指。每当深夜他无法入眠，沉浸在被俞知乐抛弃以及怀疑自己再也见不到她的绝望中时，就会拿出戒指回忆他们在老房子里的生活，回忆像阳光一样照亮他的世界的俞知乐，将她的模样烙在脑海中，幻想他找回她后亲手为她戴上戒指的画面，幻想他们一起步入礼堂，他就是凭着这样的痴想又度过了四年的煎熬。

俞知乐听到他说是四年前买的，惊讶得张大了嘴："这么早？"

余子涣点点头，轻笑道："其实也有你的功劳，我当年的启动资金就是你留下的那笔钱。"

俞知乐一听乐了，没想到她当年写小说留下的稿费居然还有了这么大的后续回报，不过她留下的七万多里面还有余子涣外婆的钱，所以也不能算她一个人的功劳。不对，其实就算在她大学时给她这样一笔钱，她也做不到像余子涣这样几年中就赚到这么大的家业，所以还是他的功劳最大。

不过俞知乐与有荣焉，油然生出一股当年种下的小树苗长成了参天大树的自豪感。

俞知乐的注意力从钻戒上转移，将视线落到了那个困扰了她好一阵的抽屉上。

"对了，那第一个抽屉里还有些什么啊？"她一边说一边向抽屉里面瞄，她现在知道了里面有她留下的手稿和余子涣准备的求婚戒指，对其余的东西更加好奇了。

已经做好所有准备的余子涣此时也不再卖关子，主动拉开抽屉，只见里面前半段横放着的正是她上次看到的小说手稿和备忘录，后半段则零散放着些其他物件。

有一部外壳已经掉漆并有很多划痕的超级古董电子词典，一部被保护得很好，几乎没有损伤的 LG 巧克力手机，还有余子涣高中三年的成绩单和大学录取通知书，几本笔记、一本世博护照、一个旧存折，还有一块空出来的位置，原来应该放的是求婚戒指的盒子。

前两样东西俞知乐一下就认出是她以前送给余子涣的生日礼物，电子词典大概是因为当时被谢成龙霸占了一段时间，所以要比那部手机破败很多。她摩挲了一下这两样礼物，扭头看到余子涣有些游离的眼神，知道他也回忆起了当年她送礼物时的场景。

那时候余子涣还只有十四五岁，他们过得非常清贫，但彼此支撑依靠着过得也不比现在差。那部电子词典余子涣当时还不想要，又因为被谢成龙看上抢去而挨过打，没想到最终还是被他要回来并保存至今。

剩下的东西她挨个拿出来翻阅，余子涣高中的成绩单不用说，各科分数都非常漂亮，而大学录取通知书来自 S 市排名第一的大学，他真的履行了当年要考上最好的高中、最好的大学的诺言。

余子涣从她身后环住了她，拿过抽屉里其中一本笔记翻开，说："这是我在找你的时候写的笔记，我不太喜欢用文字表露自己的感情，所以主要是写写发现了什么好吃的、好玩的，想着等你回来了带你一起去。不过很可惜，很多店等不到你回来就倒闭了。"

俞知乐在笔记里看到了不少之前余子涣找各种理由带她去的饭店，比如第一次和聂洪见面的烧烤店，边上标注了"鱿鱼不错"。她还奇怪也没见他关注美食攻略，怎么总是有源源不断的新餐厅供他选择，原来是早有准备。

"没关系，我们以后有的是时间，可以一起去挖掘美食！"说到吃的，俞知乐的眼睛都亮了。

"好，而且不仅是 S 市。"余子涣又将那本世博护照打开给俞知乐看，里面盖满了当年他特意在各展馆为她收集的印章，"你错过了 S 市的世博会，以后有机会我们可以去别的国家看。我们要一起去全国各地，世界各地，看遍所有风景，吃遍所有美食。"

俞知乐的心头说不出的甜蜜，靠在他怀里一页页看起各个国家的印章，看到感兴趣的就让余子涣给她详细讲讲展馆里都有什么。

听了一会儿，俞知乐忽然想起她还没问余子涣到底是做成功了什么事，说实话她还是挺好奇的，于是便问了一句。

余子涣将她的手握在掌心，无意识地揉捏着，看上去有些犹豫，担心说出他做的事会破坏俞知乐的兴致，不过耐不住她的撒娇耍赖，沉吟片刻后道："余阳林要破产了。"

余子涣自站稳脚跟后便开始谋划搞垮余阳林的生意，余阳林的根基不在 S 市，本来他以为要彻底摧毁余阳林多年的基业并不容易，但余阳林有一群猪队友，他的公司里有不少走关系进入管理层的亲戚朋友，余子涣甚至没用上见不得光的手段，那群贪心的蠹虫便帮他把余阳林的老巢腐蚀得差不多了。而这次最终导致余阳林资金链断裂，欠了一屁股债堵不上窟窿的大功臣正是杨晓珍昏庸无能的哥哥。

在余子涣向俞知乐求婚之时，余阳林那边正闹得不可开交。杨晓珍的哥哥怕承担责任已经跑路，她的父母向余阳林哭天抢地，咬定他家大业大经得起风浪，不该追究他们儿子的过错，甚至要拉杨晓珍一起跪下求情。

震怒的余阳林将杨晓珍的父母赶走后，也没有给杨晓珍好脸色看，就连往日被宠到天上去的余心晴也因为没有眼色触了霉头而挨了他的骂和耳光。

一边是事业遭受毁灭性打击、看她如看仇人的丈夫，一边是从小到大第一次挨打、大哭着跑回房间反锁上门的女儿，杨晓珍头痛欲裂。这时候她倒想起余阳林还有一个能干的便宜儿子，像是抓住了救命稻草一般向余阳林邀功："我们先别慌，事情一定还有转机，我们找子涣帮忙，他现在在S市也算有头有脸，就算他不行，他那个朋友聂洪，聂家那么有钱，一定能帮我们渡过难关！你打拼了这么多年，不会这么轻易被打倒的！"

余阳林在她的怂恿下不太情愿地拉下面子打给了余子涣，提出向余子涣借钱周转，并承诺如果余子涣帮他渡过难关，他就大摆筵席，让余子涣认祖归宗。余阳林要是这时低头认错，余子涣也许还能手下留情，但他表面的妥协却还是透着内里的死性不改，余子涣自然要再送他一份大礼。

"你说只要我帮你渡过难关，你就认回我？不用再做亲子鉴定？"

"对！让你上族谱，以后我的家产也有你的份！"余阳林已经口不择言，哪怕这时候余子涣提出让他和杨晓珍离婚，不给余心晴留一分遗产他也能答应。

余阳林本以为余子涣这么问是要帮忙的意思，却没想到他哈哈笑了起来。余阳林心里"咯噔"一下，隐约有种不好的预感，愣怔地听着余子涣轻描淡写地说："你现在的困境就是我一手造成的，我为什么要帮你？"

余子涣听到余阳林的喘气声变粗，又补上一刀："哦，不对，还有你太太的好哥哥，如果他在你们家请罪，帮我向他道声谢。"

挂了电话的余子涣转过脸面对俞知乐时又带上了温暖的笑意，但是眼底还是有些郁结不散的阴云，倒不是因为担心余阳林受不了他的刺激而出事，只是心烦余阳林的电话破坏了他求婚成功的好心情。俞知乐也听到了他对余阳林说的话，和杨晓珍穿透话筒的厉声呼救，她上前握住余子涣的手，另一只手慢慢地抚着他的背脊，靠在他怀中柔声道："好了，不开心的事都结束了，以后我们每天都要开开心心的，不要再想那些讨厌的人了。"

"嗯。"余子涣被她轻柔的动作顺了毛，决定忘记刚才不愉快的插曲，继续和俞知乐畅想起婚礼的各种安排，又一边忧心过年回俞知乐的老家不能成功俘获岳父岳母的欢心。

另一头杨晓珍却几乎被击溃，余阳林受刺激过大，被确诊为中风，就算抢救过来也有很大可能偏瘫，余心晴又不懂事，不知道帮她照顾余阳林，只知道抱怨父母没用，为用不上高端手机、买不起漂亮衣服而怨天尤人，还怕被原来的同学看不起，连学校都不愿意去了。

杨晓珍不仅要肩负起照顾余阳林、负担他的医药费和余心晴生活费的责任，还要被余阳林的亲戚们戳脊梁骨，骂她是个丧门星，害得他们没了余阳林这棵可供乘荫的大树。不到一个月，杨晓珍就从风韵犹存的中年美妇变成了满面沧桑的黄脸婆。

第十六章

时间送的礼物

我现在过得太幸福了，总担心我是在做梦，怕万一梦醒了，又只剩我一个人。

很快年关将至，俞知乐和余子涣早就订好回 D 市的机票，只等俞知乐的公司放假便可启程。俞知乐已和父母说过要带男朋友回去过年的事，俞妈妈只是有些担心他们进展太快，俞爸爸却早就摩拳擦掌好一阵，就等着余子涣上门，好收拾一顿这个抢走他心头肉的臭小子。

两人年三十下午到达 D 市，看到来接机的父母，俞知乐忍不住疯狂地挥手，拽着余子涣就朝外跑。对俞爸爸、俞妈妈而言，俞知乐在大学毕业前还回老家待过一段时间，他们只是大半年没看到她，对俞知乐来说却漫长得多，所以她迫不及待地扑进了父母的怀抱，好一会儿不愿意撒手。

余子涣就含笑看着他们一家三口温存，等到俞知乐从俞妈妈怀里出

243

来才上前一步，由俞知乐向他们介绍，然后得体地微笑着向俞爸爸、俞妈妈问好。

俞妈妈看到余子涣一表人才，和俞知乐的互动又满是掩不住的幸福和宠溺，心中的疑虑已消了不少，倒是俞爸爸一直臭着一张脸，被俞妈妈暗地里掐了一把。

余子涣先前已认真做好了功课，对俞爸爸和俞妈妈，乃至俞家重要亲戚的喜好都有所了解，备足了礼和闲聊话题，再加上他的长相实在具有极大的迷惑性，嘴又甜，别说是女性长辈，半天工夫后哄得诸位叔伯爷爷看到他都乐得合不拢嘴，让俞知乐在同辈人中出了好大一把风头。

唯一还拉着脸的也只有俞爸爸，如果余子涣不是他的女婿候选人，他应该也会喜欢这个年轻人，但一想到余子涣要抢走他的小公主，他就开心不起来，只能在众人说说笑笑时闷头喝酒。

俞爸爸此时此刻算是切身体会到他作为岳父的心情了。余子涣至少没拉着俞知乐私奔，他当年可是没经过岳父同意就拐走了俞妈妈，虽然这么多年下来证明了他能让妻女过上幸福生活，但岳父大人还是不太乐意看见他。

俞爸爸一边喝闷酒，一边考虑起再向岳父负荆请罪一回。

余子涣从来没过过这么热闹的年，一开始还有些刻意装出来的热络，后来被一桌子亲戚的热情带动起来，不知不觉就喝得比平时多了些。吃完年夜饭后，余子涣白皙的脸像是敷了一层薄粉，显得格外粉嫩，他露出一口白牙，一个劲儿冲俞知乐笑，透着股甜蜜的傻气，还将她抱在怀中不愿意撒手，让俞知乐被堂兄弟姐妹们好一阵打趣。

守完岁，终于到俞知乐最期待的放烟火环节。余子涣先前看春晚时倚在她肩上睡着了，她赶紧推醒他，披上外套，拉着他和大家一起去屋外。

灿烂的飞火"嗖嗖"地升空，在天际炸开颜色各异的绚丽烟花，短暂的夺目后凋谢的流光如天女散花般四下流溢，随后又被新的斑斓之色取代，看得人应接不暇。

俞知乐痴痴地看了一阵，忽然像是醒悟过来，扯了扯余子涣的衣袖，道："新年有什么愿望吗？"

余子涣记得她爱问新年愿望的习惯，他低头看着她倒映出烟火绚烂色彩的晶亮双眸，紧紧将她的手握在掌心，眉眼弯弯地笑道："我的愿望很简单，我希望未来的每一年，我们都能一起看烟火，一起过年。"

少年时的他在心里许下过同样的诺言和决心，那时候的他没有说出口，也没有守住这个愿望，而现在他终于说了出来，也不会再放手。

俞知乐听到后先是瞪圆了眼睛，然后笑意从眼底浮了上来，刹那间余子涣甚至觉得她整个人都在发光。她笑眯眯地踮脚，附耳对余子涣说："这么巧，我的愿望也是这个。"

到睡觉时间分配住宿，俞爸爸是必然不会放任余子涣和俞知乐同屋而眠的，俞妈妈正好也想和俞知乐说些悄悄话，于是俞知乐和俞妈妈睡主卧，将余子涣发配去了俞知乐以前的房间，俞爸爸睡沙发。

余子涣本来想自告奋勇睡沙发，但是俞爸爸坚持不让，说他是客人，第一回来家里怎么能让他睡沙发，不能搞得好像他们一家虐待他一样，然后不由分说地抱着自己的被褥占据了沙发，将头一蒙，迅速打起了呼噜。

余子涣无奈，只得听从安排。


晚上俞知乐和俞妈妈详细说了她这大半年来的经历，当然刨除了她穿越那段，只说了她工作上遇到的奇葩，还有和余子涣相识相爱的过程，不过后者当然也掺杂了虚构成分。

母女俩唠了半宿，俞妈妈有些感慨："闺女真是大了，都到了工作、嫁人的年纪了，我怎么老觉得你还只有一点点大。"

俞知乐抱住俞妈妈，身子一缩拱到她怀里，撒娇道："因为我永远都是你的小宝宝啊。"

俞妈妈嫌弃地拍了她一下，正色道："对了，你见过小余的父母了吗？小余今天和你回来过年，他们没意见？"

这个问题俞知乐之前在电话里没和她爸妈细说，因为解释起来太复杂，她沉默了片刻，把余子涣爸爸抛弃他们母子，余子涣妈妈又过世的事告诉了俞妈妈。

俞妈妈经过这一天对余子涣的印象已经很不错了，本来看他那么开朗又有礼貌，还以为是个家庭幸福美满的孩子，没想到身世居然如此坎坷，顿时觉得余子涣更招人疼了。

"没想到小余家竟然是这么个情况……"

俞知乐听出俞妈妈话中的同情和怜惜，顺杆而上道："所以我们才更要对他好啊，是不是？让他感受到家人们带来的如沐春风般的温暖！"

俞妈妈哪里不知道女儿是怕她和俞爸爸不喜欢余子涣，正给他赚同情分呢，她忍俊不禁地说："你那点小心思就别拿出来骗你老娘了。"

俞知乐嘿嘿一笑，拍马屁表示她妈妈一点都不老，风华正茂得很，然后又补充道："我没骗你，我说的和小涣有关的话也是真的！"只是省略了很多细节和不方便明说的地方。俞知乐还是有些心虚的。

所幸俞妈妈没有再纠缠这个问题："我能看出来小余是个好孩子。不过最重要的是他对你好，你也喜欢他，你们对未来有共同的期许和规划，只要确保了这一点，爸爸妈妈怎么会不同意你们在一起呢？"

俞知乐闻言拼命点头道："没错没错，我可喜欢他了，他也对我特别特别好。"

俞妈妈顺了顺拱在她怀中的俞知乐的头发，欣慰地说："好，只要你过得好过得舒心，我们就没什么不行的。你爸爸那边，他也不是不喜欢小余，就是一时还不能接受你要嫁人的事实，等他消化了一段时间就好了。"

俞知乐得到了妈妈的承诺，知道余子涣算是通过了家长的考核，心终于落了下来，在俞妈妈怀中沉沉睡去。

之后俞妈妈找俞爸爸谈了话，了解到余子涣家庭情况和俞知乐决心的俞爸爸虽然还是有些不情不愿，但至少不再刻意对余子涣板着个脸，也能主动和他聊聊足球、篮球之类的话题。不过俞爸爸还是不能接受余子涣和俞知乐婚前就同床，宁愿过年期间自己天天睡沙发，也要让他们分房睡。

余子涣为了后半辈子的幸福生活，对这几天独守空闺的寂寞只有咬牙忍耐。他每天晚上回房前看着俞知乐的眼神总是含着略显委屈的水光，然后俞知乐就会受不了蛊惑，上前安慰他几句。顶着俞爸爸的视线压力，余子涣只敢牵个小手，拉拉衣角，但要是俞爸爸碰巧不在，他胆子肥起来就敢抱着俞知乐亲昵好一会儿。

过年几天假期很快过去，俞知乐和余子涣坐初六一大早的飞机返回S市。这一回后，两人的婚事就算是定下来了，后面还有很多要准备的事宜，所以俞爸爸和俞妈妈也没心思伤感女儿这么快又要回去工作。

婚礼从良辰吉日到请柬到喜糖到场地等等，全都是麻烦事，余子涣的意思是要给俞知乐办一场没有遗憾的婚礼，不想搞得太匆忙，于是初步将婚礼定在了半年后，但是领证的日子定在了俞知乐生日那天。

俞知乐一开始听余子涣这么提议，也觉得把结婚纪念日和她的生日放到同一天挺有意义的，但转念一想，又琢磨出些别的感受，她眯眼上下打量着余子涣："你不是想着这么做，以后就可以少记一个日子了吧？还可以少送我一份礼物，是不是？"

余子涣做出一副意外而受伤的表情，反倒让俞知乐不好意思起来，反思起她是不是以小人之心度君子之腹了，结果余子涣趁她低头时换上灿烂的笑脸，一把将她拉进怀里，轻轻弹了一下她的脑壳，道："就算是为了少记一个日子，也是为了你。你这小脑瓜，要是不把结婚纪念日放到一个好记的日子上，你觉得我们俩谁更容易忘？"

显然是拥有金鱼般记忆的俞知乐更容易忘。

但她摸了摸脑袋上被余子涣弹过的位置，还是有些不服气："结婚纪念日啊，我怎么可能忘？"

"那我们要不要试试？今天就去把证领了？"

俞知乐看了看笑得肆无忌惮的余子涣，决定还是不要和他比拼记忆力为好，靦着脸笑道："还是算了，我觉得我生日那天就挺好。"

"嗯，我也觉得挺好，我特别喜欢那天。"

而且以后会更喜欢。因为它将不仅仅是俞知乐的生日，还是他们的结婚纪念日，他的两份珍宝都在这一天降临，怎能不欢喜至极？

俞知乐和公司的同事没有好到足以请他们去婚礼的程度，唯一值得请的大概也就是严远青，还是因为要请王大爷才捎带上他。

严远青看到俞知乐在公司里发喜糖时还有些没反应过来，直到她向他表露出希望王大爷和他一同出席婚礼的意愿，严远青才认清俞知乐和余子涣将要结婚的事实。

他舌根处有些发涩，不过总算挤出来一个笑容，尽量让语气听上去没那么酸，而是像在打趣："你们才交往多久，这么快就要结婚了？"

"不是要结，是已经登记了。"俞知乐又幸福又害羞地咧嘴一笑，"不过婚宴准备八月底办。"

严远青的笑容略有些发僵，虽然之前已经认清他不可能抢得过余子涣，但因为从未尝试过，他还是隐隐有些不甘。他心底有个声音在咆哮着让他不要再顾虑那么多，至少应该顺从自己的本心一回，告诉她余子涣并没有她想象的那么简单,告诉她不要盲目地信任余子涣,告诉她,他对她有着那么一些喜欢。

但最后严远青还是没有说出口,他通过加深笑容掩饰失态,说了些客套的祝福,并承诺会带着王大爷出席他们的婚礼。作为一个成年人,他对明知会失败的事已经没有尝试的勇气,所以维持现在这样友好的同事关系才是最好的,大家再见面也不至于尴尬。

俞知乐高兴地点点头,对能再见到王大爷十分期待。

严远青愣愣地盯着她走回座位上时几乎要蹦起来的步子,又轻笑了一下。大概,还是不够喜欢她吧。

婚礼的筹备有条不紊地进行着,俞知乐已经和大学的三个室友联系好时间,他们虽然各有学业、事业,不能陪她挑礼服、蛋糕等物件,但都保证会在八月份赶来S市做她的伴娘,而陪同准新娘的活儿就落在了袁圆的身上。

这天俞知乐和袁圆在婚纱店试婚纱时,接到了高冰绮的电话。俞知乐本来是犹豫了一下不想接的,因为搞不清高冰绮这个时间打电话来是想干什么,但想到余子涣说高冰绮已经确定要出国念书,又觉得她应该不会是再想捣乱,于是还是接起了电话。

高冰绮那边的环境听起来有些嘈杂,俞知乐还听到了播报登机信息的声音,于是猜测她现在应该在机场。

"如果打扰到你了,我很抱歉。"高冰绮的声音听起来和之前俞知乐见她时不太一样,并不是说音色变了,而是语气没有先前那样平易近人到谨慎小心的感觉,透出一种淡淡的倨傲,但又不至于招人反感,反倒因为她自然的态度而比之前那种隐忍的憋屈感更让人舒服。

高冰绮告诉俞知乐她刚从林天元那里得知俞知乐和余子涣婚礼的消息,但她到了国外新学期就要开始,估计没有时间赶回来参加了,结婚贺礼她会找机会补上，希望俞知乐帮忙转告余子涣一声。

俞知乐听出高冰绮并没有告知余子涣她今天就要飞去国外，甚至有可能是刻意不让去送她的林天元、姜漫漫等人告诉余子涣，就连不能参加婚礼也是直接和俞知乐说的，有可能是怕俞知乐误会她还和余子涣私下有联系，也有可能是完全不想再和余子涣有联系。

作为情敌，说实话俞知乐有些敬佩高冰绮这样当断则断，一旦想通便不再拖泥带水的作风，长达八年的求而不得，说不要就不要了，她想想都替高冰绮肉痛。

但是同样因为身为情敌，俞知乐也是不愿意说出类似于"你和小涣还可以做朋友啊"这种虚伪的话，所以她只是"嗯"了一声，应下了高冰绮的嘱托。

高冰绮在电话那头笑了一声，坦荡地说："我有点想念十五岁时的那个自己，不过很不巧她走丢了，我要把她找回来，所以不会再凑到你们身边讨嫌了。祝你们幸福。"

"谢谢。也祝你早日找到属于你的幸福。"

时间在忙碌中很快到了七月份，又发生了一件预料外的事。杨晓珍不堪生活的重负，勾搭上一个老富商跑了，抛下瘫痪在床的余阳林，不过带走了余心晴。

余子涣在俞知乐表示杨晓珍怎么这么没有骨气，一点夫妻共患难的精神都没有时笑了笑，没有告诉她其实那个老富商是他安排的圈套，不然以杨晓珍一个半老徐娘，又在几个月的严酷摧残下颜色尽失，哪可能在短时间内和富商勾搭上。

余子涣为的就是让余阳林看看杨晓珍的真面目，同时让他经受一下被至亲之人抛弃的痛苦。他还做了另一件事——余阳林心心念念的亲子鉴定，然后拿着证明他们是亲生父子的鉴定报告展示给病床上的余阳林看："现在知道我是你儿子，满意了吗？"

余阳林口齿不清地呜呜两声，有些激动地瞪大眼睛，还勉力向余子涣伸手。

余子涣退后一步，看着他狼狈的模样，笑得很甜，但从笑容到语气都好像淬了毒一般诛心："但我不满意。我真希望我的父亲不是你，也从来没想过要认你。不过既然现在鉴定结果是这样，我也只有勉为其难地赡养你，总不好让别人说爸爸没良心，儿子也狼心狗肺是不是？"

余阳林被他一番话气得脸都憋成了猪肝色，嘴里不成句子地乱吼乱叫，余子涣见他情况不妙，立即按了病床旁的铃叫来医生。

被医生护士围住的余阳林还透过缝隙死死瞪着余子涣，余子涣收起笑容，头也不回地离开了医院，将生不如死的余阳林抛在了脑后，也彻底将他这么多年的心结一同舍弃。

这天晚上，俞知乐都钻进被窝了，忽然接到严远青的来电，她下意识去看身旁的余子涣。他面不改色地表示有可能是工作上的事，让她赶紧接，显得十分大度。但俞知乐接起后他却屏住呼吸，精神高度紧张地听着他们的对话。

结果并不是工作上的事，而是和王大爷有关。患有老年痴呆的王大爷一贯睡得早，住家保姆要是半夜醒了会去查看一下他的情况，一般是没什么大问题。但今天她起来一看，发现王大爷居然不见了。

住家保姆立刻联系了王大爷的家属，发动大家一起找。严远青回到老房子附近，鬼使神差之下，居然拨通了俞知乐的号码，虽然响了几声后他就后悔了，但来不及挂断就被接了起来，他想不到别的理由，便如实说了王大爷走失的情况，想着多两个人帮忙也是好的。

余子涣一听，没有犹豫便起来换衣服，准备过去帮着找人，但要求俞知乐留在家里。

俞知乐知道他是怕她回到老房子附近又出意外，但让她一个人留在家里她又过意不去，虽然王大爷现在可能糊涂了，但他以前对他们那么好，万一让他知道她连面都没露，难保老人不会伤心，于是便提出她跟着一起去，但留在车里，确保不会摔跤或脚滑。

余子涣沉吟片刻后答应了，开车回到老房子小区门口，他下车去找人，而俞知乐则老实地坐在车里。

忽然，她被马路对面一个晃着胳膊的人影吸引住，看身形也十分眼熟，正是大家在找的王大爷。她本想下车，但考虑了几秒后还是选择给余子涣打电话，让他快点到这边来拦住王大爷。

手机嘟嘟嘟响了好几声，余子涣都没有接通，俞知乐眼见王大爷越走越远，还干脆走到了马路中间，她实在不能放任他一个人乱走，于是一边继续打余子涣的电话，一边放稳步子向王大爷靠近。

"王爷爷。"俞知乐尝试性地呼唤了一声，不知道他现在还能不能认出她来。

还好王大爷听到之后有所反应，停住脚步回头向她这边张望，恰好这时余子涣也接起了手机，她赶紧一个箭步上前，抓住了王大爷的胳膊，同时将他们的位置告诉了余子涣。

王大爷被俞知乐抓住之后皱着眉头打量了她好一会儿，认不出她是谁的样子。俞知乐心头一暗，但还是保持着笑容，好言好语地劝他不要站在马路中间。

走回人行道上，王大爷忽地豁然开朗，一拍大腿，笑道："这不是小俞嘛，起这么早，给你弟弟做早饭吧？真是辛苦了。"

俞知乐一愣，有些明白过来，估计王大爷是半夜醒来睡蒙了，以为已经到了早上，所以出来晨练。她忍住在眼圈里打转的泪水，应道："是啊，小涣上学早，不过不辛苦，我习惯了。"

王大爷又嘀嘀咕咕地夸起余子涣有出息。他的记忆停留在八年多以前余子涣刚上高中的时候，甚至不记得俞知乐离奇失踪的事。

余子涣赶来时俞知乐正和王大爷前言不搭后语地聊着天，他见俞知乐没有消失，悬着的心才算落地，他微笑着上前，结果却换来王大爷警惕的眼神和动作。

王大爷一把将俞知乐护到身后，她猝不及防被他一带，险些栽倒，吓得她赶紧抓住王大爷，生怕又穿越去另一个时间点，结果没想到过去了好长时间，至少是比前两回她穿越的那一瞬间要长得多的时间，俞知乐还是能感受到手中结结实实的触感。

她没有消失，王大爷和余子涣还是在她边上。俞知乐又惊又喜地抬头，看到余子涣脸上也是劫后余生的惊喜表情。虽然不知道为什么，但她在老房子附近会穿越的怪异现象，似乎消失了。

王大爷没认出余子涣，以为他是坏人，吹胡子瞪眼睛地瞅了他半天，在俞知乐和余子涣一同辩解下才算收起戒备的架势。两人给严远青打电话说明找到王大爷后，又护送他回家，快到他家门口时，熟悉的场景刺激到王大爷的回忆，他终于想起了余子涣是谁，高兴地拍起手道："我刚才看到你姐姐了！她终于回来了，你们可以团聚了！"

余子涣将老小孩样的王大爷交到严远青手里，恳切地笑着对他点头说："嗯，我们可以团聚了。谢谢您一直以来的帮助。"

王大爷和家人们回去后，余子涣和俞知乐手牵着手往外走，俞知乐回头看了一眼，深夜中的老楼房显得格外破败萧瑟，零星亮着的几户人家像是它错位的眼睛，沮丧又孤独。

"你说这到底怎么回事？"俞知乐还是想不通，为什么只有她会在老房子附近穿越，又为什么突然之间这种现象又消失了？如果不是有余子涣、王大爷这种十年前就认识她的人存在，她都要以为这是一场春秋大梦。

余子涣在俞知乐消失的那段时间中也思考过这个问题，倒是有一套自己的解释："我之前说过和老房子附近的磁场以及你的体质有关。我是这么想的，你可以想象有一条时间轴，老房子的磁场会使它附近的时间轴折叠和扭曲，时间轴一折叠，十年后和十年前的时间点就有了重合，而时间轴的扭曲会产生一个洞，将符合条件的人和物通过那个洞传送到时间轴上重合的位置。"

俞知乐听得晕头转向，不太确定地问道："所以我就属于符合通过那个洞的条件的人？"

余子涣点点头："不过我猜这个条件非常苛刻，所以这么久以来只有你一个人在这附近经历了时间穿越，而就算是你，应该也不是时间轴上所有的你的体质都符合，有可能是因为你过了二十三岁生日，也有可能是别的原因，总之从刚才的情况来看，你已经不再拥有时间穿越的条件。"

他说了一大堆，俞知乐只听明白了她不再拥有时间穿越的体质，在庆幸不用再担心会突然消失之余，又有些郁闷，不是郁闷自己不再特殊，而是郁闷她之前白担心了那么久。

"一会儿能穿，一会儿又不能穿，这时间简直是在开玩笑。"俞知乐无语地吐槽了一句。

余子涣听到后却开心地笑了，将她揽进怀中，亲了亲她的头发，认真地说："这不是时间开的玩笑，这是时间送我的礼物。"

从护士手中接过那只皱巴巴的小猴子时，余子涣的内心是拒绝的。

他拒绝承认自己的儿子居然长得这么丑，一点都对不起俞知乐的辛苦。于是他草率地点了点头，径直走到俞知乐身边嘘寒问暖起来，生怕她有不适的地方。

然而俞知乐的全副心神都放到了逗弄那眼睛都没睁开的小猴子身上，并没有显露出任何失望的神色，温柔慈爱得让余子涣险些心生嫉妒。

所以即便是小猴子渐渐长开，变成一个惹人喜爱的白白嫩嫩的小团子后，余子涣还是对他分走了俞知乐的爱而耿耿于怀。

尤其是小团子还差点抢走他的昵称。

余子涣为儿子取的大名是余不患，其实他原本只是随口一说，说的是"余不换"，但看到俞知乐怀疑的目光后迅速进行了调整，将名字的寓意解释为希望儿子一生顺遂，无忧无虑，同时还为俞知乐心心念念、但目前还没有影儿的女儿取了个配套的名字——余安安。

这一通有理有据的大忽悠让绞尽脑汁却拿不定给儿子取什么名字的俞知乐连连点头称好，天知道完全是余子涣拍脑袋得来的产物。

"那这样一来，我们家就有两个'小huan'啦！"俞知乐眉开眼笑地逗起了儿子，口中不断以"小患"呼唤着刚刚有了学名的余不患小同志，换来了对方一个半闭着眼的奶嗝和余子涣骤变的脸色。

余子涣从搬石头砸脚的打击中冷静下来，蹭到俞知乐身边坐下，一本正经地说："我觉得小孩子叫这个小名不太好。"

俞知乐闻言有些吃惊："你觉得不好？那为什么从来没有阻止过我这么叫你？"

余子涣一愣，不过很快露齿一笑，将俞知乐揽进怀中，用低沉而温柔的嗓音循循善诱："因为我们两个的'huan'不一样啊，你说过我名字里的'涣'可以是'涣然冰释'的'涣'，但儿子的这个'患'，只有和前面的'不'字连起来才有好的含义，不是吗？"

他才不会承认在吃一个刚出生没几天的小毛头的醋。

俞知乐若有所思地点起了头，再抬头看向余子涣的眼神中充满了信任，一闪一闪地冒着让他忍不住露出笑意的光。余子涣正想抬手摸摸她的头，襁褓中的余不患忽然嘴一咧，扯着嗓子号了起来。

俞知乐的注意力立即全部转移了，一边给余不患换尿布，一边头也不回地和余子涣说："不过孩子总得有个小名吧，你说叫什么好呢？我之前想过几个，但都不是很满意。"

余子涣抬高视线瞄了一眼哭声嘹亮的余不患，有一些无奈，但看到他换上干净尿布后露出傻气笑容的小脸蛋，眼神顿时被那笑容软化，心头一暖，唇边不自觉地露出笑意："他这么会哭，叫小喇叭怎么样？"

于是学名为余不患，在长辈间俗称小喇叭的大魔王就此开启了他令人望而生畏的传奇人生。

一边做饭一边等待从幼儿园回家的父子俩，在锅铲碰撞嘈杂间俞知乐仍捕捉到了门外小孩兴奋的叫声，她匆忙放下手中的活儿去开门。

门一打开，俞知乐先是和拿着钥匙准备开门结果被她抢先一步的余子涣相视一笑，然后便感受到小炮弹般一头撞进她怀中的余不患使劲抱了她一下。

"妈妈！我今天也抓到了很棒的虫虫！"

面对献宝一般将蜻蜓尸体捧在手心给她看的儿子，即使略感不适俞知乐也没有显露出嫌弃之意，柔声叮嘱余不患收好藏品后要记得好好洗手之后，便放他进屋了。

看着余不患蹦蹦跳跳回到自己房间的背影，俞知乐和余子涣对视一眼，在彼此眼中都看到了些许无可奈何。

余子涣认真地沉思了一会儿，说："我并不是想扼杀孩子的兴趣爱好，但是今天幼儿园的老师和我说有不少小朋友被小喇叭放在口袋里的虫子吓到了，而且有研究表明童年有虐待动物表现的孩子，成年之后容易精神变态，你说我们需不需要管管他抓虫子收藏的癖好？"

向来无条件赞同余子涣的俞知乐这回却没有立即接话，察觉到余子涣等待自己回答的目光，俞知乐的笑容显得有些僵硬。

"哈哈哈，应该没有那么夸张吧。"她干笑了几声，不太确定地说，"小喇叭这也不能叫虐待动物吧。"

余子涣听她这么说还是觉得不太放心，正要开口，又听俞知乐道："他至少没有把蜻蜓的翅膀拔下来，再把躯干晒干之后串成一串……"

她的声音越来越小，最后不太好意思地向余子涣挤出一个眉毛耷拉着的小小笑容。

余子涣轻轻吸了口冷气，漂亮的眼睛瞪得圆溜溜的："你小时候这么做过？"

俞知乐将脑袋一低，以行动表明她愧疚的态度，以蚊子叫般的音量道："就上小学之前，后来就没有这么干过了。现在想想我也觉得很对不起那些蜻蜓，但是我精神状态还是挺正常的，所以小喇叭应该也不会精神变态……"

"哈哈哈哈哈……"

本以为余子涣可能会嫌弃自己的俞知乐听到他放声大笑时还有一瞬担心他是不是发现老婆和儿子都有精神变态的潜质受刺激过大了，抬头一看，只见余子涣笑得双眼弯成了一对月牙，别说嫌弃她了，眼中的宠溺和喜爱都快溢出来了。

余子涣一手轻按在俞知乐头顶，另一手轻轻一带便将她揽进怀中，他微微低头收敛笑意，在她唇上啄了一口，道："你怎么能这么可爱？"

俞知乐其实觉得自己小时候这个行为还是有些变态的，和"可爱"两个字完全搭不上边。

但是管他的呢，余子涣觉得可爱就行。

余子涣亲了她一下之后不过瘾，又用力将她往怀中带了几分，继续索吻。俞知乐考虑到余不患不知道什么时候会出现，稍微有些抗拒，被他带得脚下不稳，险些摔倒，余子涣将她扶住的同时顺势转换了两人的方位，让她靠着墙被他的手臂圈住，没法再闪躲。

在余子涣热烈的攻势下俞知乐很快缴械投降，双臂钩住他的脖子回应起来。两人正是浓情蜜意之时，却听一阵"咚咚咚"的脚步声响起。

正是余不患从儿童房跑回门口的动静。

"妈妈！"余不患的声音亮而脆，极具穿透力，十分对得起他的小名。

俞知乐慌忙将恋恋不舍的余子涣推开，扭头看到儿子正炯炯有神地注视着他们，顿时有些尴尬，她回眸瞪了一眼一手撑在墙壁上，一手还不老实地放在她腰间的余子涣。

余不患顺利得到了妈妈的注意，双眼亮晶晶地说："我们晚上吃什么呀？！"

俞知乐这才想起了炉子上还开着火，连忙大惊失色地冲进厨房。

又香又软的老婆到手之后又飞了，余子涣郁闷地捶了下墙，走到余不患身边捏住他的脸蛋。

"记不记得爸爸教过你什么？"

"记得！吸溜——"嘴角被扯开的余不患收了收口水，"想要漂亮的小妹妹，就不要打扰爸爸和妈妈亲亲！"

"那还想不想要小妹妹了？"

"想！吸溜——"

余子涣松开手："那你今天为什么……"

余不患眉毛一耷拉，捂住自己瘪瘪的小肚皮，低头说："可是，我饿了……"

这愁眉苦脸的小模样活脱脱一个翻版俞知乐，余子涣立时没脾气了。

晚上负责给余不患洗澡的是余子涣。

在余不患上幼儿园之前这原本是俞知乐的工作，但日渐长大的余不患越来越闹腾，常常是帮他洗完，俞知乐也成了落汤鸡，只有换上没那么好说话的冷面老爹余子涣才能震住爱玩水的大魔王。

而即便是由余子涣出面，等收拾干净余不患也已接近八点，已经到了小朋友该睡觉的时间。

讲睡前故事则是俞知乐的任务，不光是学龄前儿童余不患每天听英雄小患打大怪兽的冒险故事听得津津有味，快到而立之年的余子涣也不遑多让，每晚都一起躺在儿子旁边当老婆的忠实听众。

这晚听到余小患再一次打败怪兽，解救出一起历险的小伙伴，余不患硬撑着的眼皮终于满意地合上，沉沉睡去。

俞知乐观察了一会儿儿子有规律地一起一伏的小肚子，向余子涣使了个眼色，示意他撤退。

余子涣利索地起身，越过余不患将刚刚坐起的俞知乐公主抱了起来，轻手轻脚地离开儿童房。

"你每晚听我讲这么模式化的故事不腻吗？"

虽然故事里的小英雄每天都去不一样的地方冒险，打的怪兽也不同，对四岁的余不患来说可能听不出其中的模式，但余子涣一直没有失去兴趣俞知乐也是搞不懂。

"怎么会腻呢？你的故事很有趣啊。"

余子涣的笑容和鼓励给了俞知乐莫大的信心，不过还没等她习惯性自夸几句，他眼中忽然显露出些许促狭，逗她道："比你以前写的穿越小说有趣多了。"

俞知乐鼓起腮帮子，也不知道他是夸自己还是贬自己，末了还是不服地说："你觉得那故事没意思，别人觉得有意思啊，好多读者还等着我写新的故事呢，还有人找我买版权拍电视剧呢。"

余子涣摸了摸她的头，笑道："好了，知道你厉害。"

俞知乐骄傲地昂了昂头，表示不愿搭理他这棵墙头草。

余子涣将她的脑袋按进怀里，亲了一下她毛茸茸的头顶，轻声说："我只是更喜欢你给小喇叭讲的这个故事。"

勇敢善良的主人公不管遇到多么厉害的怪兽都不会退缩，不会放弃身边的伙伴，而结局也总是正义战胜邪恶，很适合讲给小朋友听。

而俞知乐很多年前写的那个故事虽然有更丰富的元素，相对来说也更精彩，但是他并不喜欢那个男主角在女主角死后才放弃侵略她国家的结局。

"你那本小说的结局，我这些年一直没想明白。"余子涣的声音听起来确实有几分困惑，"我觉得和相爱的人一起好好活着，才是最重要的，其他东西都是虚的。"

俞知乐没想到余子涣居然真的有思考过这个问题，她抬头眨了眨眼睛，用无辜的眼神看着他说："其实，没什么含义啦。"她当年只是想写悲剧而已。

余子涣的神情由困惑转为忍俊不禁，笑他自己实在是想太多。他一把将俞知乐牢牢抱住，说："我不管，反正我认真地思考过人生了，对我来说最重要的就是你和儿子。"

"还有妹妹呢？"俞知乐想到还在计划中的余安安，赶紧在余子涣怀中闷声提醒。

"嗯，还有妹妹，我们一家四口，都要平平安安、快快乐乐地生活在一起。"

得到时间眷顾的人生，一辈子只有一次的人生，即使会有吵闹的小猴子们打扰他和乐乐的二人世界，也是余子涣永远不愿意更改，永远不会放手的人生。

在接到幼儿园老师请家长的电话后，俞知乐设想了很多种余不患可能闯下的祸，毕竟他是一个很调皮的小男孩，毕竟他的兴趣爱好很奇特，从打架到吓唬小女孩到在老师口袋里放虫子等情况都没法排除。

等到幼儿园看到老师的脸色还不算太糟糕，俞知乐才把脑海中一些夸张的设想划掉。一问之下，原来她被叫来的原因很普通，就是小朋友之间打架。

余不患磕破了膝盖，脸上挂了点彩，另外两个小男孩也受了些轻伤，不过家长们都算明事理，也不打算放任熊孩子长成，都押着各自的孩子互相道了歉。

拎着小喇叭回家的俞知乐给余子涣打了个电话，告诉他已经接到了儿子，不用他再跑一趟了。

挂了电话，看到一旁用亮晶晶的眼睛盯着自己的余不患，俞知乐知道他一定有话想说，便示意他可以开口了。

"妈妈，我一个人打败了他们两个呢！"

"你还挺得意？"俞知乐颇有些恨铁不成钢，"我不是和你说过，打架是不对的吗？要是今天老师是给你爸爸打的电话，看你现在还有没有心情炫耀。"

"可是你也告诉我英雄应该保护弱小，保护身边的小伙伴啊。"

俞知乐张了张嘴，竟然不知道该怎么告诉余不患故事是故事，现实是现实，不能混淆起来。转念一想，她又明白过来："你是说，你不是有意要和那两个小朋友打架，而是在保护弱小？"

"对啊！"余不患使劲点了点头，期待得到妈妈的表扬，"他们两个总是欺负人，今天新来的女同学也被他们欺负哭了。"

俞知乐想想还是觉得不太对，既然那两个小男孩以前也欺负人，怎么余不患以前没掺和进去呢？

听到俞知乐疑问的余不患嘴一咧，傻乎乎地笑着说："因为新来的女同学好看啊。"

俞知乐非常不想承认这一刻她在儿子身上看到了自己的影子，她弯下腰清了清嗓子，左右看看后小声提醒："儿子，犯花痴的时候可以把嘴闭上，不然显得太傻了。"

鉴于余不患不是主动挑起事端的暴力分子，俞知乐决定给他一次改过自新的机会，不向严父余子涣汇报他在幼儿园打架的事，只说是不小心摔了一跤才受了些轻伤。

余子涣当时没说什么，等晚上哄睡了余不患，两人收拾妥当躺到了床上，他在俞知乐伸手要关灯之时，以迅雷不及掩耳之势将她扑倒，一边向她耳边吹气一边低沉地说："你是不是有事瞒着我啊？"

俞知乐一见他这架势，除了使劲眨眼睛哪还有心神再圆谎，顺理成章地将余不患卖了，不过出于一个母亲最后的理智她还是勉力加了一句："他也算是行侠仗义，你别训他训得太厉害了。"

余子涣"嗯"了一声，不过还是没有从俞知乐身上爬起来，只是撑起手臂，目光沉沉地在她脸上逡巡。

"别的就没了。"俞知乐怕他以为还有情况没交代清楚，忙不迭解释，"真没了。"

"嘘——"余子涣一个俯身吻了上去。他温柔滚烫的吻从唇畔一路延伸，印在脸颊、耳垂和耳郭上，"小喇叭盼了好久的妹妹，我们赶紧给他造一个吧。"

# 听说你很欣赏我

猫三公子 著

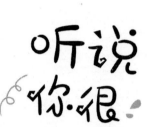

## 文学院冷傲才子 VS 生科院软萌院花

她是他的头号书粉
一言不合就吐槽催更
他对她记忆识别，关于她的每一件小事都能够做

青春苏萌　双重身份　记忆共

（随书附赠小花阅读 10 期，赠送率达 60%）

定价：29.80 元／现已上市